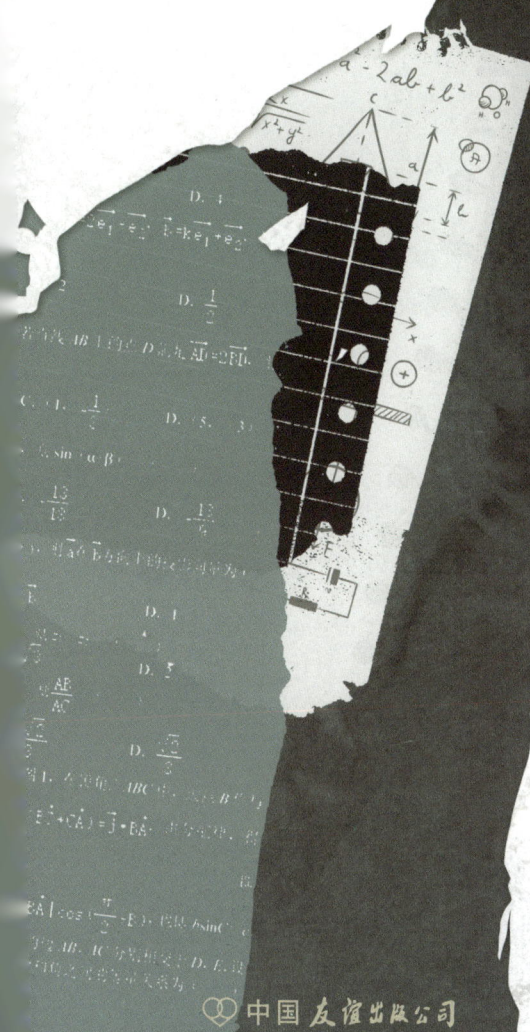

# 敬山水

别四为 ——

著

中国友谊出版公司

東后，将本试卷和答题卡一并交回。

小题：每小题 1.5 分，满分 7.5 分）

5 段对话，每段对话后有一个小题，从题中所给的 A、B、C 三个选项中选出最佳选
段对话后，你都有 10 秒钟的时间来回答有关小题和阅读下一小题，每段对话仅读读

C. Go swimming.

will the woman do first?
Go shopping.　　　　B. Go back home.

C. Brown.
does the woman suggest?
Black.　　　　　B. White.

dormitory.
Where does the conversation probably take place?
A. In a library.　　　　B. In a bookstore.

In which city did the woman and John stay the longest?
A. Vienna.　　　　　B. Rome.

5. Why has the man e a long way to see the woman?
A. To have an interview.
B. To ask about a lawyer.
C. To register an advertisement.

第一节（共 15 小题；每小题 1.5 分，满分

注意事项
1. 考生要认真写考场号和座位
2. 试题中所有答案必须填写在
色字迹的签字笔答。
3. 考试结束后，考生须将试卷

一、选择题：本题共 12 小题，每
1. 已知集合 $I = \{-2,-1,0,1\}$，
A. 1　　　　B. 2
2. 已知复数满足 $\frac{1-i}{1+i} = -2-i$（其中
A. 1　　　　B. 2
3. 已知函数 $f(x) = \begin{cases} 4+3, x \le 0 \\ 2+\log_a x, x > 0 \end{cases}$
A. $\left(\frac{3}{7}\right)$　　　B. $(1,0)$　　　C.
4. 
体实数，令 $g(x) = f(x)$
函数：

D. ③④⑤

和 S

D. 400

制在最低范围之内，某
负责

$f(x) = \sqrt{1+\cos x} + \sqrt{3-3\cos x}$

$2^{x+1} = f(x) +$

$f(x) = x|x| + a|x| + 3$

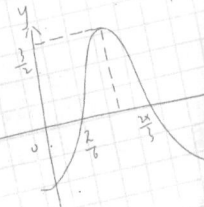

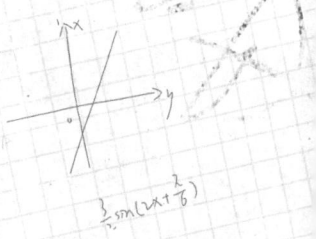

$y = \frac{3}{2}\sin(2x - \frac{\pi}{6})$

$y = x^2 - \frac{1}{x}$

$\frac{3}{2}\sin(2x + \frac{\pi}{6})$

① a new point of entry
for from satisfactory 这不令人满意
1 feet =1 inch = 2.4 cm
1 inch 等于 2.54 in.
run away from 逃离
in 'le 还是 这道题，$\overrightarrow{c}$, $\overrightarrow{c}^2$, $\overrightarrow{c}^3$
terrible ⇒ ternilly 糟糕的 terribly
feel like doing
be scheduled to do...
in cash 用现金
bill time 节省时间

目录 contents

我为我的王国，战斗到死、

二〇二一年六月二十一日·夏至

她不想亚了。

温光，是他借给她的。

哪怕往后余生，她头顶再无温柔月光。

$$x = \sqrt{c + 24} - 7$$

$$y = \frac{1z}{2x}$$

$$x \Sigma 2$$

$$HD = A - B + z\left(2\sqrt{6} - 4\right)$$

$$\sin^2(\alpha) = \frac{\pi}{4}$$

$$\frac{SA\ BD}{4x} = \cos\alpha$$

$$(x+y)^2 - (x-y)$$

$$\Sigma f(a+b) = c\pi$$

苍山水，苍相逢

从此北山南水，再无相逢


三年很短

青春很长

浪漫至死不渝

感激能够遇到你

但更庆幸，能拥有我自己

敬高三。 敬青春。
　　　敬大学。 敬自由。


敬你我。


*Thou art m e lovely
and more temperate*

标本录入
SAMPLE INPUT

Shall I compare thee to a summer's day?

第一卷

山水一程

简幸是被简茹吵醒的。

"恶人自有天收，死就死了，还来告诉我干什么？恶心谁呢？"

简茹这是在说简幸那个素未谋面的姥爷，简国胜。

别人都是家丑不可外扬，可到了简茹这里，她不仅要扬，还要扬得尽人皆知。

她也不顾忌简幸小就避开些，以至于简幸昨晚做了一整夜梦，梦里全是简茹念叨的那些陈年往事。

恍若一个旁观者，简幸冷眼看着简家人乱作一团，最后看到简国胜推开姥姥，一个人越走越远。

那个年代没有离婚，所以简国胜这叫抛妻弃女。

"哈！这也算遭天谴了吧！"简茹的声音说不上得意，但算得上阴阳怪气。

差不多吧，只不过不是被雷劈死的，而是被洪水卷走的。

当地排查死亡人员，尽心尽力地把名单送到了和县简茹的手里。

因为这事，简茹骂了快半个月。

"行了，再把简幸吵醒了。"是姥姥的声音。

"行什么行？你不会还惦记着他吧？哟，人家惦记你有一分没有？有这闲心，不如多操心操心自己还能活几年。"简茹说话难听，跟亲妈也不例外。

听到这里，简幸叹了口气，起身出去。

简茹看到简幸也没什么"尴尬脸"，只是问她想吃什么，简幸说：

"都行。"

姥姥本来在门口坐着，看到她连忙招手道："快洗脸刷牙，一会儿别耽误去超市。"

简幸今年刚初中毕业，暑假空闲，找了家超市打零工。

简幸走过去，说："好。"

姥姥闲着没事，就在她身边转悠："该开学了吧？早点儿跟老板说，别到时候不让走。"

"不会，"简幸把牙刷塞进嘴里，含混不清地说道，"当初说好做到今天的。"

"那再坚持坚持，明天早点儿回来。"

简幸咬着牙刷点头。


吃过饭，简幸照常上午九点到超市收银，下午五点半结束她人生中的第一份工作。

"行了，拿着钱赶紧走吧，这破天气，我瞅着一会儿非下雨不可。"

简幸闻声看了眼外面，地面卷起尘土，各种红色、黑色的食品塑料袋旋转着。

起风了。天色一瞬间暗下来，看着就像晚上七八点的样子。

确实要下雨了。

"还看啥啊？不信啊？"超市老板吊着眼尾哼笑一声，嘴角溢出浓烟说，"这都是生活经验，学校可不教，最好的和中也不教。"

"没不信。"

简幸把八张红色的人民币卷好放进兜里，又从另一个兜里掏出一张一块的递给老板："拿四个阿尔卑斯。"

她说完也不等老板点头，直接伸手往糖罐子里抓。

"都挣钱了还拿散的啊？拿一条呗，叔送你。"

"不用，"简幸扒拉了两下，探头看了一眼，"粉色的没了吗？"

"没了，散的全是这种，"老板眯眼瞅了一眼，"这啥味啊？这么难吃吗？都卖不掉。"

"焦香原味牛奶。"简幸仔细看了看糖罐子，只好再从兜里掏出一块五，"拿一条吧。"

老板叼着烟，含混不清道："都说了送你，瞎客气。"

简幸还没来得及把钱放在柜台上，耳边忽然炸开"哗啦啦"的声响。

下雨了。饶有心理准备，简幸也有点儿蒙。

老板看简幸的表情，有种"过来人"的得意，哼笑一声道："得，还是歇着吧。"

是得歇着了。简幸闲着也是闲着，她又站进了收银台。

老板看她一眼："不给加班费啊。"

简幸把柜台上的两块五毛钱塞进兜里说："当买糖了。"

"啧。"老板也不懂这小孩，年纪轻轻的，怎么这么无趣。


这么大雨，超市没人。

简幸无聊，低头看柜台里的各种烟盒。

忽然余光里闯进一抹身影，她下意识站直身子抬头看去，虽然只捕捉到一抹侧影，但是平静的眼睛里就荡开了波纹。

那是一个男生，个子很高，穿着白T恤、牛仔裤，肩背湿了一片，低头拨弄头发的时候，后颈凸起的节段像龙骨。

他动作不大不小，肩胛骨随之开合。

他的身子很快站直了，随手把前额的湿发往后一扒，举着手机，微喘着说："雨太大了，你们到了先点菜。

"别点多了，浪费。

"知道了，哪次不是我掏？"

雨实在太大了，掩去了男生一半的声音。

简幸听得模糊，不知道是雨声太大，还是她又耳鸣了。

人的感官大概都是连接着的，听不清楚以后好像也看不太清楚了。

不是每天都有这种偶遇的机会的。

简幸没忍住，双手按在玻璃柜台上，探头往门口看了一眼。

男生恰好在这时回头。他的动作突然，风一瞬间吹过来，土腥味有些重。

简幸躲闪不及，眨了下眼睛，表情微怔。

男生笑了笑，走到柜台前，放了一枚硬币说："拿两包纸。"

他看过来，简幸反而躲开了。

"哦，好。"简幸忙低下眼睛去看旁边拆开的几包纸，语气平常，"哪个牌子？"

"都行。"

简幸拿了两包绿色的心相印递给他。

男生正要接，手机又响起来，他无奈地一笑，跟简幸说："放那儿就行。"说着，他又掏出手机走去门口接。

简幸看着他的背影，捏着纸包的两指紧了紧，而后把纸包轻轻放在玻璃柜台上。

收回手的时候，她捏起了柜台上的硬币。硬币上留有余温，上面沾着水，弄湿了简幸的手。

她的心也跟着湿漉漉的。窃喜来得像这场大雨一样突然。

她指腹用力捏了硬币两下，放到了自己兜里，又掏出一张纸币放进收银柜里。

她刚推上收银柜，男生挂了电话折回来问："有伞吗？"

简幸心虚，虽然面上冷静，瞳孔却明显地放大。手也不小心被收银柜夹了一下。她硬生生、面无表情地忍下这痛意，说："有，在后边。"

男生回头看了一眼，简幸顿了一下，作势要从柜台里出去："我带你过去。"

"不用，"男生笑着说，"不麻烦了。"

男生挑东西都随便，很快便拿了把伞出来，他一边低头捣鼓手机一边问："多少钱？"

"九块。"

男生"哦"了一声，下意识去看柜台，发现硬币已经被收起来了，他又掏出一张十块钱递给简幸。

简幸从收银柜里拿出一张纸币给他。都是一样的价值，没人会计较纸币和硬币的差别。

男生更是连看都没看一眼，直接就塞进了兜里。

那些走钢丝一般的情绪，只有简幸自己知道。

大雨依旧，蓝格子伞被男生挺拔的身子衬得有些窄小。风把雨吹落在他肩头，他微微一弓腰，钻进了雨里。

柜台里，简幸滴雨未沾，手心却湿了个透。她轻轻吐了口气，正一点点地把紧张和心虚往外散。

老板忽然不知道从哪儿冒了出来，感慨了一句："小伙子真帅啊。"

吓得简幸呼吸一滞，那口气半上不下地堵在喉咙口，眼睛都憋红了。

"长那么高，是大学生吧，"老板笑着说，"比我儿子还高呢。"

"不是。"简幸忽然说。

老板"啊"了一声："什么不是？"

"他不是大学生。"简幸说。

老板有些意外："你认识？你俩刚刚那情况，看着也不像认识啊？"

"认识，"简幸看着地面上被踩出来的脚印痕迹，声音有些低，"我认识他。"

是他不认识她。


夏天的雨多为阵雨，上一秒还"哗啦啦"地下着，下一秒戛然而止。没几分钟，闷热又席卷而来。

如果不是地面上还有水，简幸几乎以为刚刚经历的一切只是一场幻觉。

她在路上拆开糖袋，到家发现家里居然没人。等天色彻底暗下来，姥姥才和简茹、吕诚一起回来。

姥姥看到简幸就往她手里塞东西："拿着。"

简幸问："什么啊？"

她低头看手里的袋子，里面有一个小瓶子，隔着袋子看不清楚。正要掏出来，简茹一边把三轮车停在院子里，一边说："什么花里胡哨的防晒霜。"

"你不是要军训？这什么天啊，站在太阳底下晒，还不得晒黑了？"姥姥说，"多涂几层，小姑娘白白嫩嫩的才好看。"

简茹冷笑一声："好看？好看能当饭吃吗？"

姥姥"哎哟"一声："烦死啦。"

"烦？你烦，她敢烦一个试试？"简茹去厨房，经过简幸身边的时候停了一步。她偏头看简幸的目光自下而上，打量中带着窥探，而后她意有所指地说了一句："上高中了，别以为还是在初中，走错一步，全家都得陪着你回家种地！"

简幸没说话。

"听见没？"简茹问。

简幸说："听见了。"

态度算良好，简茹还算满意，但嘴上依然不闲着地骂："两巴掌打不出来一个屁，父女俩一个熊样儿！"

吕诚被骂了十几年，以前挺习惯的，但这两年简幸越来越大，他反而生起几分不自在来。可他一个大男人又不会跟女儿交流，只能不尴不尬地说了一句："没事，进去试试姥姥买的防晒霜喜不喜欢。"

简幸说："好。"

姥姥挺开心，陪着简幸一起，进屋了还在说："千万别忘了涂啊，一定要涂。"

简幸失笑说："知道了。"

姥姥伸手一捏简幸的脸："瞧瞧，小姑娘笑起来多好看。"

简幸又配合地笑了笑。


没几天，和中开学，简幸一大早还没出门，就被姥姥提醒涂防晒霜。

其实今天不军训，只是简单报个到，涂不涂都无所谓。但看姥姥那兴致勃勃的样子，简幸没舍得扫她的兴。

她认认真真涂了一层防晒霜，上午在家给简茹帮忙，下午三点才去学校。


报到第一天，上午公告栏前还围得水泄不通，这会儿只有零星几个人。

公告栏上贴的是分班表，分班按照中考分数，从上往下，每班划四十或者六十五人。

和中班级分为三种类别，宏志班[1]、过渡班和普通班。宏志班和过渡班每班四十人，普通班六十五人。

"宏志"意为"宏图寄党恩，志远为国强"，班里自然全是成绩优异的学生，一般能进宏志班的都是中考全县排名靠前的学生。

过渡班，顾名思义，是从一个阶段转变到另一个阶段，学校会延续宏志班的名次，数一百二十名学生，组成三个班级。剩下的学生全在普通班。

简幸上初中时在校成绩拔尖，考了高中才发现大家都拔尖，她拼了三年也只勉强够到过渡班的尾巴。

"简幸！"有人拍简幸的肩膀。

简幸回头，看到是初中隔壁班的英语课代表许璐，俩人当初同一个英语老师，有点交集。

大概是身边少有同学考上和中，见到简幸，许璐有点儿激动："好巧啊。"

"是很巧。"简幸说。

简幸以前性格就不热情，所以对于简幸的平淡回应，许璐也没觉得疏远，主动问："你在哪个班啊？我记得咱俩的中考成绩差不多，不会在一个班吧？"

简幸刚刚看分班表格时只看了自己的，没看别人的。她回答说："我在3班。"

---

[1] 宏志班为1995年设立的国家助学项目，由国家资助，资助对象多为家庭贫困但成绩优秀的学生。宏志班免学生学费，且有一定补助。本作中"和中"的"宏志班"，仅借"宏志"之名及其"宏图寄党恩，志远为国强"的主题，非一般意义的国家助学宏志班。

许璐惊喜得一瞪眼："真的呀！我也是！"

简幸也有点儿没想到，这次表现出了情绪："那真的好巧啊。"

或许是接二连三的巧合让人觉得有缘，刚刚还存在于两人之间的细微隔阂立马消失不见了。许璐直接挽住简幸的手臂："太好了，今天可以一起吃饭了。"

"嗯？"简幸问，"你不回家吗？"

许璐问："你不知道吗？高中要上晚自习的啊，今晚就开始了。"

简幸没想到自己会错过这么重大的消息，她问："已经通知了吗？"

"对啊，"许璐指着一处说，"那里贴的公告，今晚高一全体学生正常晚自习，现在还是夏季时间，晚上六点五十分开始。"

可是……

"现在不是还不到四点吗？"简幸疑惑地问。

许璐"哎呀"一声："你就不想觅一下学校附近的食吗？我还没在学校吃过饭呢，感觉好兴奋啊！"

简幸没能理解这种兴奋点，但是也同意地点了点头。


和中是和县的省重点学校之一，学校的建筑风格和格局几乎是按照 P 大一比一复制的。

简幸和许璐初入新校园，认认真真地把学校逛了个遍。

路过状元亭的时候，许璐松开简幸，对着状元湖双手合十，一脸虔诚，小声念叨："希望我能如愿以偿地考上重点大学。"

她认认真真地念了三遍，推搡着让简幸也念。

简幸无奈："这又没用，还不如现在趴这儿多看两道题。"

许璐瞬间垮了脸："你不要再说了，我压力好大。"

简幸笑笑说："那去书店转转，学校里有个书店。"

"真的吗？太好了！"

许璐高兴得甚至都没反应过来：刚进学校不到一个小时的简幸为什么会知道这里有书店？

两个人没从原路折返，而是打算沿着湖面上的拱桥过去。结果走到桥中央的时候，一低头，看到桥的另一头蹲了几个男生。

这几个人，有的闲散地靠在树下，有的揪着柳条蹲在河边，还有的直接找了块石头坐着。他们都穿着和中的蓝白校服，后背印着"2008"，是高二的学生。

许璐对重点高中的滤镜太厚，没想到这里也会有不学好的学生。大概是她们俩的目光太直接，引得那群男生纷纷看过来。

许璐有些怕，拉了拉简幸的胳膊，小声说："要不我们回去吧。"

许璐本来以为简幸会更害怕，因为在她的印象里，简幸好像没什么特别要好的朋友。

而且，她们初中的私立学校，那里其实没多少成绩好的学生。大家要么来自乡镇，在城里没户口、没学籍；要么是在公立学校里惹是生非、被迫转学的，没有多少人愿意守班主任立下的各种规矩。

但是三年来，简幸一直很守规矩。她是所有人眼中的乖孩子。乖孩子看到坏学生的第一反应都应该是躲。可偏偏，简幸说了句："没事，我认识。"

— 02 —

简幸嘴里说着认识，面上却冷淡得像是见了陌生人。

许璐拿不准简幸到底是真认识，还是随口一说，但她自己不认识是事实，所以只能挽着简幸，强撑着淡定地走过。

在走过桥尾的时候，她偷偷瞟了一眼靠在树下的那个人。

她也只敢看这个人。因为几个人里，他面相最温和，甚至有一种好学生的气质。

忽然，这人开了口，声音不高不低的："简幸。"

许璐心虚，瞬间如芒刺在背，停了下来。

许璐死死攥着简幸的胳膊，简幸有点儿疼，就轻轻拍了下许璐，安抚她说："没事。"

简幸又扭头看向旁边："有事？"

蹲在河边的那位先开了口："哟？嘉铭，认识啊？"

坐在石头上的那个人也好奇地看了过来："学妹吧？秦嘉铭，你够能憋的啊，什么时候认识的啊？"

秦嘉铭笑了笑，直起身走向简幸。

他先是友好地看了一眼许璐，随后才问简幸："分到哪班了？"

简幸说："3班。"

"过渡班啊？"秦嘉铭问。

简幸点头。

秦嘉铭也点头："厉害。"

简幸不太明显地笑了笑。

短暂的沉默过后，秦嘉铭又问："一会儿还回家吗？"

简幸说："不回，不过跟同学约好了。"

秦嘉铭看了一眼许璐，了解地一点头："行，那改天再聊。"

简幸说："好。"

转身的时候，简幸的余光瞥到坐在石头上的那个人旁边放着一把伞，卷得很规整，蓝格子。

那伞很普通，超市里随便一个架子上可以摆十几二十把。

可她没忍住，扭头仔细看了一眼。

那人应该性格挺外向的，对上简幸的目光，直接抬起胳膊挥了挥："学妹，拜拜！"

简幸收回目光，幅度不大地点了点头。

她正要抬脚走，身后忽然传来了脚步声。

坐在石头上的那位站了起来，喊道："这儿！"

身后的脚步声更近了，伴随着男生平和的声音："看见了。"

简幸的动作微微一滞。

许璐一心想走，根本没听见身后来了人。

简幸怕自己再停顿太明显，只能跟着许璐往前走。

刚走两步，秦嘉铭又出了声："简幸。"

简幸立刻回头："嗯？"

她动作很快，好像真的很好奇秦嘉铭喊她的原因。

回头那一瞬，她的目光不由自主地瞄了河边一眼——只一眼——又若无其事地收回目光。

她状似面无异样，实则心脏快要负荷不了，耳根也烧了起来。

怕秦嘉铭看出什么，她主动开口问："怎么……"

却不想声音僵硬，喉头堵了一下。

心虚和生理反应让她的脸瞬间涨红了，她偏头咳了两声，好不容易才止住不适。

她眼里蒙了一层生理雾气，模糊的视线加重了她心中的不安，也放大了她心中的难堪。

简直想逃跑。

秦嘉铭用手拍了两下她的后背："没事吧？"

简幸摆摆手，声音有点儿哑："没事。"

"没事就行。给你介绍个人，"秦嘉铭说，"跟你一届。"

他这话一说，原本蹲在河边那位浮夸地叹了口气："这年头交友也分档次，世风日下啊！"

秦嘉铭笑骂道："滚。"

"嘿嘿，学妹，我叫吴单，以后见面喊'蛋哥'啊。不过我可不是什么过渡班、宏志班的。"吴单说着，朝石头的方向抬了抬下巴，"喏，好学生在那儿呢。"

简幸眨了眨眼睛，终于顺理成章地看了过去。

男生本来径直走向石头旁弯腰想拿伞，察觉到目光，没直起身，直接抬头看向简幸。

夏季下午四五点的天依旧很亮很热，他身后的湖面波光粼粼，照得简幸眼底滚烫。

简幸忍下这抹烫意，没眨眼，也没说话。

男生先表态，点点头算打了招呼。

秦嘉铭介绍说："徐正清。"

"这是简幸，3班的。"

徐正清手很大，不小的伞在他手里居然有几分袖珍玩具的感觉。他直起身说："我在1班。"

不仅仅是成绩的不同，在气质上，徐正清和吴单他们也截然相反。

他穿着简单的白色连帽卫衣，尽管还是少年，但已经有了英俊的眉目，是家长看了都会喜欢的立体端正的五官。

等他直起身站着，她才发现他的身高有一米八还多。

比秦嘉铭都高。

秦嘉铭有点儿意外地看向徐正清问："怎么不是宏志班？"

"没去，"徐正清半开玩笑地说，"吃不了那个苦。"

坐在石头上的那个人闻声站了起来，走了两步，揽住徐正清的肩，对秦嘉铭说："没见过咱徐哥这么厉害的吧？"

徐正清笑着拿臂肘顶了他一下。

"啧，别跟学长没大没小的。"

吴单听不下去了，拿柳条一甩，骂道："江泽，你能不能要点儿脸？"

江泽："我哪儿不要脸了？我不就是他学长？我不仅是他学长，往后一辈子我都是他学长！"

"别搁这儿赌咒发誓了，"秦嘉铭吐槽了江泽一句，继续跟徐正清说，"那你和简幸在一层啊，挺巧。"

徐正清大概明白了秦嘉铭的言外之意，他看了简幸一眼，再次朝简幸点点头。

此时一阵风吹来，掀起简幸的马尾辫，温热覆盖了后颈，她凭空起了一身麻意，而后略显僵硬地朝徐正清笑了笑。

徐正清还有事，拿了伞，跟他们打了声招呼就走了。

他不像简幸和许璐她们逛园区，而是走上了桥，原路返回。

简幸也转过了身，拐弯的时候借着找书店的理由看了一眼桥面。少年的身影一闪而过，只留下垂柳晃过的痕迹。

他出现得稀松平常，离开得了无痕迹。

他大概永远也不会知道，单单只是他的出现，就让这一天变得特殊起来。

"今天好像是处暑吧？"旁边的许璐说。

"是。"简幸说，"是处暑。"


暑气至此而止。

夏天正式结束。

徐正清终于认识了她。


新生入学时期，书店里人很多，大家图个新鲜，翻来看去，百十平方米的地方，人乌泱乌泱的。

简幸和许璐都没什么挤人的兴趣，简单逛了逛就出去了。

路上许璐一直心不在焉，简幸大概能猜到她在想什么，却没主动说什么。

等一起吃饭时，许璐才佯装不经意地问："简幸，你老家就在和县吗？"

简幸说："不是。"

许璐似乎找到了一些归属感，连忙说："我也不是，我一直住宿舍来着。我记得你初中不住宿舍啊？"

"嗯，我爸妈在这边。"

"都在吗？"许璐问。

简幸点点头："读六年级时搬来的。"

许璐看了简幸一眼，问："专门为你上学搬来的啊？"

简幸拿着筷子的动作一顿，含混不清地说了句："差不多吧。"

许璐"哦"了一声，戳戳碗里的粉，又说："那你朋友很多吧？我平时在这边都没什么朋友。"

"你老家没有同学考过来吗？"简幸问。

许璐说："没有咱们学校的，有二中的。"

二中也是和县的公立高中，但是教育资源和环境不如和中，学艺术的学生多一点儿。

简幸点点头。

许璐很自然地问："今天下午那几个人是你以前的同学吗？"

简幸说："不是。"

许璐瞪着眼睛等简幸继续往下说，却不承想，简幸又没话了。

许璐满满的好奇心都表现在了脸上，却又自知和简幸不算特别熟，也不好意思问。

一时间，她的表情复杂得难以言喻。


十五六岁正是少年过渡至成人的阶段，每个人都迫切地想要拥有独立的人格和思维，却又不得不溃败在浅薄的阅历和经验面前。

他们所有小心翼翼的试探里都藏满了深意。


晚自习准点进班，第一天全靠抱团认座位。

许璐和简幸个子都不高，但是进班的时候已经不早了，许璐一眼看过去没剩什么好位置了，脸都气白了。

简幸拉她坐在一个角落，有一点儿靠后。

许璐默不作声地坐下，没一会儿竟直接哭了。

简幸有点儿疑惑，递给她卫生纸，问："你想坐哪儿？"

许璐绞着纸不说话。

她不说，简幸也不知道还能问什么，只能跟着沉默。

前排有个男生靠窗坐着，后背抵着墙，坐姿非常不讲究。他看了一眼许璐，问简幸："她怎么了？"

简幸说："不太喜欢这个位置。"

男生似乎很不齿许璐这种行为，瞥了她一眼，笑着说："不喜欢，早点儿过来不就行了，五点多门就开了。"

五点半时，她们刚从书店出来去吃饭。

确实也没办法怪别人。

简幸轻轻叹了口气。

许璐本来已经不哭了，听到男生这么说，自尊心作祟，直接趴桌子上又哭了。

加上前排男生的坐姿颇为潇洒放肆，周围人还以为许璐受了欺负，频频看过来。

男生顿时面如菜色，扯着自己前排的俩男生过来跟许璐和简幸换位置。

许璐哭归哭，却没耽误起来换位置。

班里横九竖七，中间占三列，两边各占两列，后面还有空位。

位置其实很空，除了最中间那一列，其他每个人的两侧都是过道，很方便走动。

从倒数第三排变成正数第五排，虽然还是靠边，但是许璐的脸色明显好了很多，还从兜里掏出了刚刚买的糖，给身后的男生。

她给糖的时候都不愿意回头，只是拧着身子扔给男生。

姿势别扭，求和方式也很别扭。

男生嗤笑一声，坐正了身子，伸手戳了下许璐："有没有别的味儿的？换一个。"

许璐吸了吸鼻子，扭过头问："还有一个葡萄味的，你要吗？"

男生盯着她说："不要，我就是想看看你长什么样。"

男生的眼神直白，说得也直接，许璐一下子红了脸，差点儿把他手里那个糖抢回来。

男生靠在墙上乐了半天。

被迫从第五排退到倒数第三排的男生心情很复杂，同样伸手戳了戳那个男生，说："别乐了，乐哥，我才是最亏的那个好吗？"

这时一个男人走了进来，个子很高，看上去有一米九，很瘦，穿着黑色的改良中山衬衫，戴着眼镜。

他的个子高得有点儿离谱，进门以后原本乱糟糟的班一下子安静了。

有胆子大的出声感慨："这是麻秆儿的基因吧？"

全班哄笑成一团。

简幸坐在靠里的位置，支着脑袋也笑了笑。

许璐震惊得都忘了继续脸红，凑到简幸旁边小声说："真的好高啊，感觉比徐正清还高。"

简幸闻言，唇边笑意退了一分。她看了许璐一眼，又很快收回目光，点头，很轻地"嗯"了一声。

"麻秆儿哪有我结实。"等大家笑得差不多了，男人才捏起一根粉笔，边说边写了三个龙飞凤舞的大字：徐长林。

胆儿大的那个又接了一句："是够长的。"

底下再次笑成一团。

徐长林也不生气，笑眯眯地掰了截粉笔，非常精准地砸到胆儿大同学的头上说："来，就你了，上台做个自我介绍。"

这次轮到别人拍桌子、吹口哨起哄了。

胆儿大的确实胆儿大，没怎么犹豫就上了台，一本正经地鞠躬，然后把自己的名字写在了黑板上。

"大家好，我叫陈西。"

只是一个名字，底下已经有人有了反应。

简幸对陈西也有印象，是他们班的第一名。

陈西挺健谈的，开了个不错的头儿，在大家的热烈鼓掌中回到了自己的位置。

等陈西坐稳以后，班里渐渐收了声。

第二个会是谁呢？

徐长林站在最后一排，漫不经心地看了左边一眼，指着一个方向："你去。"

是把许璐气哭的那位。

他叫林有乐。

林有乐也挺健谈的，但是比陈西多了几分吊儿郎当的劲儿，他简单说了几句下来以后，徐长林又点了几个人。

大家后知后觉地意识到，这几个人都是刚刚拍桌子、吹口哨起哄的，对徐长林的印象顿时有了改观。

成年人大概就是这么给下马威的。

"下面我就随便报学号了。"徐长林说，"反正我也都不认识。"

话音刚落，门口传来敲门声。

简幸这个位置不太能第一时间看到来人是谁。她本来没多大的兴趣，却隐约听到有人说："是徐正清欸。"

简幸抬头，一抹白影走了进来。

同是新入校的学生，徐正清身上却有一种浑然天成的游刃有余的劲儿。

他很自然地唤了声："徐老师，借盒粉笔。"

徐长林更自然地答："行啊，来都来了，做个自我介绍再走呗。"

徐正清无奈失笑，但也没拒绝。

他大大方方地走到讲台上，看到黑板上有几个名字，拿了半截粉笔，把自己的名字写上。

是行楷。

漂亮到大家忍不住窃窃私语。

"大家好，我叫徐正清，是1班的。"徐正清说着，拿起一盒粉笔，"以后借粉笔可以找我。"

他说完就要走。

徐长林喊道："慢着。"

徐正清"哎"了一声。

林有乐笑喊道："徐哥，你应该应'嘛'啊。"

"九十七年都过去了，林哥。"徐正清声音里有笑意。

林有乐不说话了，"啪啪啪"地鼓掌。

徐长林不轻不重地踢了一下徐正清："说个数。"

徐正清问："范围？"

徐长林说："四十。"

徐正清很随意地说："那就三吧。"

他说完没再停留，似乎急着给自己班拿回粉笔。

他刚走，徐长林点着名册，手指落在第三行："三号，简幸？"

— 03 —

简幸的自我介绍很简单，大概因为是第一个女孩子，底下的人不约而同地鼓掌，给予鼓励。

简幸弯了弯唇角，露出一个友善的笑。

徐长林站在靠门口的地方，看简幸的介绍差不多要结束了，说："你也说个数吧。"

简幸随便报了个"十八"。

她说完就要下台，还没来得及动身，门口又传来敲门的声音。

简幸扭头看到来人，愣了一下。

又是徐正清。

徐正清看过来的时候，表情也有些意外，不知道是意外他不小心喊到了她，还是意外她的名次。

两个人下午才见过，这会儿完全装不熟不太可能。简幸想了想，还是僵硬地扯了扯唇角。

徐正清倒是很自然地笑了一下，而后对徐长林说："徐老师，搬书了。"

徐长林手里捏着名册，闻声头都不抬地说："劳烦你们班多喊点儿人，就当还礼了。"

徐正清没忍住，笑出了声，似乎觉得有点儿离谱。

"我现在把粉笔给您拿回来？"

徐长林抬起头，一脸正色道："我们不要了。"

"们？"徐正清抬眸往班里扫了一眼。

林有乐率先带头喊道："不要了不要了，借出去的粉笔，泼出去的水。"

徐长林抬起头："林有乐，语文课代表就是你了。"

林有乐立刻起立敬礼："遵旨！"

徐正清往门框一靠，看着林有乐说："那麻烦课代表出来搬语文书？"

林有乐笑眯眯地跑出来："My pleasure[①]."

林有乐和徐正清看上去关系很好，徐正清打趣道："不知道的还以为你是英语课代表。"

"我也不是没能力身兼数职。"林有乐很不要脸地说。

俩人说着走远了。

简幸收回目光，走下讲台，脚刚落地，就听到徐长林出声："简幸是吧？"

"嗯？"简幸看向徐长林，点头，"嗯。"

"英语课代表你暂时担任一下吧，"徐长林说着，看向班里其他人，"我看了一下，简幸中考英语一百四十八分。"他说着，又看向简幸，问，"两分应该是扣在作文上了吧？"

简幸说："应该吧。"

她英语一直很好，中考那些题确实不值得她做错。

"那就辛苦你一段时间，"徐长林说，"等期中考试成绩出来，再看看你有没有别的想法。"

简幸点头说："好。"

她回到座位上，许璐看着她，一脸欲言又止的样子。简幸问："怎么了？"

沉默了几秒，许璐咬了咬唇，说："没事。"

她明显是有事，但是简幸觉得她们的关系也没熟悉到可以打探这些的程度，便没再多问。


开学第一天没什么事情，除了认识同学和领书，就是听班主任交代军训的事情。

军训有统一的军训服，陈西作为班长，记录每个人的身高尺寸，

---

① 意为，我的荣幸。

然后带着林有乐去领军训服，领完分发给大家。这一天就过去了。


军训通常是一周，第一天最煎熬。

八月，烈日当头，在家养尊处优了两个月的各位站个十几二十分钟，整个人都快虚脱了。

"天哪，军训好痛苦。"许璐把帽子摘了扇风。

简幸也觉得痛苦，但是她累到话都不想说，只是低着头，希望"心静自然凉"是靠谱的说法。

然而还没等静下来，后颈忽然贴上来个东西，一片冰凉感。

巨大的温差几乎把她那一点儿皮肤刺激麻了。

简幸没忍住，吸了口气，本能地缩了下脖子。

她扭回头，林有乐蹲在后面愣了一下，然后忙不迭地道歉认错："认错人了，都穿的一样，我还以为是璐姐呢。"

许璐回头："你姐在这儿呢。"

林有乐笑眯眯地把他手里拿着的一瓶冰矿泉水递给许璐。

许璐瞪他一眼："就一瓶啊？"

"你们女生不都爱同喝一瓶吗？得，我再要一瓶去。"林有乐说完起身就走，边走边喊，"徐哥！"

不远处，徐正清正站在一棵树下。

他没戴帽子，头发抓得随意，额间偶有几根碎发，脸上被太阳晒得有点儿泛红。

他手里拿着一瓶矿泉水，瓶身的水珠从他指缝溢出，他也不是特别在意。他随手甩两下，拧开瓶盖。仰头喝水时旁边的人跟他说话；他一边喝，一边把耳朵往旁边人的方向偏了偏。

可能是什么好笑的事，他听了，明显地笑了笑。

林有乐刚好跑过去，弯腰从徐正清脚边的矿泉水箱子里掏出一瓶，招呼都不打一声就跑了。

徐正清旁边的人应该也认识林有乐，挺大声地说了句："蹭上瘾了你！"

徐正清也看了过来，他唇边的笑意还未完全收敛，笑里露着轻描淡写的懒散。

树下有风，吹动了他额前凌乱的发，他不甚在意地眨了下眼睛。

不近不远的距离，简幸清晰地看到一片绿叶摇摇晃晃地掉到了他的肩上。

他似是没察觉，还在看向这边。


"快看！1班班长！帅死我了！"

"林佳，这不是你初中时的班长吗？"

林佳说："是啊，不仅是班长，还是班草加校草。喜欢他的人能从我们班排到民中去。"

"哈哈哈，真的假的？那你喜欢他吗？"

"喜欢啊，"林佳不藏不掖，"谁不喜欢啊？"

"哟哟哟！"起哄声四起。

林佳一点儿也不在意地说："行了，别给我来这一套。人家人好，喜欢他不正常吗？再说了，那么多喜欢他的人，也没见谁敢真的喜欢他。"

"什么乱七八糟的，你一个语文课代表，怎么一开口都是病句？"

林佳笑着说："是啊，所以现在不就把帽子卸给林有乐了。"

林有乐立刻举手投降："别，佳姐，你这么说，我压力好大，考完试立马还给你。"

许璐看他们聊得好开心，忍不住插话问："你们初中都是一个班的吗？"

林佳说："对啊，不过那个时候语文课代表是我，嘿嘿。"

许璐说："那肯定是开学那两天你没表现的机会。你要是早做自我介绍，课代表肯定还是你的。"

"别了，我巴不得不揽这讨人嫌的活儿呢。"


嘻嘻哈哈之间，徐正清的目光还在往这边看。

隔着人海茫茫，简幸像其他人一样，假装好奇地看过去。

这一看，视线居然直直地撞进了徐正清眼里。

他……看到她了？

"老天爷！他在看谁？我吗我吗我吗？"

"为什么？因为你脸大吗？"

"滚！"

无人关注的角落，简幸只觉得好不容易静下来的心，再次翻腾起来。

衣服底下开始往外冒细细密密的汗。她不动声色地吸了口气，舔了舔唇，正要向徐正清回以微笑，徐正清却在这时又不紧不慢地扭回了头。他侧着脸，唇角含笑地继续和旁边人聊天。

简幸唇边扯了一半的笑一下子僵住了。

他没看见她。

或者说，他没在看她。

轰——

自作多情的羞耻感排山倒海地涌到了脸上。

"简幸，你脸好红。"旁边的许璐忽然凑上来。

简幸仓皇地低下头，帽檐儿覆盖着一片阴影，她低低应了一声："啊，热。"

旁边若隐若现地传来调侃的对话：

"哈哈哈，不是看你！"

"不是就不是呗。我敢保证，刚刚这边不少女的都以为徐正清看的是自己。"

"不可能，谁这么自作多情啊。"

"你啊你啊，哈哈哈！"

字字句句，明明无关她，简幸却觉得既尖锐又刺耳，仿佛整个人被扒光了晒在太阳底下。

好一会儿后，她猛地站起来："我去趟厕所。"

许璐跟着起身："我陪你一起。"

"不用。"简幸快速逃走了。


她跑去洗了一把脸。夏天连自来水都是热的，脸上的温度不降反升，心里的躁欲也越发明显。

简幸有点儿烦。水龙头的水还开着，她盯着直垂而下的水，良久没动。

忽然，一只手从旁边伸过来把水龙头关上了。

简幸微怔，转过头，看到来人居然是徐正清。

瞳仁本能地放大。

徐正清一只手拿着厚厚一沓表格，说："我还以为水龙头坏了。"

简幸反应过来，有些着急地解释："不是，我刚刚是……"

"嗯？"

简幸忽然没了话。

她眨了下眼睛，半晌，摇头，甚至唇角抿出一个笑来，说："没事，谢谢。"

"嗯。一会儿要填个表，你们班的给你？"徐正清甩了甩手上的表格。

简幸说："好。"

拿过表格，徐正清说："你先回去吧，我去给别的班发一下。"

简幸说："好。"

徐正清随即转身离开，他背影消失的一瞬间，简幸轻轻转过身，低头，抬手拍了下水龙头。

"哦，对了，你们班——"声音忽然出现，又戛然而止。

简幸后背一僵，迅速收回手，若无其事地再次转过身。一开口，沙哑的声音就出卖了她的紧张。

"怎么了？"

"忽然想起来你们班和4班是一个教官。"徐正清说，"他们班的表也给你吧。"

简幸"哦"了一声，说："行。"

徐正清又抽了一沓给她。

这时哨音忽然响起，徐正清看了眼手里厚厚的一沓表，又看了眼简幸，问："一起回？"

"哦。"简幸差点儿同手同脚，"好。"

中途，徐正清又分了给隔壁教官的表给简幸，说是顺便一起发了。简幸这才想起来，本来徐正清是要去发表格的。

这时他们走到其中一个方阵前，简幸看到一个学生因为迟到被教官罚站。一瞬间，简幸好像明白了徐正清要和她一起回去的意图。

此时阳光照在白纸上，折射出的光更亮，照得简幸的眼睛有些热，她偏头看了一眼徐正清。

他走在一侧，个高肩宽，挡了不少太阳。

逆着光，简幸其实看不太清楚他的脸，只能看到帽檐下的剪影轮廓模糊又深刻。

她盯着他，忽然开口说了句："我刚刚，不是在浪费水。"

徐正清愣了一下，随后才笑着说："我知道。"

简幸心里堵着的气终于散开了。

很快，两个人走到各自的方阵里。迎着无数无声又窥探欲满满的目光，简幸把表格交给教官，归位。

与徐正清擦肩而过时，简幸瞥见地面上，他们的影子相合又分开。

— 04 —

发的那张表是家庭背景调查表，需要家长签字。

其实这种表格大家一般都是自己填、自己签，但是简茹在这一块有特殊的执拗，她必须亲自签。

不过好在收表时间是在军训后，也不急，简幸便打算军训后再找她签。

晚自习前，简幸和许璐出去吃饭。

吃饭的时候，许璐一直在念叨："谢天谢地，终于快结束了。"

简幸说："不是还有三天吗？"

"最后一天就是阅兵，那就是还有两天。两天啊，近在咫尺！"许璐很激动地说。

"什么近在咫尺啊？"忽然一个人把碗放到了许璐旁边。

简幸和许璐同时看过去，是林有乐。

林有乐明显晒黑了，衬得牙更白了。他咧嘴道："巧啊。"

许璐拿手肘顶了他一下，满脸嫌弃："谁让你坐这儿的？"

林有乐"啧"了一声，说："同学之间怎么这么没有爱？看不见这小店没什么空位了？"

许璐翻了个白眼不再搭理他。

吃完饭，三个人一起往回走。路过一家奶茶店时，林有乐撞了下许璐的肩膀："喝奶茶吗？哥请你。"

许璐一个没站稳，差点儿摔了。这会儿路上人不少，许璐踉跄两步，觉得丢人，脸涨得通红，恨不得把林有乐当场掐死。

林有乐连忙求饶，边飞快地跑向奶茶店，边说："等着啊，一会儿给你送出来！"

"等个屁！"许璐气得直骂脏话。

简幸笑着问："要等吗？"

许璐别别扭扭地说了两个字："等呗。"

这会儿奶茶店里的人有点儿多，估计要排队。简幸和许璐站的位置就有点儿挡路，眼看林有乐怎么也出不来，只能靠边站着。

"你想过去看看吗？"大概是等得无聊，许璐问简幸，"看看都有什么口味？"

简幸说："好。"

两个人从路边往店门口走。快到店门口的时候，简幸用余光瞥到一抹身影。她一顿，转眼看过去，看到不远处一家店门口站了几个人。

有徐正清。

其他人有蹲着的，有站着的，还有直接不讲究地坐在台阶上的。只有徐正清坐在了门口不知谁的电动车上，一条腿屈起，脚踩在踏板上，另一条腿支在地上，踏板上那只脚的边上放了一杯奶茶，已经喝了一半，看上去像最普通的原味奶茶。

他低着头，不知道在看什么。

从简幸这个角度，只能看见他屈起的腿和侧脸轮廓。

忽然，他身后坐着的人拍了他一下，徐正清一回头，手里的东西暴露了出来。

是手机。

简幸隐隐约约地听到那人问徐正清：“你干吗呢？跟哪个妹子聊天呢？”

徐正清笑骂了一声：“滚。”

但没否认。

简幸的眼波闪了闪，挪开了眼睛，走向奶茶店。

林有乐刚巧出来，和他一同出来的还有个熟人。

是江泽。

江泽手里拎了不少奶茶，应该不是他一个人的。

林有乐和江泽聊了好一会儿才过来，许璐等得不耐烦了，随口问：“你们聊什么呢？急死人了。”

林有乐说：“男人的事，女人别问。”

他们现在还都是被称为“男孩”“女孩”“男生”“女生”的年纪，乍一下扯出了成人用词，让人莫名感到害臊。

许璐的耳根都红了，气得当场踹林有乐，奶茶都不拿了，扭头就走。

林有乐无语，问简幸：“你喝什么？直接从他这儿拿。”

简幸看了一眼江泽，江泽好像没认出来她，直接打开袋子说：“有挺多口味的，看着挑。”

林有乐在旁边说：“给许璐拿草莓味的，粉色那个。”

江泽说："薄荷的也挺好喝的，绿色那个。"

简幸看了眼余下的几杯，全是同一个颜色，有点儿像原味的。

她没说话，江泽又说："剩下的都是原味的。"

简幸说："我拿原味的吧。"

江泽笑道："小妹妹还挺懂事，那薄荷的是我给自己留的。"

简幸也笑，说："谢谢。"

"不客气。"


晚上不军训，同学们在班里看书自习。

他们回去得不算晚，但是也不算早，班里已经快坐满了，只有门口或蹲着或站着几个人在聊天。

3 班位居中间，1 班在最前面，靠近女厕所，男厕所在另一头。

简幸和许璐从女厕所出来，迎面撞上了从男厕所回来的林有乐。林有乐路过 3 班也不进去，和许璐面对面时还故意拦了一把许璐，把许璐逗得满脸通红，追着他打。

林有乐一边跑，一边继续回头逗许璐。许璐气得要死，但又追不上，只能拉着简幸往班里跑，说："我把他的书扔了！"

林有乐听到这话忙不迭地去拉许璐，两个人拉来扯去，退到了 1 班。

简幸怕被误伤，只能往墙边靠。

她身后就是 1 班窗口的位置，转身的时候她匆匆往里看了一眼，没看到一张熟悉的面孔。

"林有乐！！！"不知道又怎么了，许璐气得大叫一声。

简幸循声去看，愣了一下。

是徐正清。

他正从男厕所的方向过来。

同样都是迷彩服，可穿在徐正清身上，这又宽又大的衣服偏偏多了几分潮感。

他大概是顺便洗了一把脸，脸上还沾着水，手上也是。

他个子高，手也大，手指很长，走过来的时候随便甩了甩手。

一步一步，越走越近。

简幸站在原地，浑身僵硬得进退两难，呼吸也越发艰难。

直到徐正清停在 1 班后门的门口，距离她只有一米。

简幸没看他，目光在他的手上。

徐正清本来在看林有乐，察觉到她的目光，便看过来："嗯？"

简幸瞬间移开目光，动作泄露了她的仓皇失措。

徐正清倒是没察觉到她的情绪变化，只是有点儿好奇自己手上有什么东西。

他低头看了眼自己的手，手掌、手背翻了两次，没看出什么来。

简幸从余光里看到他的动作，以为他会当作什么也没发生。结果下一秒，徐正清往她这边走了一步，低声问："怎么了？"

简幸瞬间麻了半边身子。

她僵硬地转动脖子。二人身高差距大，简幸这么一扭头，目光落在了徐正清颈间的喉结上。

他脸上的水滑到了脖子上，颈间有湿漉漉的痕迹。

虽是夏天的夜晚，简幸却觉得浑身滚烫。她匆匆抬起眼睛，乍然对上徐正清低垂的目光。

心脏似乎一瞬间停下了，呼吸也跟着静止。

简幸的视力一直很好，常年保持在 1.5，这一瞬间，她仿佛从徐正清黑色的眼睛里看到了自己的脸。

徐正清又问："怎么了？"

他的声音里含着温和的笑意，像刚刚吹过来的风。

简幸这次没移开目光，几秒后，从兜里掏出一小包纸。

"要吗？"她递给徐正清。

徐正清一笑："谢谢。"

他伸手接过，动作灵活地拆开，抽出一张，又把剩下的还给简幸。

简幸正要伸手去接，徐正清又拿了回去。

简幸一愣，下一秒看到徐正清拿纸巾擦干了塑料包装袋外面的水渍，然后才重新递给她。

简幸下意识地说了一句："谢谢。"

徐正清闻声看她一眼，然后很轻地笑了一声，边擦手边说："没事。"

简幸没明白他这个笑的意思，但这短暂的声音融进风里，依然吹得她面红耳赤，心跳加速。

她捏着纸巾，没着急收回目光。

因为黑暗会掩盖她不纯粹的痕迹。

她的忐忑，仅仅暴露在纸巾塑料包装细碎的声音里。


另一边，许璐到底还是抓住了林有乐。

虽然声势浩大地追打了一路，但真抓住了他，她也不能怎么样。

林有乐嬉皮笑脸地跟许璐认错，目光穿过许璐看到后面的徐正清，喊了一声："哎，徐哥，你猜我刚刚见谁了？"

徐正清一边把卫生纸团成团，一边态度敷衍地随口问："谁？"

林有乐笑眯眯地凑上前，搂住徐正清的肩脖往下压："刚碰到江泽学长了。"

徐正清想要扔纸团的动作明显一顿。

林有乐盯着徐正清，表情隐忍。

徐正清还保持着扔纸的动作，偏头，面无表情地看着林有乐。

林有乐没躲，和他对视。

片刻，林有乐爆发出狂笑。

简幸有点儿好奇地看过去。

只见林有乐只笑了几秒，很快就像是察觉到不对劲一样，迅速收了笑。

笑声止住的同时，他转身想跑，却在转身间被徐正清抬胳膊抓了回去。

林有乐跟跟跄跄地往徐正清怀里倒，口中求饶："哥！哥，我错了！哥，我真错了！"

徐正清不以为然，脸上还有淡笑。

他看向许璐说："借用一会儿。"然后一个用力，把连喊带叫的林有乐拉到了自己班。

1班应该有不少人都是林有乐的初中同学，看到徐正清这么做，十分配合地把后门关上了。

前后几秒，简幸清晰地听到林有乐的喊骂声："徐正清，你损不损！往哪儿掏呢！啊！爸爸，我错了！谁？！谁脱老子裤子？！"

门外的简幸听到这里，没忍住，笑出了声。

她笑着跟许璐说："我们先走吧。"

许璐没动。

简幸问："怎么了？"

许璐的表情不太自然，脸也红红的。

她眼神飘忽不定地问简幸："徐正清为什么跟我说'借用一会儿'啊？"

简幸笑了笑，一边往自己班的方向走，一边说："不知道啊，看你们关系好吧？"

许璐小声说："谁跟他关系好了……"

简幸笑笑没接话。


后面几天的天气依然热得离谱，但是也正如许璐所言，两天的时间过得很快，检阅仪式也在正午当头顺利结束。

这天周日，下午没课，大家基本回家了。

简幸拒绝了许璐的午饭邀请，顶着一脑门儿汗往家走。

到家时衣服后背湿了一大半。

"回来了？"简茹看到她问，"下午是不是不去了？我看二中他们就不去了。"

简幸一家是简幸六年级时搬来和县的，简茹和吕诚，一没文化，二没亲属人脉，平时只能做点儿小生意谋生。

一般假期间，简茹和吕诚会在和县最热闹的文化公园小吃街卖小吃，学生开学了以后就在二中门口卖。

因为二中学生的消费水平高。

"嗯，不去了，"简幸抹了一把脑门，讲话的声音有点儿虚，"我先去洗个澡。"

简茹问她中午想吃什么，简幸说："都行。"

洗完澡出来以后，姥姥朝她招手："快来，吃两口西瓜。"

和县盛产西瓜，非常便宜。简茹爱吃这个，夏天家里几乎没断过。

简幸坐过去吃了一块，等心彻底静下来才舒了口气。

姥姥盯着简幸心疼地说："瞧这晒的，脸和脖子都不是一个色儿了。"

简幸说："没事，一个冬天就白回来了。"

"怎么样，高中好玩吗？"姥姥好奇地问。

姥姥前几天就好奇，只不过简幸每天下了晚自习都太晚，姥姥基本都睡了。

简幸正要说些军训日常，简茹端着菜碗进来，往桌子上一放，说："玩什么玩，高中是让玩的吗？到时候如果考不上，够她玩后半辈子的！"

姥姥说："哪有那么严重，你没考上，也没见你玩半辈子。"

"逗呢？我考？我才上几天学？"简茹一边分筷子一边说，"我娘可没为了我又搬家又租房的。"

这时吕诚从里屋出来，简茹又说："我爹也没为了我瘸腿丢工作。"

简幸听到这儿，捏着筷子的手一紧，顿时没了食欲。

口中本来清甜的西瓜汁，后调有些犯苦，冲得她头昏脑涨，耳朵也似乎嗡鸣了一阵。

忽然"啪"的一声，感官恢复的瞬间，手腕吃痛脱力，筷子"当啷"掉在了桌子上。

她没来得及抬头，就听到简茹喊道："不想吃别吃！拿着筷子戳在半空点谁呢？说两句还不乐意了是吧？我说的不对吗？全家是不是都为了你，不然谁乐意在这儿又卖命又卖笑的？"

耳鸣又开始了。

眼前开始发黑。

心跳也在加速，后背的汗起了一层又一层，燥热席卷全身。

刚刚那个澡白洗了。

"还吃不吃了？不吃滚！"

这句通常是简茹骂声的收尾，一般情况下不用说什么做什么，安安静静吃饭，这事就算过去了。

但是简幸今天是真的吃不下去了。

她拿起筷子和碗，站起来，一句话没说，走去了厨房。

姥姥"哎哟"一声，骂简茹："你烦不烦！辛苦一上午，饭也不让人好好吃。"

姥姥说着要起身，简茹一拍桌子："我看谁敢让她回来！不吃？有本事往后一口饭也别吃我的！这个家谁做主不知道啊？"

吕诚本来犹犹豫豫的，也想说点儿什么，听到这话顿时闭上了嘴。

简国胜当初抛妻弃女，简茹被人指点着长大，这种环境下长大的人通常有两个极端：要么自卑懦弱，要么强势跋扈。简茹明显属于后者。

她要强，在那个年代也敢坚决不嫁人，后来因为家里缺男人，有些事实在不方便，才招了个上门丈夫。

以前在老家，吕诚给人拉货，多少挣点儿钱，在家里也有点儿话语权。后来在简幸五年级升六年级那年夏天，吕诚为了给简幸买期末考第一名的奖励，不小心撞瘸了腿，丢了工作。同年搬来和县后，就只能跟着简茹卖小吃帮忙。

所以简家是简茹做主。

姥姥年龄大了，一个老婆子，平时什么也不做，搬家还要跟着挪窝，除了添乱没任何用处。

她连吕诚都不如，在这种情况下更不能说什么，只能拿着当妈的架子说两句："她才多大？你这么大时还不如她乖呢。"

简茹冷笑道："你外孙女可厉害着呢，没听说过会咬人的狗不叫啊？行了，饿她一顿又饿不死。吃饭！"

— 05 —

"会咬人的狗都不叫，"身后的林有乐吊儿郎当地说，"别看咱们班主任平时好说好话，其实狠着呢。"

"你怎么知道？"林有乐的同桌方振问。

林有乐靠着墙，手里转着笔，一脸神秘："你猜。"

方振骂他："你是狗吧？"

许璐本来也一直在听，没听到关键内容的她忍不住"哼"了一声："别侮辱狗了。"

林有乐一点儿也不计较地一龇牙："汪！"

许璐没见过这么不要脸的人，憋半天也就憋出了一句："无语！"

简幸没忍住，笑出声来。

许璐脸红了："你笑什么？"

简幸说："笑你怎么连骂人都不会。"

许璐一顿，脸不知道为什么涨得更红了。她看了简幸一眼，埋头看书，几秒后又看了简幸一眼。

她的动作不算光明正大，甚至有些偷偷摸摸。简幸感觉到了，但没扭头问她。

又过了好一会儿，旁边推过来一个本子。简幸抬眼一看，上面有一行小字：那我要怎么骂啊？

简幸觉得好笑，想直接扭头跟许璐说话，结果转过去看到许璐正在一脸认真地看书，完全没有搭理她的意思，只好也写在本子上：不骂，这种行为会被人说满嘴喷米共。

米共？

这次许璐转过了头，眼里透着茫然。

简幸又笑了，她把身子往许璐旁边挪了挪，捂着嘴，小声说："上下拼凑。"

许璐反应过来以后又深深地看了简幸一眼。

这次简幸没注意到，因为她余光瞥到前门晃过一道瘦高的身影，抬头一看，是徐长林。

徐长林旁边还站着一个人，由于是视觉盲区，简幸没看到这人的脸，只看到了他半个肩头。

可即便如此，简幸还是一眼就认出了他。

是徐正清。

没一会儿，徐长林转了个身，简幸一眼看到徐正清手里拿着一摞纸。

徐长林很嫌弃地说："能不能找点儿便利贴啊？"

徐正清挺无奈："弄这么花里胡哨……"

"不懂了吧，老男人的乐趣。"徐长林说，"拿回去重写。"

写什么东西？

简幸没想出眉目，就见徐长林走了进来。

她又看了眼门外，发现徐正清没立刻离开，而是拿了手里那摞纸最上面的一张，几秒就折了一个纸飞机。

像小朋友一样，他先用嘴哈了下纸飞机，然后才扬起胳膊扔了出去。

晚上还是有风，少年清爽的发被掀起，干净俊朗的面孔露出。

教室的灯照在走廊上，薄薄的一层，勾勒出他的侧脸轮廓。

少年正是意气风发时，心中有仰望，抬头有星空。

简幸看着，心里乍然涌上来一股意味不明的情绪。

两年前，她想，不管他们学校和三中的差距有多大，她都要努力跑到他身边。

如今走近了他，她才明白，徐正清之于她的距离，远不止从1班到3班这么远。

他和她，是星空与废墟的差距。

一晃神，少年转身，挺拔的身影消失在门口。

简幸轻轻敛目，收回了目光。


这时，讲台上的徐长林招呼陈西抄这学期的课表。等陈西抄完，他才说："这个课表只是暂时的，最终版会在这周末确定，你们先随便看看。"

底下应了几声，稀稀拉拉地答："好。"

徐长林不怎么讲究形式，也不觉得被冒犯，继续说："各位，先放下手里的书和笔，抬头看看我，看看我这张帅脸。"

底下一片笑声。

陈西实在没忍住，说："脸真大。"

徐长林笑着说："还行吧，应该没你的大。"

陈西的脸是真的大，才一周过去，已经被人送外号"陈大脸"了。

哄笑声更甚。

陈西一个大男人，被人笑得耳根通红，最后实在没办法，双手合十求放过。

等大家笑得差不多了，徐长林又说："也没什么事，就是聊聊。明天开课之后，你们应该就没什么时间跟我闲聊了，要聊也是考完试拿着成绩单到小黑屋里聊。"

底下一片"噫……"声。

"别噫，说的是实话。"徐长林说，"今年的高考分数线，你们关注过吗？别以为自己还早，三年过去快着呢。今天说两件事。第一个呢，就是分数线的事情。你们一会儿每个人写个目标分数，不是你们高考的，是明年高考的，到时候就拿你们期末考试的分数来衡量。写完交给陈西，陈西再交给我。

"哦，用便利贴啊，别给我随便撕张大白纸，敷衍谁呢。"徐长林又补了一句。

"大白纸怎么了，怎么还瞧不起大白纸了呢？"有人说。

"就瞧不起。"徐长林的口吻莫名地有一股傲娇劲儿，逗得大家笑个不停。

徐长林："第二个呢，就是你们都比较关注的文理分班。咱们和中年年都是高一下学期才开始文理科分班，这个主要看个人选择。但是我还是要说两句。不管以后选什么，这上学期，都要一碗水端平，谁要是漏了洒了，咱们还是得在小黑屋里聊两句的，知道没？"

"我不，我就要往历史上洒，就要往历史上洒。"林有乐故意道。

徐长林虽然是班主任，但是任职科目并不是语数外之一，而是历史。他这么一说，3班在文理科分班以后就是文科班了。

林有乐说完，其他人跟着起哄："是的是的，就往历史上洒。"

徐长林跟着笑半天才说："林有乐，历史月考成绩如果你不是第一，给我等着进小黑屋。"

林有乐人傻了，他从初中起就是出了名的偏科，九大主科，八门优秀，就剩下一门历史碰运气式及格。

"我错了，大哥，我真的错了，"林有乐喊，"我以后绝对给您当牛做马。"

徐长林说："别，我家没有地，牵回去还得倒贴饲料。"

满堂哄笑。

不过聊归聊，笑归笑，正经事还是要做。

高考和中考到底不一样，在座的各位没有一个人经历过高考，所以高考的一切对大家来说都是未知的。

因为未知，所以恐惧。


晚自习中间没有休息时间，想去厕所可以直接去，班里没有老师，也不用打招呼。

简幸坐在座位上，一手拿着笔，一手无意识地卷着书角，好像在很认真地看书，实则她眼前全是少年在光影交错中用力扬起纸飞机的身影。

纸飞机落到校园广场里，应该只会被当成垃圾。

也许还会被人踩来踩去。

不会有人知道那里面也许藏着一个意气风发的少年梦，也不会有人知道那轻盈单薄的一张纸，于她而言，也许是一整个少女时期的梦。

她与他的交集本就寥寥无几，她怎么舍得放弃这一点独一份的特殊拥有。

想到这里，简幸忽然放下了笔，她的视线瞬间聚焦，瞥到书角被自己无意识地卷起的层层褶皱，就像她心上纠结挣扎的痕迹。

她抿着唇又盯着看了几秒，然后站起了身。

身旁的许璐一愣："你要出去吗？上厕所啊？"

简幸含混不清地应了一声，快速出了教室。

她本来还只是走，拐到楼梯口时忽然就跑了起来。

晚上的风比白天的清爽凉快，迎面吹到脸上，让人感觉舒心。

简幸起初还是一步一个阶梯，后面就一步迈了两三个阶梯，心跳随之上下，渐渐有紧张又隐约亢奋的情绪涌上来。

浅淡的月光下，偌大的校园广场像一片平静又广阔的海面，简幸觉得自己就像一尾鱼，在波涛翻涌中找寻唯一可以借光的白色。

广场实在太大了，简幸大概找了一下，情绪里的激动渐渐退去，随之涌上的是浅浅的焦躁。

人也开始跟着热起来。

简幸走了两步，忽然想起什么，猛地抬头看向班级教室的方向。

她记得徐正清的动作，可她不知道风的方向。

她要往哪儿找？

又该往哪儿找？

平静的海面骤然掀起波浪，失落的情绪像波涛汹涌的海啸，头顶不知何时移来几层云，遮住了唯一的月。

简幸站在原地，忽然有些茫然，她半仰着头，没看到星空，也没看到光。

— 06 —

晚上，放学铃敲响，简幸没着急收拾东西，先去了厕所。

许璐陪着她，随口说："你这才多久啊，就跑两趟厕所了。"

简幸洗手的动作一顿，含糊地应了一声："水喝多了。"

许璐也没怎么在意这件事，只是有些发愁地叹气道："我都不知道要填哪个学校，长这么大，我只知道清华和北大。"

"从全国高校的排名里扒吧。"简幸说。

"欸？可以！"许璐一激动，随后又失落地说，"可是我们又不知道排名。"

"要不，去旧书摊看看有没有上一届学生的《报考指南》？"简幸说。

许璐眼睛一亮："有吗？可以吗？"

简幸说："应该有，我一会儿走，路上看看。"

和中有两个门，大门附近书店很多，小门附近却什么都没有。许璐回家要从小门走，只好跟简幸说："那你找到后直接买一本吧，我就不去了，明天你带过来，咱俩AA。"

"不用，"旧书一般都便宜，两三块钱，所以简幸说，"我随便买一本，一起看吧。"

"哇，谢谢！"

简幸笑笑说："没事。"

回去的时候，简幸本来想直接去旧书摊，走出教学楼的时候，忽然看到有几个人携伴往反方向走，边走边说什么和中书店来了一批新书。简幸想了下那个百十平方米大的书店，也跟了上去。

书店确实来了一批新书，甚至新书还没来得及被放到书架上，好几个大箱子都在旁边放着。

不过现在店里只有几个人，几个箱子也不显拥挤，反而多了几分生活气息。

简幸感觉时间还早，便进去转了转。

书店并没有因为开在高中校园里就坚决杜绝言情小说，只是相对来说比较少。刚刚一同来的几个人直奔小说区。简幸对这些没兴趣，就挑了外国文学区逗留。

她随便翻了几本挺出名的小说，样书里面有不少不同笔迹的注解，这是和中书店的特殊传统。

有时候看注解比看书还有意思，因为有人会在注解下进行各种奇奇怪怪的对话，比如这段——

黑色笔迹写：底线之内，请务必勇敢一次。

红色笔迹跟：所以"你要不要和我谈恋爱"？

简幸笑了笑，把书放回了原位。

时间差不多了。虽然简茹这几天不搭理她，但简茹在时间这块一直很严谨。简幸快速转了一圈，离开时途经柜台，忽然想起《报考指南》，停下了脚步。

柜台里有一个人，椅背调得很后仰。他懒散地躺在那儿，脸上扣着一顶帽子。

简幸犹豫了下，还是走了过去，敲了敲柜台问："你好？"

柜台里的人双腿晃了一下，随后慢悠悠地把脸上的帽子拿了下来。

他一拿下来，简幸才看到这人居然留着长头发——也不算特别长，两边还是寸头，但是头顶上留得挺长，扎了个短马尾。

大概是被扰了清梦，他的脸明显不太高兴，哑着嗓音问："怎么了？"

简幸感到挺抱歉，但都已经把人喊醒了，还是问了句："请问有《报考指南》吗？"

"《报考指南》？"这人上上下下打量简幸，"高三的？"

"不是，"简幸说，"高一的。"

"哦，高一的要这玩意儿干吗？给自己漫长的高中生活提前负重？"

这人好像有点儿不正经……

简幸没忍住左右看了两眼，开始怀疑这人到底是不是这书店的工作人员。

不过这人嘴上话虽多，但还是弯腰不知道从哪儿翻出来了一本《报考指南》。他还是很懒散的坐姿，直接把书扔到柜台上："在旁边登记一下，记得按时还。"

简幸说："哦，好。"

她翻开登记本，看到上面大多数都是高二的学生。简单登记结束，简幸没忍住往前翻了两页，忽然，她瞥到一个熟悉的行楷笔迹：

登记人：徐正清
班级：高一 1 班
书籍：《一九八四》
（借）时间：2009.08.23
（还）时间：2009.08.31

今天。

简幸一顿，放下了登记的本和笔。她的手有些抖，似窃喜，似激动，但语气依然装得随意："你们这儿有《一九八四》吗？"

不正经的柜台人员随手指了个方向。

简幸转身的时候有些急，走过去的时候也急，心一直悬在半空中，生怕这家书店只有一本《一九八四》，生怕在这一秒之前，有人已经借走了。

她方寸大乱得很突然，刚刚甚至都没想起来翻看后面的登记名单里有没有别人再借这本书。

找了一圈，终于在角落里找到了，但却是没拆封的。

简幸迅速转身走回柜台，她的声线有抑制不住的僵硬："你好，那个《一九八四》没有拆封的吗？"

柜台人员愣了一下，说："你拆了不就有了吗？"

简幸也愣了下，这才想起来和中书店的书都是可以随便拆封的。她顿了顿，抿住了唇。

她是可以拆了。

可她要的不单单只是这本书。

"算了，"简幸低声说，"也不着急看。"

她想走，可想想那上面的归还时间，有些不甘心地问："这个书，必须准时还吗？"

柜台人员看了她一眼："一般是的。"

"哦，"简幸又问，"那还的时候要再登记一遍吗？"

"不用，在还的时间后面打个对号就行了。"

简幸这才想起来，登记表最后一栏有打对号的地方，但是她没注意徐正清那页后面有没有打。

简幸犹豫了一下，硬着头皮当着柜台人员的面再次打开了登记簿。

果然，没有对号。

他还没还。

简幸悄无声息地松了口气，合上登记簿的动作都轻快了不少。

等简幸走后，柜台人员才慢悠悠地收回目光，抬手一挑，把登记簿调了个方向，随手一翻，看到最新登记信息是：简幸，高一3班。

像是很随意一般，他又挑翻了两页，瞥了眼其中一栏，轻轻挑了挑眉。

简幸没把《报考指南》拿回家，她先回了一趟班。这个时候班里已经没人了，灯关了，门也锁了。简幸摸黑开窗，把《报考指南》先扔到了林有乐的桌子上。正要关窗，忽然瞥到身后落过来一大片黑色阴影，半空中还飘着一抹光，简幸吓了一跳，没忍住，低叫了一声。

她这一叫，好像把对方也吓了一跳。

简幸隐约听到一句脏话，她一怔，有些不可置信地看过去。

来人确实足够一大片阴影，因为高。半空中的光是手机屏幕照出来的，光影描绘出他的面庞五官，简幸看清以后才确认，真的是徐正清。

她还以为自己听错了。

这会儿平静下来，再想想刚刚的尖叫，简幸简直想找个地洞钻进去。

她庆幸此时整个楼层都是黑的，也许徐正清根本认不出她是谁。

可偏偏，他手里有手机。

徐正清应该被吓得不轻，拿手机照了下她的脸，看清楚以后，有些意外："简幸？"

他虽然意外，但声音依然不高，低低沉沉，没有任何攻击性。

因为这两个字，简幸在一片黑暗里生生涨红了脸，心跳快得有些不正常。明明四下都是穿堂风，她却紧张得快要呼吸不上来。

她手摁在背后的窗棂边，粗糙的水泥壁磨得她的指腹隐隐作痛，她却只感受到了疼痛后的灼热感。

滚烫感一路抵达喉咙，简幸不由自主地咽了咽，"嗯"了一声："是我。"

徐正清只拿手机照了简幸一下，随后察觉到不太礼貌，便拿开了，将手机收进口袋。他看着简幸贴边站在窗口，疑惑地往里看了一眼："怎么还没走？有事？"

简幸快速地说："放个东西。"

"哦。"徐正清没接着打听，大概也没什么兴趣。他看了眼外面，说："你还不走？"

简幸的心跳频率在这一秒达到最高。她一直觉得自己是个很随意，甚至像姥姥说的那样有些糙的人。可偏偏在徐正清面前，她连声音的大小和音色都控制得和平常不太一样。

她努力把声线压得既自然又平和，说："走，这就走。"

"那一起吧。"徐正清说着，又掏出了手机。

手机的光很弱，甚至还不如头顶的月光亮。可当徐正清把光照在简幸面前的时候，简幸茫然无措了一晚上的心，忽然满了起来。

这光，是他借给她的。

她不想还了。

哪怕往后余生，她头顶再无温柔月光。


"我刚刚是不是吓到你了？"楼道里，徐正清忽然开口。

"没，是我吓到你了吧。"简幸想起刚刚，还是觉得羞赧。纵使楼道黑暗，她也不敢看他，只能低着头，任由羞赧染红耳根。

徐正清轻笑了一声，挺自然地说了句："那扯平了。"

这话说得轻松中带着一点儿稔熟的亲昵。简幸说不上心里具体什么感觉，只是感觉整个人好像轻飘飘的，唇角也忍不住地往上扬。

她低低应了一声："嗯。"

楼道很空，只有他们两个，脚步声或重或轻，回音阵阵。

因为回音，他们的每一次对话都好像重复了很多次。

简幸觉得好神奇，今天一整天都好神奇。

不，是考进和中以后的每一天，都好神奇。

而这一切，都是因为旁边这个人。

简幸没忍住，假装慢半拍地落在了徐正清身后。

他们身高有别，借着台阶，简幸勉强和徐正清差不多高。她在黑暗里并不能看清什么，但却舍不得移开眼睛。

她真的……好喜欢他。

可是这所学校，不知道有多少人像她一样喜欢他。

因为他太优秀，喜欢他都变成了一件稀松平常的事情。

简幸想着，垂下了目光，视线不经意间落在低处。借着若隐若现的光，简幸看到徐正清手里好像拿了一本书。

她没来得及问，两个人已经走出了教学楼。

徐正清先开口："我去书店还本书，你先走吧。"

简幸忙说："好。"

徐正清拿着书随意地朝她挥了挥，说："再见。"简幸想冲他笑笑，却不想徐正清下一秒就转过了身。简幸扬起一半的唇僵住了，随后又慢吞吞地继续扬起，然后很小声地说了句："晚安。"


徐正清转身的时候掏出手机看了一眼时间，晚上十点多了。他不确定书店关没关门，只能加快脚步，直到看到书店的方向隐隐有光传来，他才放慢脚步走过去。

卷帘门拉下了一点，徐正清推开玻璃门进去，看到柜台处有个阿姨在收拾东西。他走过去，打了声招呼："你好，还书。"

看对方忙，他也没多说，很娴熟地打开登记簿，翻了一页，找到自己的那一栏，画上对号，把书放在了柜台上。

太晚了，他没再逗留，转身走了，推开门才看到旁边闪着星火。他偏头看了一眼，被那人的发型逗乐了。

"你就这么回来的？江爷爷没把你拆了？"

徐正清话音刚落，书店里传来阿姨的声音："别深，别老抽烟！"

江别深扭过头，嘴里叼着烟，含混不清应了一嗓子："知道了。"

徐正清在江别深收回目光时朝他竖起拇指。江别深哼笑一声："你跟我装什么装？"

他说着，从脚边抓起烟盒砸向徐正清，徐正清伸手抓住后笑着说："我回家了。"

"哦，"江别深看都不看他，"滚吧。"

徐正清和江别深属于爷爷那辈开始的世交，俩人一个院长大，江别深比他大六岁。

按理说，差俩代沟的人不该成为朋友。但大概是徐正清从小就比同龄人成熟，而江别深则相反的原因，俩人居然硬生生地处成了"忘年交"。

三年前，江别深上了大学，逢年过节才会回来，偶尔不回来的时候，俩人就抽空在 QQ 上聊两句。

江别深这次回来的原因徐正清也听说了，他像江别深一样往旁边一蹲，说："怎么还混到局子里了？"

"大人的事，小孩别管，"江别深说，"做你的试卷去。"

徐正清"啧"了一声："我还真不愿意搭理你，肄业的大人。"

江别深扭头眯眼看他。

徐正清笑了笑："真休学啊？"

"呃，"江别深说，"老头子让我在家闭关一年。"

"那你倒是回家啊。"

"回屁，这里就是我家。"江别深说，"以后我就在这儿兼职，下次还书早点儿来，听到没？"

徐正清扭头看他："那书是给我舅借的，你怎么不训他去？"

"学校里禁止攀亲戚，喊'徐长林老师'。"

徐正清懒得理他，起身走了。

江别深看着少年越发挺拔的背影，抖了抖烟灰，喊了一声："小徐。"

徐正清无奈地回头。

江别深最乐意看徐正清这表情，咬着烟乐了半天，问："那书你是给你舅借的，自己就没看两眼？"

"没时间。"

徐正清说完，随便挥了挥手，转身走了。


和中之所以成为重点高中，不单单是因为教育资源足够优秀，设备也足够人性化。比如学校大门口二十四小时亮着 LED 灯，上面显示的是北京时间。

此时此刻：2009 年 8 月 31 日，22 点 22 分。

接近凌晨了，风里也渐生了凉意，简幸蹲在教学楼门口的花坛旁边，一下一下地揪着旁边的小草，时不时扭头看一眼书店的方向。

不知道第多少次扭头后，简幸终于看到了熟悉的身影。

排列有序的路灯下，他的身影被拉得很长。他偶尔走到路灯下，她能看到少年俊朗的面庞；他偶尔走到路灯间隔的黑暗里，又显得有些生人勿近。

可就是这一明一暗，简幸仿若在看一部无声的电影。

灯光暖黄，一笔一笔勾勒了十五岁的温柔和孤独。

他一步一步，踏光而来。

他从来都不缺观众，可此时此刻，好像天地之间，她是他唯一的倾慕者。


简幸猜测时间可能不太来得及，所以只是匆匆看到徐正清出了校园，她便往书店跑。

风里有泥土的气息，更多的是油墨的味道。

这好像是每所学校独有的味道。

晚上跑起来，气息冲击得更猛烈。简幸知道自己大可以慢慢来，大不了明天再去借，一本书而已，不见得就真的这么受欢迎。

可万一呢？

万一她错过了，她大概要后悔一辈子。

她没有非要执拗地看那本书，她只是想守住今天这神奇的一天。

最好能完整地画一个句号。

— 07 —

简幸气喘吁吁地跑到书店，书店的玻璃门关了，卷帘门拉了一半。简幸愣了愣，有些慌乱地跑过去。

她扒着门缝往里看，额头急出了汗。

"你好，有人吗？"她喊了一声。

下一秒，疑似身后方向传来懒散的一声："有。"

简幸一顿，猛地转身，循声看到一侧花坛的隐蔽处居然坐了一个人。

他嘴里叼着烟。简幸看不清他的脸，只能捕捉到一点儿星火。

但凭借着那特殊的发型，简幸认出了他。

是那个不太正经的柜台人员。

江别深也毫不意外地认出了简幸。他脸上没有任何疑惑，仿佛简幸的出现是他意料之中的。

他盯着简幸，含混不清地问："来借书啊？"

大概是目的不太纯粹，哪怕简幸没看清这人的眼神，却也心虚地躲了躲，几秒后喉咙干涩地"嗯"了一声。

"柜台上呢，自己拿去吧，记得登记。"

简幸顿时笑了。她忙不迭地重重点头："好！谢谢。"

说完，她飞快地推开门，进了书店，没一会儿就抱着书出来了。

走之前，简幸犹豫了下，还是跟这人打了招呼："我走了，谢谢你。"

江别深这时站到了门口，只不过依旧还是那副懒洋洋的模样。他朝简幸抬了抬下巴，算打了招呼。

等简幸的身影越来越远，江别深才盯着简幸离开的方向，意味不明地嗤笑一声："小屁孩儿。"


书很厚，黑色封皮，摸着很有质感。

简幸抱着它，好像能感受到徐正清手上的温度。

她心里想着，不由自主地红了脸。

这时高三的宏志班打了放学铃。简幸一抬头，看到学校门口的LED屏上滚动的时间：22点40分。

距离简茹回家的时间没多久了，简幸只能加快回家的步伐，却不想刚出学校的大门，就看到了两道熟悉的身影。

是简茹和吕诚。

简幸一怔，完全没想到他们会在这边，她以为他们平时只在二中那边。

大概因为她是此时第一个走出学校的人，所以门口的商贩不约而同地都看了过来，简茹也是。简茹看到她后明显愣了一瞬，吕诚的脸上则是明显的想躲闪和尴尬的神情，这硬生生止住了简幸想上前的脚步。

不近不远的距离，简幸和简茹对视着。她们没有进行任何对话，简茹也没有给她任何眼色，可简幸在一瞬间明白了简茹的意图。

她顿了顿，动作有些僵硬地收回了目光，然后目不斜视地走过了简茹的摊车。

走了大概十分钟，简幸到了和县白天最热闹的公园。

此时夜色已深，弯月悬在头顶，旁边的河水波澜不惊，拱桥偶尔有野猫穿过，只留下一晃身的痕迹。

公园的对面是和县另一所重点高中——一中，一中应该放学更早一些，这会儿只剩下寥寥几道人影。

简幸看着长长的人民路，忽然有些堵心。

她站在一盏路灯下，两肩铺了浅浅一层暖黄的光，光影细碎，照不进她的眼睛。


回到家，简幸先冲了个澡。刚开学没什么作业，她简单预习了各科明天的内容，快结束的时候，门外终于传来了声音。

车子被推到院子里，轻重适宜的脚步声，冲澡间响起水声，隔壁屋的房门开了又关。

意料之中，简茹依然没有主动跟她说话。

台灯前，简幸盯着英语单词看了没多久，抬手合上了书。

她看了一眼桌子一角放着的《一九八四》，忽然觉得这本书就像一块大石头压在她的胸口。

她本来想着今晚能翻两页，此时却只想把它藏起来。

前后没几秒，简幸把书拿起来，放进了抽屉里。

台灯关闭的同时，洗澡间的水声戛然而止。简幸转身上床，等下一次水声响起的时候，她的意识渐渐模糊。

眼前莫名其妙又亮起了光，不是白炽灯，是血红的夕阳。

鼻尖泛起浓重的消毒水味道，周围的温度一会儿低得像冰窖，一会儿高得像火炉。简幸痛苦地一皱眉，挣扎着睁眼，只看到长长的走廊。走廊里一片白色，尽头却染了一片红。

红白交染处，简幸看到简茹对着一对年轻夫妇捂着嘴哭，她的眼泪多得仿佛能流出一条河。等年轻夫妇转身离开时，简幸看到简茹面无表情地擦干了眼泪，几秒后，她的嘴角挂起了似不屑、似讥讽的笑，她一扭头，猝不及防地撞上了简幸的目光……


"简幸！"

眼前晃过手影，简幸怔了怔，眨眼回神。她扭头，对上许璐疑惑的目光："怎、怎么了？"

许璐盯着她问："你怎么了？怎么心不在焉的？"

"可能没睡好吧。"简幸从抽屉里拿出《报考指南》递给许璐。

"哇，你买到啦？"许璐连书包都没打开就开始翻书。

"没，借的，"简幸也凑过去，"和中书店借的。"

"那儿还有这种书呢？"许璐说着，翻开书，看到第一页龙飞凤舞地写着三个字，写得很潦草，她认得有些费劲，"江……江什么探？"

"江别深吧。"简幸说。

"哦哦哦，是是是，江别深。"许璐不怎么感兴趣，接着往后翻。

一整个早自习，因为这本书，附近几排同学都没怎么好好看书。

早自习结束，许璐顺利交了目标便利贴，松了口气。她问简幸去不去厕所，简幸说："我不去，我去后面扔个垃圾。"

路过陈西的时候，陈西一脸狰狞，着急忙慌地把手里的便利贴往她怀里塞："我去趟厕所，你帮我送办公室去。"

说完，他也不等简幸说什么，抓起桌子上的纸就跑了。

简幸没办法，只能转身从后门出去。

徐长林的办公室就在班级同层，靠近男厕所。

简幸过去的时候发现办公室没关门，里面是这层四个班的班主任，他们正坐在各自的位置上聊天。

徐长林先看到了简幸。他手里抱着茶杯，微微伸着脖子问："怎么了？"

简幸走过去："交我们班的目标志愿。"

"陈西呢？这么会使唤人。"

简幸说："他去厕所了。"

"懒人屎尿多。"当着女孩子的面，徐长林言辞上没半点忌讳。

简幸也只能笑笑，装作没听见。

徐长林这才朝一个方向抬抬下巴，说："行，放那儿吧。"

说完又补了一句："哦，对了，那个家庭背景调查表，让陈西明天收上来。"

明天就要交了啊？

简幸以为还能再拖几天呢。

她在心里叹了口气，跟徐长林说"好"，说完转身就要走，忽然瞥见徐长林桌子里侧放着一个纸飞机。她一顿，一时间没控制住自己，直接停在了原地。

她的身子以一种扭曲的角度拧着，眼睛盯着纸飞机，有些执拗。

徐长林虽不算了解简幸，但是印象里，她是一个挺收着情感的小孩儿。他愣了愣，顺着简幸的目光看向自己的桌子里侧，看到了那个纸飞机。

他不太相信女孩子，或者说一个高中生，会喜欢这个东西。他再次看向简幸，然后又看向纸飞机。

反复两次，他才试探着拿起纸飞机，问简幸："喜欢这个？"

简幸猛地反应过来，一抬眼对上了徐长林的目光。徐长林眼里有疑惑，也有窥探和打量。简幸躲闪不及，一阵头皮发麻。

"喜欢吗？"徐长林又问了一声。

简幸欲张嘴回答，又哽住了。

她喜欢。

可她哪里只是喜欢这个纸飞机呢。

简幸想着，低下了头。

自始至终，她都没回答。

徐长林自然想不到她那些复杂的情绪，他只当小姑娘是不好意思开口，便笑笑说："这是我昨晚在园区捡的，不知道是哪个捣蛋鬼扔的。本来想拿回去给我儿子玩，走两步才想起来我儿子今年都大学毕业了，估计也不乐意玩这东西，指不定还会反过来嘲讽我一顿。唔，不给他了，送你了。"

简幸抿了抿唇，伸手接过。

她看着手里的纸飞机，有些怅然，又有一种莫名的失而复得感。尽管这纸飞机根本不是她的。

她甚至有一丝窃喜和羞赧，因为这种错过又拥有的戏剧情节，让她想到了无数偶像剧里男女主角的经历。

长这么大，她从来都不敢觉得自己是人生的女主角，可在这一刻，她的男主角是徐正清。

他们有特殊的缘分。

这份特殊，大概足以让她记住这一整个青春。


离开办公室，简幸深深吐了口气。

她没着急回班级，而是去了护栏旁边站着。

身居高空总能触摸到更多的风，抬头天很近，低头地很广，好像一眼能俯瞰半个城市。

像人一样，位居高位，才能拥有更多自由。

而攀到高位，是需要时间的。

简幸看着广场上的人头，脑海里浮现的是距离高考的倒计时。

忽然，视野里飞过一道痕迹，是纸飞机。

简幸瞳孔一紧，猛地回头。

居然是秦嘉铭。

简幸有些震惊。她看了看周围，差点儿以为自己走错了楼。

"你怎么在这儿？"

"找徐正清说个事。"秦嘉铭说完，问她，"你在这儿干吗？"

"随便看看。"简幸说。

"喘口气啊？"秦嘉铭笑着说，"不至于吧，这不是才刚开学吗？"

简幸笑着说："就是随便看看。"

她又转身去看楼下那个飘落在地面上的纸飞机。

秦嘉铭嘚瑟道："是不是飞得很远？"

"一会儿去捡也很远。"简幸泼他冷水说。

秦嘉铭："别扫兴，这是我的宝贝，谁捡了谁有福气。我折飞机的技术一流，徐正清都折不过我。"

有些人，单单只是靠名字，就足以让人心神不宁。

简幸眼波闪了闪，故作随意地问秦嘉铭："你们就比这个啊？"

"是啊，"秦嘉铭也扒着护栏，"还能比什么，比学习啊？我俩也不是一个年级啊。"

简幸"哦"了一声。

她不舍得结束这个话题，又假装话赶话地问："那你们是怎么认识的？"

秦嘉铭一向都是有什么说什么，这次却反问一句："我和你是怎么认识的？"

简幸看了他一眼："要说吗？"

秦嘉铭先笑出声："算了算了，丢人。"

他说话时侧过身，胳膊抵在护栏上，一眼瞄到简幸手里的东西，挑眉道："什么东西？你也折这玩意儿？"他说着伸手就去抢，"给我，试试能飞多远。"

简幸瞬间后退着躲开，周身的抵御、反抗之意明显。

秦嘉铭愣了一下："怎么了？"

简幸缓了一下才反应过来，表情有点儿尴尬。

秦嘉铭看出她的尴尬，大度地给她找台阶下："干吗？怕比不过我？行行行，给你留着面子。"

简幸扯了扯唇角。

她不是在为排斥秦嘉铭感到尴尬，而是这行为背后藏着掖着的原因让她无地自容。

悬崖之边，差一点点。

她简直不敢想，如果秦嘉铭追问起来，她该怎么说。

因为是老师给的，所以不能丢？

怎么可能。

因为……因为这可能是徐正清折的那个。

她想要。

她为什么想要？

因为她对他有异想天开的念想。

也许这件事情在秦嘉铭看来是非常正常的，毕竟谁都知道，喜欢徐正清的人能从三中排到民中，现在应该可以从和中排到一中，再排到二中。

好像全世界都可以喜欢他，好像全世界都想站到他身边。

唯独她不行。

因为她是一个小偷，一辈子只能瑟缩在阴影角落里苟且偷生。

她哪里配得上他。

她哪里舍得配上他。

— 08 —

上课铃敲响前，秦嘉铭和简幸挥手再见。

简幸又在门口站了一会儿才进班，路过陈西的时候又对他说了下表格的事情。等回到自己的座位，她刚坐下，许璐就问她："你去哪儿了？"

许璐一边问，眼神一边往窗外溜。

她应该是已经看到秦嘉铭了。

简幸本来也没打算瞒着她，如实说："帮陈西去办公室送了志愿贴。刚刚在门口碰到朋友了，聊了两句。"

许璐"啊"了一声："班主任在办公室吗？"

简幸说："在。"

许璐"哦"了一声，几秒后又问："那你们聊什么没？"

简幸翻书的动作一顿，随后头都没抬地说："我们能聊什么。"

"哦……"许璐又看了一眼简幸，没再继续问。

中午放学，许璐问简幸："简幸，你回家吗？"

简幸说："回。"

许璐有些犹豫："可是他们都不回欸，好像就在学校附近吃饭，吃完就进班自习了。"

确实有这种学生，但是他们大多是自己租房子住，或者就住在学校，时间自由，经济自由。

简幸哪里有这些自由。

"我得回去。"她说。

"那好吧，"许璐说，"那你路上慢点儿哦。"

"嗯。"

正午还是热，简幸到家时 T 恤都湿了。

简茹和吕诚不在家，姥姥刚做好饭从厨房出来，看到她就笑着说："回来啦？快洗手吃饭。"

简幸往屋里走："好，我一会儿出来。"

她进屋反手把门关上，坐到书桌前，双手搭在桌面上，无所事事地抠了几下指甲。

抠弄间指尖明显在抖，她用力捏了两下指骨，两声脆响之后，她才张开五指抻了抻。

屋里很静，她好像听到了胸口的心跳声。

一下一下，又重又快，砸得她有些呼吸不畅。

堂屋又传来姥姥的催促声，简幸扬声应了一句："唉，好，马上就出去。"

说完，她从兜里掏出了纸飞机。机身相较于口袋其实有点儿长，但却被保护得没有任何折损。她拿着纸飞机看了看，随后沿着折痕打开。

她记得徐正清拿纸张的动作。他是从一摞志愿单的最上面拿的。他应该不会随便拿别人的折，所以应该是他自己的。

初中三年几乎没出过年级前三的人，高考志愿分会高到什么程度？

她能够上吗？

这么想着，简幸拆纸的动作忽然停住。

她捏着一角，薄薄的一层，感受到的重量几乎可以忽略不计，她却有些不敢喘气。

"简幸欤。"姥姥又在催。

简幸用指腹轻轻摩挲了一下纸角，一鼓作气，完全打开了纸飞机。

身后忽然传来门被推开的声音，紧接着姥姥走进来："在干什么啊？写作业吗？"

她说着，走到简幸身后，看到简幸手里拿着一张白纸："什么东西啊？白纸吗？怎么还折得都是印子啊。"

提吊了一整个上午的心，"咻"的一下砸回了原处。

明明是回到了原处，简幸却被一股滔滔的失落感和挫败感包裹覆盖了。

眼前视线恍惚了一瞬，脑袋也蒙了几秒。

短暂的失神里，简幸想到自己从拿到纸飞机到此时此刻的情绪波动。

像个笑话。

原来不是每一场相遇都能担得起缘分的重量，也不是每个人都能拥有失而复得的幸运。

更何况，她一直都不是幸运的人。

就连她名字里的"幸"，也是捡来的。

姥姥还在说："怎么啦？被同学欺负啦？同学折你纸啦？"

什么乱七八糟的。

简幸失笑，摇头说："不是，随便捡的。"

"哎呀，一张纸有什么可捡的。"姥姥说，"快出来吃饭。"

简幸说："好，我去洗脸。"

"洗个手就行啦。"

"嗯。"简幸没看姥姥，她放下纸，站起身，径直出门。

门开着，风卷进来，吹落了桌上的纸。

纸张折叠的盲区上写有一行浅浅的行楷笔迹：flying。

吃饭的时候，姥姥也不吃，就盯着简幸看。

简幸给她夹菜："先吃饭，一会儿再看。"

姥姥嘴上说着"吃吃吃"，其实半天没动筷子，眼睛还盯着简幸，好一会儿才看出点儿不对劲，问："眼睛怎么红红的？晒的啊？"

"嗯，"简幸说，"有点儿晒。"

她刚洗过脸，睫毛上还沾着水，眨眼间有湿漉漉的痕迹。

姥姥说："打把伞吧，我看他们都打伞。"

"没事，"简幸说，"打伞麻烦。"

"哎哟，你这小姑娘也太糙了。"姥姥又问，"怎么样，开学以后累不累？"

"不累。"简幸跟姥姥聊天一般只挑轻松的话题。

姥姥笑道："你呀，跟你妈一个性子，再苦再累也不说。"

简幸笑笑，没说话，起身去倒水，她给姥姥也倒了一杯。等姥姥喝了一口，咂摸咂摸嘴说没味儿的时候她才想起来什么，又起身去屋里，再出来路过姥姥身边时，往姥姥的碗里丢了颗糖。

姥姥顿时笑得见牙不见眼。

不过姥姥这满嘴是没什么好牙了，这也是简幸敢偷偷给她糖吃的原因。

姥姥嗜甜，年轻的时候没怎么注意，牙里落了病根，后来病症外露，姥爷已经走了，家里就两个女人，生活都是问题，哪里还有钱看牙。

久而久之，就不能治了。

简茹大概是心有愧疚，所以在这方面一向管得很严，平时家里连白糖都没有。

吕诚更是拿简茹的话当圣旨。

也就简幸，打工挣钱了还惦记着给姥姥买糖吃。

其实简幸也怕简茹，主要是怕她得理不饶人和大嗓门儿。

可是……一个老太婆，真吃又能吃几年呢。

简幸听着姥姥心情愉悦的哼唱声，忍不住笑着说："这么高兴？"

"那是，还是我大外孙女疼我。"姥姥说。

简幸说："那你多活几年，以后多疼疼你。"

"唉，"姥姥又喝了口糖水，长长叹了口气，"老啦，没几年好活啦。"

其实姥姥也没多老，不到七十岁。但是因为年轻时遭了太多罪，现在大大小小各种毛病都找上了门。

"零件"都在叫屈，"主机"又能灵活几年呢。

"别瞎说，"简幸说，"妈听到了又骂你。"

"喊，我怕她？"姥姥说，"再说了，我一个老婆子，她骂就骂了，我倒是希望她能少骂你两句。"

简幸没说话。

姥姥犹豫了下，说："简幸，其实你妈真的很疼你，小时候在老家，她走到哪儿都恨不得带着你。有段时间你身体不好，你妈一个从不迷信的人都开始找算命的，还特意给你改了个好名字。你爸也是，你刚出生那会儿，你爸在工地干活，一上午回来十几趟，人家都笑话他没出息，他还笑眯眯地不当回事。"

这些事简幸已经听姥姥讲过很多次了，她"嗯"了一声，说："我知道。"

"知道就行，知道就行。"姥姥放心了，"以后她说什么啊，你别往心里去，她就是怕你不学好。她当初没能好好上学，现在不指望你，指望谁啊！"

简幸又"嗯"了一声。

自打上次吃饭时闹起来，简幸和简茹已经几天没说话了，姥姥可能有些担心。

两个人冷战，总要有一个人先开口，她们俩，开口的肯定不是简茹。

所以只能是她。

但其实不用姥姥说，今晚她也要找简茹。

毕竟表格要她签字。


不过，简幸本以为简茹会像平时一样晚上十一点多才回来，晚上到家却发现，三轮车早就停在了院子里。

简幸看了眼自己的房间，灯是开着的，窗口书桌位置闪动着人影。

以往都是简茹靠这个判断她是否在写作业。

简幸盯着看了一会儿，没进去。

主要是进去也没用。情况好了，简茹说两句不轻不重的话就出去了；情况不好，她反而要背着重重的"孝"字，听简茹念叨那些令她头疼的事。

说不定还要在大半夜把邻居都拽过来当裁判。

毕竟这是她的一贯作风。

忽然，头顶树影一晃，青白的月光底下，影子像飞速滑翔的机翼。简幸 滞，猛然想起什么，下一秒直接冲进了自己的房间。

不知道简茹在书桌前翻找些什么，简幸推门的动作又重又快还很突然，简茹明显吓了一跳。她瞪了简幸好几秒才缓过劲儿："要死啊？！后面有狗追，还是屋里藏的有宝贝？"

简幸抿了抿唇，快速看了眼书桌上的组装书架，角落的一张白纸明显被抽出来过。

一整天的疲惫，顿时再次席卷而来。

简幸垂下眼帘，走两步把书包放到椅子上，翻找出表格给简茹："老师让家长签字。"

简茹心虚，简幸给了台阶立刻就下，她接过表格大致看了眼，拿起笔"唰唰唰"签了名字。

简国胜走之前，简茹也是上过几年学的，据说成绩还不错，所以这么多年来一直都很不甘心。

她签完字以后，随手抓了个本子，写了一个英文单词，问简幸：

"这什么意思？"

简幸看了一眼，flying，她说："飞。"

话音刚落，简茹一巴掌甩在了她胳膊上，大声喊道："往哪儿飞？飞哪儿去？你还飞？毛长齐了没就要飞？初中飞不走，以为高中就能飞走了？"

这股火气来得猝不及防，简幸根本没反应过来。

简茹动手向来不会收着力，一巴掌扇得简幸的半条胳膊都麻了。她反应过来才质问简茹："你干什么？"

"我干什么？你还有脸问我干什么？"简茹直接把书架上的书推倒，桌子上顿时凌乱一片。简幸下意识要去抓白纸，却被简茹一巴掌打在手背上，她吼道："拿！我看你敢拿！"

吼完，她抓起白纸，狠狠往桌子上一拍，点着白纸上的一个单词问："说！飞哪儿去？！"

"你真是不学好啊？我和你爸、你姥，哪个人辛辛苦苦不是为了你？供你搬到城里，供你上初中、上高中。现在你要飞？你怎么不去死啊！你干脆带着全家一起去死算了！"她越说越气，看表情，似乎下一个巴掌就要落到简幸脸上。

简幸全程低着头，她能感受到简茹的唾沫星子在往她脸上溅，但她就是不想抬头，不想看见简茹那张脸。

她目光涣散地盯着简茹手下的白纸，没什么意图，只是在单纯地发呆。

可这行为落在简茹眼里，却是一种无声的抵抗。简茹气不过，直接把那张白纸抓起来撕了。

简幸这才睁了睁眼睛："妈！"

"别叫我！"简茹把碎纸全扬了，"这到底是什么？！说！不说，今天谁也别睡了！"

"怎么了？又怎么了？"是吕诚，他没进来，只是在门口问。

"没你的事！睡你的觉去！"简茹扯着嗓门儿吼道。

姥姥好像也起来了，简幸隐隐约约也听到了她的声音，说"有什么事明天再说，别耽误简幸睡觉，都累一天了"。

确实累。

累死了。

很晚了，简幸也想睡觉。

她闭了闭眼，声音有些低地开口："是老师给的。"

答案出乎意料，简茹甚至以为自己听错了，她瞪了瞪眼睛："什么？"

简幸说："是我们班主任捡的纸飞机，送给我的。

"字母可能是他写的。"

简幸说得没有半点儿撒谎的痕迹，一时之间，简茹居然不知道信还是不信。她看了看地上的碎纸，又想到那个"飞"，半晌后口吻有些生硬地问了一句："写个'飞'是什么意思？"

"不知道，"简幸说，"可能是希望我以后能节节高飞吧。"

她是故意的。

故意这么说。

简茹当年只上了小学，对初中、高中老师有一种盲目的崇拜和敬佩。如今她竟亲手撕了老师对女儿寄了厚望的字条，想必心情一定很不好。

这时，门外的姥姥又喊了一声："简茹，简茹，快睡觉吧。"

"行了，催催催，催什么催！高中生晚睡一会儿怎么了！以后有她熬夜的时候！"虽然简茹嘴上这么说，但行为上已经作势要走。转身前，她顿了下，看了眼简幸，声音不再尖锐地说："怎么说也是老师给你的，一会儿粘一下，粘完，收拾收拾赶紧睡。"

这就是简茹的道歉。

是简幸意料之中的。

通常这种情况下，简茹是允许她不给回应的，但简幸偏偏应了一声："哦，好。"

简茹走后，房间里一下子安静下来。简幸站在桌子旁，盯着地上的碎纸，好一会儿才迟缓地蹲下，一片一片地捡起来。

简茹平时做事大刀阔斧的，撕个东西也不会撕很碎，没几片，很快就粘好了。

为了防止纸张被风化，简幸还特意用宽透明胶带贴住了整张纸，摸上去滑滑的，完整得像没有受过任何损伤。

只是，有了这层保护膜，她再也不能感受到纸上的余温和气味了。

像被封起来的执念，像自欺欺人的慰藉。

没一会儿，房间的门又被敲响。

简幸把纸塞进抽屉里，回头看到探头进来的吕诚。

自打吕诚的腿瘸了以后，他看简幸时总有一种拘谨的小心和微妙的不自然。

简幸当然也能感觉到，但她好像有情感缺陷一样，即便心里想要修复，面上也做不出什么太亲昵的行为，只是淡淡地问："怎么了？"

吕诚笑着往她桌子上放了一张五块钱："没什么事就早点儿睡，累一天了，别熬夜了。这是你妈给你的，明天渴了买水喝。"

这是简茹一贯的道歉方式。

简幸看了眼钱，说："好。"

"哎、哎，那就早点儿睡。"吕诚不再多说，转身走了。

简幸看着他佝偻的腰身和颠簸的步伐，忽然鼻头一酸，主动开口说："爸，你也早点儿睡。"

吕诚一怔，忙转过身应道："好好好，早点儿睡，早点儿睡。"

他一边说，一边往后退，不小心撞到门框，又满脸尴尬地笑笑。

简幸正要站起来，吕诚一抬手："行了，早点儿睡。"

门缓缓关上，门缝里吕诚的身影越来越瘦削。

别人都说父亲是山，在简幸的印象里，父亲像山脚摇摇欲坠的碎石块。

他从未强大过，他只是她一个人的父亲。

房间再次沉寂下来，屋里静得仿佛连呼吸声都不曾有过。

更别提刚刚的混乱。

简幸坐在椅子上，手指一下一下地抠弄着抽屉拉环，细小清脆的声音像锤砸钉子，一下一下落在她心上。

好一会儿，她才轻轻拉开抽屉，掏出那本《一九八四》。

是一本外国文学书，内容晦涩难懂，意义也深奥得让她捕捉不透。字里行间偶尔会有注解，字体她都不太熟悉。

没什么耐心地翻到最后，末尾，作者的尾记后跟着一行黑色笔迹的时间落款：2009.8.31，于和中。

简幸用指腹摩挲两下笔迹，拿笔跟在后面写了十个字：

祝你星辰大海，永不落幕。

这晚，简幸房间里的灯亮到了凌晨两点多。半夜四点多起风了，五点十分的时候，简幸看到天边亮起了第一缕光。

— 09 —

想要疼痛有效，针就要敢往人心上扎。

简幸应该是扎到了简茹，以至于简茹第三天、第四天也没直接跟简幸说话，好像始终都很忙的样子。她一忙起来，简幸也不会主动找她，中午吃了饭就回屋午睡，晚上回家直接进自己屋里不再出去。

为了节省电费，晚上简幸的房间只允许亮一盏台灯。她坐在书桌前，一页一页地翻《报考指南》，入目的皆是航空航天大学。

短短两天，简幸几乎快要把全国所有重点航空航天大学的所在城市和分数线背下来了。

每一个于她而言，都像蓝天本身一样遥不可及。

其实她知道，天是没有边际的，也是没有具体概念的，只要你愿意抬手，愿意抬头，愿意仰面，天就在你眼前。

可是太阳也没有边际，也很大，却从来没有照到过她。

淡淡的光影下，简幸垂目，指腹反复摩挲着排名最高的那所院校，好一会儿，她才心有不舍地把书合上。

时间已过零点，简幸没有睡意，就打开抽屉掏出了《一九八四》。

才过去两天，这本书已经快被她翻了三分之一。

她其实觉得很艰涩，但她很着急，因为时间不够。

桌子上放着台历，简幸想到那天登记时随便写的日期，七号，是白露。

夏日的暑气终于舍得离开，天地间的阴气上升扩散，天气渐渐转凉，晨露日益厚重，这是秋天的第三个节气。

是她走到徐正清身边的第二个节气。

七号那天是周一，简幸一大早就带着书去了学校，到学校时还不到六点，这个时候书店不可能开门。

简幸虽然这么想，但还是抱着试试看的态度去了书店，没想到门居然是开着的。

大概是晨风清新，书店的玻璃门是打开的。简幸探头望向里面，空无一人，她在门口犹豫着要不要进去，身后忽然响起懒洋洋的呵欠声："早啊。"

简幸惊慌地回头，眼睛不由自主地瞪大。

江别深看到她这个表情，有点儿想笑，但他忍住了，然后在与简幸对视的情况下也猛地瞪大了眼睛。

他在模仿她。

反应过来的简幸默默地收了惊诧的表情，有点儿无语。

江别深打小有俩特长：一是欠，二是懒。大早上一口水没喝就瞪两秒眼睛，简直要累死他，所以第三秒，他的眼皮又回归了无力状态。

他看着简幸笑，问她："还书啊？"

简幸"嗯"了一声，没多说话。

江别深自然看得出简幸不怎么想和他说话，他又笑了笑，才绕过简幸走进书店。

简幸默不作声地跟上。

简幸先掏出来的是《报考指南》，江别深正靠在柜台上喝水，偏头看到这本书，随手拿起来翻了翻，然后在简幸刚拿起笔准备勾对号的时候问了句："想考航天大学啊？"

触到纸上的笔尖瞬间失控地画了一道，攥着笔的手指因为太用力，骨节处泛出白色。

她总是在隐藏，可处处都在不如她意地暴露。

半晌，简幸声音有些干涩地"嗯"了一声，算作回应。

江别深听到简幸的回答，不置可否地笑笑，没再多说什么。等他看到简幸从书包里掏出《一九八四》的时候才惊讶地问："你看完了？"

他口吻里的意外之意实在太明显，简幸疑惑地看了他一眼："怎么了？"

"不是，这书你一周就看完了？"

简幸看了眼书籍的厚度，大概懂了他的意思。但外人哪里知道她看书的目的和意图，所以她只是淡淡地说了一句："是有一点儿长。"

"不只是长吧，这书多少老师看了好几遍都——"

简幸闻声看过来，江别深看到了她眼底的清亮和平静，除此以外，他还看到了她眼里的红血丝和眼下的淡青色。江别深一顿，话锋一转："都还想再多看几遍，应该挺好看的。"

不知道，没看懂。

她能把徐正清留下的痕迹摩挲一遍，已经心满意足了。

"是吗。"简幸说着，把登记簿上的《一九八四》也勾了对号，然后又说了句"谢谢"。

她说完转身要走，江别深看着她有些瘦的身影，"哎"了一声。简幸扭头，江别深很突然地问了句："喜欢猫吗？"

简幸愣了下，有点儿没反应过来："什么？"

"看来不讨厌。"江别深说着转身走进柜台里，弯腰不知道从哪儿找出来一袋猫粮，他没再出来，就隔着柜台递给简幸说，"你现在应该不急着去班里吧？帮忙喂个猫？"


简幸出书店的时候还在茫然，她走了两步，停下来，看了看手里的猫粮，又回头看了看书店。柜台里的那人像知道她会回头一样，朝她挥了挥手，然后又做了个颇有武侠气息的抱拳动作。

简幸耳边响起他刚刚说的话："我昨晚做了个梦，有个小野猫怀孕了，我给它吃的，它嫌弃，说它娃更喜欢女生。你帮个忙呗。"

一听就是在瞎胡扯。

但看空了一半的猫粮袋，简幸猜测他应该经常喂猫，只是猫有没有怀孕、嫌不嫌弃他，她不知道，可他今天懒得去喂估计是真的。

不过反正她也没什么事，对学校的小野猫也挺好奇，那就去转转吧。

此时还不到六点，教学楼附近偶尔有人来，但需要喂猫的地方就没什么人了。因为这片是专供复读生使用的两排小瓦房，复读生一般五点半就进班早读了，这会儿门口也没什么人。

简幸靠近没几步，听到一片混在一起、有些厚重的读书声，声音低沉，不像他们班的那样激烈，也不像高二的那样零散，和高三的也不一样，这是一种只属于第四年的负重低吟。

简幸又听了一会儿才抬脚继续靠近，她大致看了一圈，没看到什么猫，倒是看到了几个小碗，里面都装满了猫粮，好像刚刚才有人来添过一样。

简幸愣了愣，有点儿怀疑自己是不是被整了。

她跟他很熟吗？

为什么要整她？

简幸有些生气，转身要回去，忽然在一片低沉声里捕捉到了一丝细细的猫叫。她一顿，下意识地停住身体，生怕自己听错了，等第二声响起的时候，简幸才确定是真的有猫。

她微微弯腰，脚步小心翼翼地循着猫叫声找，直到猫叫声越来越清晰。

她绕过瓦房拐角的时候，果不其然，看到了高高翘起的猫尾巴。她有些欣喜，边摇晃着猫粮袋子靠近，边试探性地唤了一声："喵……"

等简幸看到完整的猫时，脸上的欣喜瞬间僵住了，嘴里的声音也戛然而止。她看着面前的一猫……一人，大脑一片空白。

居然是徐正清。

他怎么在这儿？

他后侧方还有一袋猫粮，看包装袋，好像和她手里的一样。

简幸僵硬着脖子一低头，发现不是好像一样，是确实一样，一模一样。

徐正清看到她显然也很意外，先是说了句"简幸"，然后目光移到她手里，疑惑更重地问："你跟江别深认识？"

简幸的第一反应是：这好像是他们第三次猝不及防的偶遇，每一次，他都会先唤她的名字。

第二反应才反问徐正清："江别深？"

徐正清笑了："你都不知道他是谁就帮他喂猫，也不怕他把你卖了？"

他说着站起来。旁边那只猫，尾巴勾着他的小腿转身子。

简幸顺着猫尾巴看向他肌肉线条流畅的小腿。本来只是不小心看了一眼，可对上猫圆圆的眼睛时，她忽然有些耳根发热，视线近乎逃离般错开了。

等抬起头，简幸才看到徐正清穿的是球服套装，白色上衣的身前身后都印着数字"9"，他头上还戴了条发带，眉眼露出，显得更加俊朗分明。

不知道是不是发带的原因，简幸有一种忽然把徐正清的眼睛看得很清楚的感觉。

就是这一瞬间，让简幸陡然有了想要再靠近他一步的念头。

她虽然仍然觉得她不配与他并肩，可与他并肩的未来真的好诱人。

诱人到她觉得自己可以为了这份未来，忍下所有痛苦扭曲的情绪。

包括欺骗和隐瞒。

"江别深呢？来都没来？"徐正清又问。

简幸回神，问："是书店里的那个柜台人员吗？"

徐正清愣了下，随后似乎想起了什么，笑道："对，那个柜台人员。"

不知道为什么，简幸从他重复的这几个字里捕捉到一丝调侃，这让她不由自主地有些羞赧。怕徐正清看出什么，她借着低头的动作躲开徐正清的目光，把手里的猫粮拎高，说："他说让我帮个忙。"

"懒得他。"徐正清没再揪着江别深聊，他也低下头，抬脚碰了碰要往他鞋上卧的猫。

简幸看他低眸间唇角的一抹淡笑，温柔感简直要溢出来。

她的本意是想来看看猫，这会儿却舍不得移开眼。

直到猫轻轻地叫了一声，简幸才忍不住说了句："它好黏你。"

徐正清说："喂熟了。"

简幸装作很自然地接着问："你……们经常来喂吗？"

"挺经常的，"徐正清说，"以前江别深在这儿上高中的时候都是他喂，后来他去上大学了才把活儿交给我。我今天是从桥上过来的，都忘了他回来了。"

简幸舍不得结束话题，但又问不出什么别的问题，只好轻轻地"哦"了一声。怕徐正清觉得她太冷漠，她又画蛇添足地补了一句："这样啊。"

补话的时候全靠本能，补完后两个人陷入安静，简幸才后知后觉地忐忑不安起来，生怕徐正清察觉到她刚刚在没话找话。

好在徐正清一心都在逗猫上面，并未察觉一丝她的情绪波动。简幸渐渐缓和了紧张的心跳，却又忍不住有些失落。

心像在反反复复地坐过山车，唯一的遥控器在徐正清手里。

心是她的，又不是她的。

— 10 —

因为徐正清，那天的猫粮袋简幸都没机会打开。返回书店时，江别深不在，简幸便把猫粮往柜台上一放就走了。

后面很长一段时间简幸都没再去过书店，主要是没什么时间。高中生活完全步入正轨，老师讲课的速度一天比一天快，学校门口专为高三设计的 LED 倒计时灯上的数也越来越小；而简幸能睡着的时长，也越来越短。

她直觉自己不太对劲，却又对这种生理失控无从下手，每天只能靠做题转移注意力。

一晃，秋分已至。

第三个节气来了。

秋分有三候：一候雷始收声，二候蛰虫坏户，三候水始涸。这是简幸以前在老家时姥姥总念叨的，简幸其实听不太懂，只知道过了今天，天气就越来越冷了。

随之而来的，还有一场场秋雨，风也开始变凉，路上总是湿漉漉的。

耳边，许璐又在念叨："好烦下雨天啊，身上甩的全是泥点子。"

简幸从抽屉里拿出纸给她，许璐叹气说："算了，我也看不到。"

林有乐立刻接话道："我来！我给璐姐擦！"

许璐拿卫生纸砸他。

林有乐笑眯眯的，不当回事，问："你们国庆有什么安排啊？"

许璐说："在家写作业啊。"

"无聊。"林有乐问简幸，"你呢？"

往年国庆，学校放假，简茹会把摊车推到公园附近的小吃街。节假日人多，上午十点简茹可能就出门了，遇到生意好的时候，可能要晚上十一点才回来。

这些独处的时间于简幸而言很重要，所以她说："我也在家。"

"唉，无聊啊。"林有乐垂头丧气地往桌子上一趴，连喊了好几遍"无聊"以后，像忽然想起来什么一样，转身跟身后的方振说，"哎，你家隔壁是不是新开了台球社？放假玩去啊。"

"徐哥说了，杆子不行。"

林有乐骂了一声，问："徐正清去过了？他什么时候去的？"

"就上周啊，"方振说，"好像是有事吧。"

"什么事可以让他抛弃我？"林有乐故意喊得义愤填膺的。

方振乐得不行："追媳妇儿呗。"

本来坐着擦桌子的简幸动作一顿。她仍然低着头，身子却悄悄往后靠了靠，意图把接下来的对话听得更清楚。

可许璐这个时候忽然问了句："简幸，你国庆要来学校自习吗？"

和中在周末和节假日都是开放的，只要有教室的钥匙，随时都可以来校自习。

但简幸学习时不太讲究地点和环境，她摇摇头说："我就不了，离太远了，过来不方便。"

许璐"哦"了一声，又追问了一句："那你在家也和在学校一样吗？"

"什么意思？"简幸没听懂。

"就是每天早上六点起床，按照学校的上课时间点看书写作业啊。"

那多麻烦。

简幸笑着说："不会，放假我会睡懒觉。"

"是哦，之前刚开学的时候没觉得，可现在觉得好累哦，"许璐也趴到了桌子上，有气无力地翻着数学书说，"才过去一个月，书都学一半了。徐班还说十月底要期中考试，也不知道我能考成什么样，愁死了。"

"没事，"简幸说，"你初中的基础不是打得很牢吗，别担心。"

许璐闻言，表情不自然地僵了僵，几秒后轻轻地"嗯"了一声。

这个时候简幸再想去听林有乐说什么，却发现已经没有了对话的声音。她垂着眼帘，一下一下擦着桌子上早已没有了的灰尘。她想到刚刚方振说的那句话，抿了抿唇，好一会儿，终于没忍住扭了头。

她的目光看向后黑板上方的时钟，余光却瞥向林有乐的位置，座位空荡荡的，没人。

简幸愣了一下，还没来得及扭回头，紧接着下一秒，窗边就传来了林有乐的声音，像是在边走边说。

他话很多，叨叨了一堆，声音越来越近，直到抵达窗边，简幸听到了徐正清漫不经心的声音："那就去呗。"

林有乐顿时高喊了一声："哦耶！那到时候解放碑见！别忘了啊！下午三点！"

徐正清说："知道了。"

简幸的身子还侧着，稍微回一点头，正好能看到窗外。此刻的她坐着，本来就高的徐正清，这会儿在她看来更是遥远不可触摸。

走廊里，少年瘦高的身影在她眼前一晃而过，只有风里还藏着一点淡淡的洗衣粉味道。


国庆前一天，班里已经有人明显开始坐不住了。晚自习的时候，徐长林看大家心不在焉的，没有学习氛围，干脆和大家聊起了天。

大家七嘴八舌地聊起各自的旅游经历，然后没几句又聊到了大城市的学校。

徐长林说："我看有人想考东三省，是想去舔铁杆吗？"

底下哄堂大笑。

有人问徐长林是在哪儿上的大学，徐长林笑着说："我就是在本地上的。咱们这儿有个师范大学，你们忘了？"

确实，就在邻市，距离和县不到四十公里，因为距离太近，没什么外出上大学的感觉，大家都不太愿意过去。

果不其然，就有人说："这么近，没意思。"

"想去远的啊？那你往天上飞啊。"徐长林说完才看到是谁在接话，"哦"了一声，说，"你啊，我记得你报的就是航天大学，是吧？"

他又说："我怎么觉得你们班这么多报航天大学的啊。"

徐长林口中说的"你们班"，是指他们初中时的班。

林有乐说："都是跟徐哥学的。"

"跟他？"徐长林说，"他想上月球，你们也跟着去吧。"

不知道为什么，徐正清的航天梦好像人人都知道，一聊起这个，大家立刻有了兴致。还有人吐槽别人上自习课偷摸看小说，徐正清偷摸看航天记录集，被老师抓住，老师非但没骂人，还让他上台给大家介绍介绍。

"关键是他还真上去了，介绍了半节课，真离谱。"

"但是那天他好帅哦。毫不夸张地说，以前我们班有三十一个女生，有三十个喜欢徐正清；那件事过后，三十一个全喜欢他。"林佳边说边感叹，"真的，我替你们感到惋惜，错过了那个画面，一生的遗憾。"

"不，错过就错过了，没见过真人，谁也不惋惜；现在认识他以后才知道，错过了才是最大的遗憾！"

"还真是，没见过光的人，永远也不会抵触黑暗。"

"而有些人生来就会发光。"

"别说了，难受。"

你一言，我一语，简幸默默听着，有一种除了她，好像全世界的人都是徐正清意气风发的见证者的感觉。

唯有她，是迟来的窃听者。

太阳照不到她，光也永远照不到她。

聊天的话，时间就过得快了，一转眼，下课铃敲响。徐长林慢吞吞地站起来，边叹气边说："为了给你们打发时间，累死我了。"

班里人喊道："徐班辛苦了！"

徐长林一摆手："赶紧都走吧。"

很快，教室就空了。

简幸平时都等别人走得差不多了才走，今天她没什么心情在教室待着，就也早早地挤进了涌动的人潮。

路过学校门口的商铺时，秦嘉铭不知从哪个店跑出来，喊她："简幸！"

简幸看过去，秦嘉铭旁边还站着吴单，看到她还伸手打了个招呼。简幸朝他笑笑，问秦嘉铭："有事？"

秦嘉铭说："我找你能有什么事。"

简幸面无表情地看了他一眼："那拜拜。"

她说着，转身就走，秦嘉铭哎了一声，连忙拽住她的手臂："别别别，如果你走了，我国庆就得跪着。"

他这么一说，简幸大概就知道是谁的事情了。

她转过身，正要问怎么回事，忽然眼前晃过一道熟悉的身影。简幸一怔，抬头，看到徐正清正从商店里走出来。

这么一愣神，简幸也就忘了挣开自己的手臂，秦嘉铭还攥着她的手臂。吴单看到了，起哄道："哟哟哟，怎么还拉拉扯扯的呢？"

简幸的身子猛地一僵。

这时徐正清闻声看了过来，然而只是轻轻扫了一眼，便漠不关心地收回了目光。

于他而言，确实无关紧要。

她和他之间，只有一层普通到再普通不过的校友关系，甚至连同学都算不上。

如果不出意外，三年后出了这所学校，这辈子，他和她都不会再有任何交集。

她到底在异想天开些什么。

简幸垂下了眼帘，秦嘉铭没注意到简幸的情绪变化，只是一边掏出手机一边说："陈烟白说在 QQ 上有事找你，给你留言了。"

简幸问："她国庆回来吗？"

"我不知道啊，我哪有问她的资格，不都是她交代我办事吗？事办完，她心情好了，夸我一句'好狗'；心情不好，理都不理我。"秦嘉铭说着笑骂一声，"真栽她手里了。"

简幸登上了 QQ，上方企鹅的标志不停闪烁，她点进去，直接蹦出了聊天窗口。


2009/08/30 11:09:54

白烟的烟：好气，宿舍里一群傻子。/ 咒骂 /

2009/09/03 14:23:23

白烟的烟：姐一觉睡到现在。/ 拇指 /

2009/09/26 17:56:03

白烟的烟：乖乖，老地方见啊。/ 玫瑰 /


还有一些其他的消息，都是关于一些细碎的日常，简幸大概看了一下，给她回了个"好"。

她 QQ 上没别人，回完消息就退出了，然后把手机还给秦嘉铭。

秦嘉铭从来不多打听她们俩的事情，收了手机随便问了两句她的国庆安排，就说："那行，路上小心点儿。"

简幸说："好。"

她转身前，目光瞟向了旁边。吴单看到她要走，伸长了胳膊挥了挥，喊道："学妹再见。"

简幸顺势大大方方地看向那边，徐正清本来在低头玩手机，听到吴单的话，好像要抬头。简幸的唇角抿了抿，正要露出笑容，徐正清忽然把手机举到了耳边。

应该是外面有点儿吵，徐正清转身进了店里。少年垂眸间，简幸看到了他唇角若隐若现的一抹淡笑。

耳边适时响起方振那句话，简幸唇角的笑，到底也没露出来。

— 11 —

难得有假期，姥姥比简幸还高兴，每天中午换着花样给简幸做饭，做完自己也不吃，晃着搪瓷水杯看着简幸。简幸哭笑不得地往她杯子里丢糖，丢完后说："早晚咱们俩都要完蛋。"

姥姥笑眯眯说："放心吧，你妈最近不敢惹你呢。"

简幸问："她最近很忙吗？"

"假期忙点儿正常，现在东西都贵，多挣几个钱总没错。"姥姥说，"再说了，你眼看都要考大学了，以后不知道会考到哪儿去，考个近点儿的就算了，万一考远了，每年来回的车费都要好几百块呢。"

简幸想起那两个比较出名的航天大学，一个四百三十五公里，一个八百七十三公里，是很远。

简幸记得自己长这么大，去过最远的地方也就离和县一百一十五公里，还是在她很小的时候。她不记得那地方有多好玩，只记得很辛苦。汽车颠簸了一路，她下了车就吐，吐完简单吃了两口饼便进庙会。人很多，她被简茹摁在香炉前磕头，边磕边念："众佛保佑，无病无灾。"

回来的路上，简茹被一个神神道道的人拦住，那人不知道说了什么，简茹发了好大的脾气，一路上都骂骂咧咧的。

后来，简幸家里多了一座观音像。

观音像现在还在堂屋里放着。

简幸想着，放下了碗，跟姥姥说："我吃好了，先进屋了。"

姥姥说："好不容易放假了，找同学出去玩去啊。"

简幸笑笑说："下午再去。"

姥姥一听这话还挺高兴："真的啊？那去吧，晚上不回来吃饭也没事。"她一边收拾碗筷一边继续说，"大了，多交几个朋友，以后办事也有门路。"

其实简幸以前也交过朋友，只是姥姥不知道。那时候别人都爱邀请朋友去家里玩，简幸也把朋友带回了家，结果换了简茹一晚上的臭脸，简茹晚上吃完饭还特意警告她不要随便往家里带人，说什么"多一张嘴，多一碗饭"。

从那以后，简幸就没怎么交过朋友了。

陈烟白，是她长大后交的第一个朋友。


下午四点，简幸去了三中的操场。三中的操场在校外——学校对面，设备很简单，两个篮球架、两张乒乓球桌。简幸过去的时候，操场上有老人和小孩遛弯聊天，偶尔有几个人不太明显地瞄向乒乓球桌的方向，时不时再凑在一起窃窃私语。

简幸顺着他们的目光看过去，只见球桌上坐着一个穿着皮衣、黑长裙的女生。她的头发是酒红色的，不算很长，但是很直，刘海儿也是齐齐的。脚上踩着帆布鞋，两只鞋一只红色一只蓝色。她打扮得非常特立独行，应该很让那些老人费解。

简幸笑着靠过去说："门卫没把你赶出去吗？"

"赶了，"陈烟白一扭头，嘴里嚼着口香糖说，"我给了他一根烟，就放我进来了。"

她一扭头，简幸才看到她眉毛上有一点儿闪，伸手摸了下，凉的、硬的，像铁。她惊问："这是什么？"

"眉钉，"陈烟白吹了下刘海儿说，"怎么样，帅吗？"

简幸无奈："不痛吗？"

"还行，我能忍痛，你又不是不知道。"

"好吧。"简幸又问，"吃饭了吗？"

"还没想好吃什么，你有什么推荐的没？"陈烟白问。

简幸笑着说："你不才刚走一年，我哪有你了解得多。"

陈烟白闻声把头往简幸脖子上一靠："那我喜欢吃的都在公园怎么办？"

节假日，简茹就在公园。

简幸没说话，默默抬手捂住了陈烟白的嘴。

陈烟白笑得不行，最后决定去商城那边吃快餐。那边有条小巷子，巷子里什么吃的都有卖。

离得不远，俩人走了不到十分钟就到了。陈烟白吃饭挑，没吃几口就不吃了，开始跟简幸聊天，问她在过渡班压力大不大。简幸说："还行，没宏志班压力大。"

"哟哟哟，口气还不小。"陈烟白逗她，"大学准备考哪儿啊，小学霸？"

简幸笑着说："还没想好。"

"那我还是建议你考的学校越远越好，"陈烟白说，"就你妈那样，你不考到外国都不算离开她。"

"我再想想吧。"

看简幸没什么兴趣的样子，陈烟白干脆岔开了话题，问："那你想好学文学理了吗？"

简幸说："学理。"

众所周知，学理确实比学文出路广，陈烟白不怎么意外地点点头问："那你岂不是要转班？"

"嗯，按期末考试的成绩分班。"

和县文理分科在高一下学期，普通班基本就是换个班的事情，但是过渡班不一样，过渡班的学生要考试。

过渡班一共三个班，1班和2班都是理科班，3班的想过去就要考试，考不过去的话，只能退到4班。可4班不是过渡班，真过去的话，就不单单只是转班的问题了。

陈烟白对这些也不懂，她就是随便问问，简幸说，她就听两句。陈烟白听完，举起冰峰汽水和简幸碰杯，说："那就希望我们下次重逢时，一切皆如愿咯。"

俩人吃饭加聊天总共也才一个小时，天还亮着，陈烟白无聊地一伸懒腰，问简幸："真不能去公园逛逛吗？咱不去中街，去里面那条街逛衣服店呗。"

"行。"

公园离商城还算有点儿距离，俩人边走边逛花了四十分钟才到。到公园后，陈烟白给简幸买了杯奶茶，随后想起了什么，跟简幸说："你们学校门口有家奶茶挺好喝的。"

"爱七七啊？"简幸问。

"嗯，就是那个，老板也帅，"陈烟白问，"你见过吗？"

"没。"简幸摇头。

"那我走之前带你去转转。"陈烟白说。

简幸说："好。"

和县不大，换季上新的衣服也大同小异，逛了没几家店陈烟白就不想逛了。她无聊得抓狂，问简幸去不去玩会儿电脑。

说是朋友在附近有个店。

简幸之前跟陈烟白去过一次，因为没找到好玩的游戏，最后睡了俩小时，全程毫无娱乐体验。但她看陈烟白无聊得厉害，犹豫了几秒说："我不玩，进去陪你一会儿我就回家，行不行？"

"行。"陈烟白爽快地答应了。

陈烟白和店老板寒暄叙旧的时候简幸没进去，她在门口站着，好一会儿都没见陈烟白出来喊她，还以为出什么意外了。她正考虑要不要进去看看，旁边的衣服店忽然走出来两个女生，其中一个一直在玩手机，另一个调侃道："哎哟哎哟，跟人家徐正清话真多啊，平时我们班的男生加你 QQ，也没见你这么话痨。"

"哎呀，不是他啦！"玩手机的女生跺了跺脚，挽住另一个人的胳膊说，"我们俩这两天都没怎么聊。他前两天去沙河玩了，昨天晚上玩《穿越火线》玩了一夜，现在还没醒呢。"

"哟哟哟，连人家行程都知道啦，那在下要不要喊你一声'徐嫂'？"

"呀！别乱喊！"

俩人说着拐进了另一家衣服店，女生闪过的身影纤瘦高挑，白裙飘飘，长发已然及腰，打理得既柔顺又规整。

简幸不近视，但是第一次发现自己的视力居然这么好，记忆力也好得不像话。仅仅一眼，她就记住了这个女生的一切。

而这一切，她处处都与之相反，格格不入。

虽说条条大路通罗马，可有人，是生在罗马的。


"简幸！"身后传来陈烟白的声音。

简幸回神，转身进了店。

这会儿店里人很少，简幸坐在陈烟白旁边的空位上，看她打开了游戏页面。简幸想起刚刚那个女生的话，佯装随口问："你这打的是什么啊？"

"《穿越火线》，一个枪战游戏。"陈烟白的操作很娴熟，很快就没空搭理简幸了。

简幸大致看了眼旁边，好像大家都在玩这个游戏。简幸问陈烟白："这个很好玩吗？"

"还行，爽是真的。"

简幸看着电脑屏幕好一会儿，忽然说："要不，你给我也开一台吧。"

"什么？"陈烟白有点儿意外，"你要干吗？"

简幸说："我也想试试这个。"

"游戏啊？"

简幸点头。

陈烟白一副见了鬼的样子，伸手一摸简幸的脑门儿："宝贝儿，你没发烧吧？你不是最不喜欢玩游戏了吗？《贪吃蛇》都没见你玩明白过。"

"我就是好奇。"

"行，满足你。"

陈烟白手把手教简幸注册账号、选人物、选设备，鼠标点哪儿、键盘敲哪几个，一圈下来，简幸勉强记住了。

这时陈烟白的朋友催她，她说："那你自己先玩着？"

简幸说："好。"

简幸确实不擅长玩游戏，主要是她对游戏也没什么兴趣，不管是枪战还是别的游戏的爽感，她都感受不到。她只觉得浪费时间，且很无聊。

走神之际她瞥见时间，这才反应过来，自己已经在这款游戏上浪费了快两个小时。

陈烟白看到她的电脑页面，问："玩得怎么样啊？"

简幸松开鼠标，嘴角不怎么明显地扯了一下，说："有点儿难。"

陈烟白笑着说："都说了游戏不适合你，要不给你找部电影？我最近看的《一公升的眼泪》，日剧，还不错。"

简幸转了转手腕，拒绝说："不了，我回去了。"

"啊？这就回去啦？"陈烟白说，"那行，后天再出来一趟。"

简幸说："好。"


回到家，时间还早，简茹还没回来，只有姥姥问她吃不吃晚饭。简幸随口说了句："我现在不饿，不吃了。"

姥姥一听这话，立刻敏感地走过来："怎么啦？不开心啊？"

"没。"简幸从屋里拿了颗糖递给姥姥。姥姥反手推给她："你吃。"

简幸失笑："还有呢。"

姥姥说："那我也不吃了，吃多了牙疼。"

简幸没再说什么，把糖捏在手里好一会儿才拆了包装，放进嘴里。

"甜吧？"姥姥笑眯眯地揉了下简幸的脑袋，"不饿也吃点儿，我随便做。"

简幸淡淡地"嗯"了一声。等姥姥走后，她坐在书桌前看着墙上贴着的便利贴。

上面是两所航空大学今年的录取分数线，一所六百四十分，一所六百六十分。

她特意拿记号笔写的，白纸黑字，清楚得很。

盯着看了好一会儿，简幸低头把嘴里的糖吐了。

太甜了。

甜得发苦。

这糖，大概不适合她。

— 12 —

后面两天简幸都在家待着，高中假期作业多，试卷成堆，在书桌前一坐就能坐一天。傍晚落日西沉，余晖铺天盖地地照进屋子里，床铺上映出窗户的轮廓，看得人不由自主地想伸懒腰。

姥姥从窗口探出头，光给她周身的轮廓镶了一层边，看着特别温柔。她笑眯眯地问："今天想吃什么啊？"

简幸笑了笑，侧过身，胳膊随意地搭在椅子背上说："都行，你做什么我都喜欢。"

"哎呀，这小嘴甜的，"姥姥说，"快来让我捏捏脸、摸摸头。"

简幸这两天睡得还行，整个人放松了不少。她笑着站起身，主动把脸伸给姥姥。姥姥捏完摸完说："怎么好吃好喝的养着，还瘦了呢？"

简幸说："长个儿了。"

姥姥听到这话开心了："也是，长个儿啦，我们简幸长大啦！"

说完，她开开心心地迈着小步伐去厨房了。

简幸趴在窗边，看着她的背影，眼底不由得蒙上一层软乎乎的笑意。

十月六日中午吃过饭，姥姥午睡了。简幸本想跟姥姥说一声再出去，可看她睡得那么香，就没打扰她。

陈烟白一如既往，在老地方等着。她不知道从哪儿弄了一个

MP3，半个巴掌大的屏幕，上面一行一行地移动着字。简幸凑过去看了半天，没看明白，出声问："这是什么？"

陈烟白看得入神，被吓了一跳，眼睛瞪得浑圆，一口凉气吸了好久才骂了一句脏话。

简幸抬手捂住她的嘴。

陈烟白无语地翻了个白眼，扒拉开她的手说："你想送我走就直说。"

简幸笑问："看什么这么入神？"

"十八禁小黄书。"

简幸不懂。

"小说！"陈烟白的脾气挺大。

简幸笑笑，一只手挽住她的胳膊，另一只手拍她的后背："胡噜胡噜毛，吓不着。"

陈烟白这才"哼"了一声，傲娇得要死。

俩人边聊边走，去了和中旁边的奶茶店。简幸从开学到现在路过这家店无数次，也喝过几次，但都没有进去过。

她问陈烟白："你怎么和老板认识啊？"

陈烟白说："之前在这儿帮忙。"

陈烟白的家庭条件不好，上初中以后基本就没人管没人问了。九年义务教育期间虽然不用操心学费，但生活费总要考虑，所以她平时会找些零工做。

这些简幸都知道，她"哦"了一声，没再多问，跟着陈烟白进去了。

假期人多，店里招了新人，是个男生。他看到陈烟白，喊了声"烟姐"，陈烟白驾轻就熟地走进吧台帮忙，等闲下来才把简幸介绍给老板认识。

老板叫庞彬，是个长得很舒服、很耐看的男人。他忙着打电话哄女朋友，就没怎么理简幸和陈烟白，让陈烟白自己弄自己想喝的。

陈烟白叹了口气："没意思，我是来花钱的，又不是来挣钱的。"

"挣钱的高贵。"简幸随口接了一句。

陈烟白一顿，面无表情地扭头看着简幸问："简依萍，你的书桓什么时候出现？"

简幸一顿，眉眼间的轻松淡笑隐去了一分。她说："学霸还是好好学习吧。"

"话不是这么说的，"店里的小男生说，"和中的学霸也有谈恋爱的，就算没有，也有暗恋的，比如秦嘉铭。"

秦嘉铭喜欢陈烟白，这是人人都知道的事情。

陈烟白不喜欢秦嘉铭，也是人人都知道的事情。

但是陈烟白毫不尴尬，反倒问了一句："他那是暗恋吗？"

小男生"嘿嘿"一笑，说："理直气壮的暗恋嘛。"

"暗恋哪有理直气壮的，"陈烟白说，"一看你就没暗恋过小姑娘。"

"是吗？"小男生问。

简幸听着，默默扭头看向了旁边墙上的便利贴。和县把这种奶茶店都称为"饮吧"，饮吧的特色除了提供包厢，还有可以贴便利贴的墙壁。

便利贴上写什么的都有，有告白，有梦想，有发泄，有成长。

简幸看着，忽然看到有一张的笔迹很清秀，上面写着：

徐正清，有生之年，我们定能欢喜相逢。

简幸的眼波闪了闪，看向另一张：

春风不解风情，吹动少年的心。LYM，毕业了，我今天仍然喜欢你，以后，希望我只在昨天喜欢你。2008.06.06

这时，简幸听到陈烟白说了句："暗恋啊，只有风知道。"

陈烟白声音很轻，简幸却难以抑制地哽了下喉。她忽然眼眶滚烫，盯着墙壁看了许久，没忍住伸手摸了摸那张便利贴。

她其实很懦弱，也很胆小，想要的也不多。她从来没想过要欢喜相逢，她只想他能事事有回音，念念有回响。

她想他坦途浩荡，星河永璨，从此，一切皆如愿。

"简幸？"陈烟白唤了一声。

简幸敛了眸，回头"嗯？"了一声。

陈烟白说："我们进去找个包间坐，我给你个东西。"

简幸说："好。"

四人间的包间不大不小，刚刚好，陈烟白端着两杯奶茶进来，放下后又从兜里掏出了一部手机递给简幸。

简幸愣了一下："什么？"

"手机啊。"陈烟白说，"我暑假在手机城上班，人家做促销送的，给你了。"

"我……"简幸还没来得及拒绝，陈烟白直接说："不要？那你以后在 QQ 联系我，全靠秦嘉铭？"

简幸一想，就没再拒绝了。

"这手机你也不用拿回家，就放庞彬这儿，上下学的路上看两眼 QQ 就行。"

简幸说："好。"

这次俩人没有聊很久，陈烟白只是把手机该有的功能都给简幸说了，就起身说："我走了。"

简幸看了眼时间，还不到五点，她跟着起身："这么早？"

陈烟白两口喝完了最后的奶茶，一伸懒腰，说："我得回去给我爹和我奶扫坟，下次回来又不知道是什么时候了。"

简幸这才想起来，国庆于陈烟白而言，是很特殊的日子。

七天的时间，当年十五岁的陈烟白送走了家里两个长辈。从那以后，她就成了人们口中的孤儿。

说句很放肆的话：孤儿其实也挺好。

至少很潇洒。

简幸点点头说："嗯。"

她知道陈烟白不需要什么无用的安慰，于是就无声地捏了捏对方的手。

陈烟白笑着反握她的手，轻轻唤了一声："简幸。"

简幸抬眼看她，对上她温柔含笑的眼睛。

其实陈烟白大多时候都是温柔随和的，她只是看似反叛，其实她很爱这个世界，她总有自己的方式让世界接纳她。

她是简幸很羡慕的人，也是简幸很想成为的人。

只可惜这世上，并非人人都能如愿以偿。

简幸想着，眸中清亮隐去，弯了弯唇，问陈烟白："怎么了？"

"有点儿担心你。"陈烟白说。

胸口几乎瞬间顶上来一口气，就堵在心前一寸，心脏每跳动一下，好像都承受了巨大压力。

简幸想轻松地扯唇笑，嘴角却仿佛千斤重。她静默几秒后，缓缓垂下了眼帘。

包间头顶明明有浅光洒下，简幸整个人却像蒙了一层尘一样。

她才十几岁，却已经手脚皆有镣铐，心也自上枷锁。

别人日夜高谈梦想，她时时刻刻只是活着。

活着当然没有错，可是她又做错了什么呢？

陈烟白无奈地叹了口气，拉着简幸的手，把她抱在了怀里。

陈烟白高简幸一个头，这样的姿势刚好可以把简幸的整个脑袋抱在胸口，她像摸初生婴儿一样摸了摸简幸的头，轻声说："简幸，人还是要为自己活。什么是孝，你个小学霸，难道还要我来教育你吗？你那叫愚孝。"

她又说："你看我，生下来，妈就不要我，爹更是对我不管不问。我有一个奶奶，可还嫌弃我不是男的，没法传宗接代。但我就要死不活了吗？人人都觉得我肯定活成垃圾，但我偏不，我就是要从悲哀中落落大方地走出来，做尘世里最优雅的艺术家。"

她说着，把简幸从怀里拽出来，用力摁住简幸的双肩，微微俯身，盯着简幸的眼睛说："简幸，你也要这样，你知道吗？你要学会爱自己。爱自己，才是终身浪漫的开始。"


可她没有自己。

她哪里有自己。

此时正是饭点，所有人都在兴高采烈地往公园里走。唯有简幸一个人逆着人潮，往荒芜之处走去。

— 13 —

十月七日晚上正常上晚自习，简幸本来想早点儿去看看陈烟白有没有给她发消息，结果下午四点多的时候，简茹和吕诚忽然回来了。简幸在屋里听到动静，疑惑地从窗户探头往外看，正好对上吕诚的目光。吕诚看到她笑得很开心，拎起手里的东西晃了晃，说："快出来吃饭。"

简幸起身出去："什么啊？"

"你妈给你买的不老鸡，"吕诚脸上全是笑，一边说一边往厨房走，"吃了再去学校。"

"行了，一个不老鸡，你献什么宝，又不是没吃过。"简茹拐进堂屋，经过简幸的时候声音不大不小地问了句："洗手了没啊？"

简幸慢半拍地说："还没。"

"那还不去洗？"

简幸这才"哦"了一声去卫生间。

姥姥看上去比吕诚还高兴，简幸洗完手回来，姥姥不知道从哪儿开了瓶可乐递给她："快喝快喝。"

简幸接过可乐，看了简茹一眼，简茹明明和她对视了，却又在下一秒若无其事地移开了目光。

这时吕诚说："喝啊。"

简幸攥着可乐瓶的手紧了紧，瓶身受到挤压有些变形，瓶口散出可乐的味道。几秒后，简幸笑了笑说："好。"

她喝完，姥姥又说："给你妈倒点儿啊。"

"我不要，"简茹的口吻有些生硬，"小孩儿的东西，我喝什么喝。"

"喝点儿喝点儿，"姥姥拿起简茹的杯子递给简幸。简茹嘴上拒绝，手上却没阻止姥姥拿杯子。简幸见状往杯子里倒了半杯可乐，随后又给吕诚和姥姥倒了点儿。

喝完可乐会倒气，倒完就不要生气了，大家还是一家人。

有那么一瞬间，简幸感觉自己好像回到了小学的时候。那个时候吕诚还可以正常工作，姥姥也还不老，简茹没这么嫌弃吕诚，也没这么怨恨生活。

那个时候别人说简茹嘴硬心软，她还是信的。

后来……后来她见到了光。

见过光的人还怎么能继续忍受黑暗。

简幸捏着简茹夹给她的鸡翅，默默把即将吐出的气咽了回去。


下午五点的时候忽然下了一场雨，简茹和吕诚本来还想去学校门口摆摊，这下只能在家待着了。简幸正要撑着伞走，简茹忽然喊了一声："我送你。"

简幸愣了一下："你怎么送我？"

"我去旁边借辆电瓶车。这雨也太大了。"简茹说着，拿走简幸手里的伞去了隔壁。

姥姥站在门口乐呵呵地笑："送，让你妈送你。"

吕诚也在旁边笑。

简幸看着他们的脸，忽然觉得心里那口气正在一点点地往外泄。

血缘关系太奇怪了，总能见缝插针地控制人的情绪。

这时门外传来了简茹的大嗓门儿，简幸"哎"了一声，从门口又拿了一把伞出去。简茹看到她出来就把伞递给她，简幸坐在后面，简茹问："坐稳了没？"

简幸说："坐稳了。"

路上雨势更大，人民路有些堵，简茹就从大戏院拐了个弯转去复兴路。拐弯的时候，车子忽然猛地刹停，由于惯性，简幸一头撞在了简茹的后背上。她还没来得及问怎么了，就听到简茹骂了句："什么糟野猫！"

简幸愣了愣，扭头往旁边看，只见一只被淋透的小野猫正在轮子旁边发抖。简茹声音大，小猫明显被吓到了，更不敢动了。

简幸正要下车把它抱开，简茹忽然一脚把猫踢开了。小猫本来就没多大，被这样一踢直接滚到了旁边的花坛底下。简幸瞳仁一震，只觉耳边嗡鸣一声，下一秒车子驶离。简幸扭头，穿过密集的雨线，看着花坛一寸寸地消失在她的视野里。

学校这会儿人很多，有推车的，有学生，简茹见状只好把简幸放在了路口。

她说："晚上要是还下雨，你就在这儿等着，我来接你。"

简幸下车以后才看到简茹的衣服全湿了——车子骑起来，伞是挡不住雨的。简幸看着她几乎已经贴在身上的衣服，说："不用，走着也不会淋到。

"我走了，你回去的路上小心点儿。"

简茹点点头，撑着伞走了。

简茹的伞很大，还是家旁边的移动公司送的，上面印着宣传语，伞面薄薄的一层，好像挡不了什么风雨。

简幸看着她离开的车影，良久都没能转身。

直到同一个路口停下一辆黑色的车，后车座的车门打开，少年撑着蓝格子伞下来。他没立刻走，而是关上车门走去了副驾驶的位置。

副驾驶的车窗打开，简幸看到一个很有气质的女人，是徐正清的妈妈。

简幸见过她。

虽然过去很多年了，但她好像还是记忆中的样子。

温柔、大方，一颦一笑都散发着知书达理的气质。

徐正清微微弯腰俯身，好像在跟他妈妈说什么，他说着，脸上露出浅笑，好一会儿才挥挥手离开了车子。

他看着车子驶离才转过身。他转身之际，简幸不动声色地把伞檐往下压了压。

视线被阻挡，简幸目光下垂，只看到少年脚边带起的水花。

她盯着，一步一步跟了上去。

路过奶茶店的时候，简幸本来想拐进去，结果一抬头看到徐正清拐了过去。奶茶店门口还有吴单和江泽，倒是没看见秦嘉铭。

简幸犹豫了一下，最终没过去，直接去了教室。

假期刚开学，很多人都没收心，晚自习也没老师看着，整整三个小时，班里几乎没安静下来过。

简幸也没什么写试卷的心思，最后翻出了历史书预习后面的内容。

许璐看到她看历史书，问："怎么看历史啊？"

简幸说："随便看看。"

许璐好像不太信。简幸忽然有些烦躁。搁在平时，她也许会耐心地解释两句，可今天只觉得哪里都是闷的，头也时不时地突突疼两下，她干脆合上历史书，趴在了桌子上。

许璐被吓到了，小心翼翼地问："简幸，你不舒服吗？"

简幸"嗯"了一声，说："我睡一会儿，徐班来了喊我一声。"

许璐说："好。"


简幸的本意只是趴一会儿，却不想直接睡到了放学，甚至还做了一个梦。

梦里也下了很大的雨，雨势大得好像要掀翻城市，回家的巷子里昏暗无光，简幸摸索着回家，却在快到家门口时被绊了一下。

她没站稳，直接摔倒在地，掌心摁了一团毛茸茸却又很僵硬的地方。忽然家门口亮了灯，好像是简茹给她开的灯。借着门缝的光，简幸小心翼翼地往手边看，她慢吞吞地抬起手，只见手下一团野猫的尸体。

鸡皮疙瘩瞬间四起，头皮跟着发麻，周身也竖起了汗毛，她仿佛被瞬间扼住了喉咙，无法呼吸，直到头顶一声惊雷，简幸才猛地睁开眼睛，倒吸了一口凉气。

"简幸？"旁边的许璐轻轻推了她一下。

像是一下子被拽回到当下，简幸回神，后知后觉地往外吐气，好一会儿，她才轻轻抬起头，哑着嗓音"嗯"了一声，说："醒了。"

许璐看到她，吓了一跳："呀！怎么这么多汗。"

简幸闻声抬手抹了下脑门儿，一掌心的水。

冰凉得让她想起下午从简茹车上下来时，她摸到简茹衣服的那一刻。

"没事。"简幸说着站起身。她这一起身，才看到班里的学生已经走得差不多了。

许璐问简幸："你现在回家吗？"

"回。"简幸说，"我去趟厕所，你不用等我，我一会儿回去。"

从厕所出来，迎面一股冰凉的风吹来，简幸仿佛一瞬间置于冰窖里。她只穿了一件薄 T 恤和校服外套，风密密麻麻地扎在她身上，像细密的针。

有些疼痛，是躲不掉的。

简幸站了好一会儿，等心跳不再紧绷才转身回教室。路过 1 班的时候，简幸没忍住，扭头往里看了一眼。

教室里还有人在自习，后门没关，中间倒数第二排靠左的位置，书桌上有一本书被风吹得"哗啦啦"翻页。有一个女生注意到了，起身帮忙把书放到了抽屉里。不知哪个角落传来了调侃声："哎哟，课代表对班长可真好啊。"

女生又气又羞，大声喊："陈博予你烦不烦！"

简幸缓缓收回视线，此时走廊的穿堂风吹过，吹湿了她的脸和眼睛。天更冷了。


暑气终于走了，校园广场上的风还是一场接一场，经久不息。

这些风吹了一年又一年，不知道藏了多少人温柔隐晦又不为人知的念想。


奶茶店里，简幸写完最后一个字，抬手把便利贴贴到了墙壁的角落。

她站在墙前，仰头看着，心想：经久不息的到底是风，还是别的什么呢？

"喏，手机。"这时庞彬从二楼的阁楼区下来，把手机递给简幸说，"今天这么大雨，我还以为你不来了呢。"

简幸说："怕她有事找我。"

她嘴上这么说，其实心里比谁都清楚陈烟白不会有什么事，她只是想和陈烟白说说话。

"她能有什么事？都是屁话。"庞彬笑着说，"你随便找个包间玩，我先忙了。"

简幸说："好。"

2009/10/05 22:44:22

白烟的烟：学长给我发 QQ 了，他是不是觉得我看不出来他喜欢我？整个学校的风都在喊他喜欢我好吗！／白眼／

2009/10/06 08:19:12

白烟的烟：绝了，我奶的坟头上卧了一只猫。／拇指／

2009/10/07 03:56:34

白烟的烟：看小说看到现在，结局中女主死了，我服了。／抱拳／

2009/10/07 15:39:41

白烟的烟：铜都的风好大，狗秦对我的爱已经吹到这儿了？／发抖／

2009/10/07 16:59:32

白烟的烟：啊，室友对象好帅！／色／

2009/10/07 21:30:01

白烟的烟：打铃了！放学了！

字字句句，无聊得全在简幸的意料之中。但这种无聊的日常又好像一寸一寸地抚平了简幸心里的不安和茫然，不知名的惶恐和焦躁也在被掩盖，她整个人渐渐放松下来，有一句没一句地和陈烟白聊。

外面雨势渐小，奶茶店的门被推开又被关上，反反复复几次后终于再也没了动静。

简幸看时间差不多了，就起身从包间里走了出来。

她把手机递给庞彬，庞彬笑着说："聊完了？"

简幸"嗯"了一声。她跟庞彬不大熟，也没什么话可聊，随便寒暄两句后便往外走。推门时看到门口放着一把蓝格子伞，简幸动作停了一瞬。

这时，里面的包间传来声音，庞彬听到后应了一声，端着两杯奶茶走了进去。庞彬走后，简幸偏头看了一眼柜台，发现柜台上放着一本书。

书脊上有和中书店的特殊书号标签，标签下几个大字：追风筝的人。

简幸抿了抿唇，慢慢收回了门上的手。

玻璃门随之合上，晚风从门缝里吹在简幸脸上，带着深深浅浅的湿气。

一片悄无声息中，简幸伸手打开了书，第一页就写满了字，全是同一句话：为你，千千万万遍。

简幸盯着，目光聚焦在最中央的那行钢笔字上。

是行楷。

中文下跟着一串流畅的英文：For you, a thousand times over.


是爱情小说吗？

简幸正准备翻开正文看两眼，玻璃门忽然被拉开，冷风铺天盖地砸过来，简幸不由自主地瑟缩了一下，扭头看清来人的一瞬瞳孔放大。

她面上还没来得及做什么表情，显得有些呆怔。

徐正清也没想到这个时候会在这里碰到她，愣了一下才收了伞进来。门口实在狭窄，徐正清直接把门推开了。他手里的伞很大，另一只手拎着一个方方正正的手提包。

"怎么还没走？"他一边把包放在吧台上一边问。

不知道是不是风太冷，吹得简幸浑身上下都有点儿麻，好似忽然没了知觉一般，她慢半拍地说："马上走。"

徐正清本来也就是随口一问，简幸说完，他便没再多聊，而是侧着身走去了吧台里面。他蹲在那儿好像在找什么，简幸有点儿好奇，又不知如何自然地开口问，在原地纠结了好一会儿，好不容易下定决心开口问，徐正清忽然站了起来。

在他手里，拎着一只不太干净的小奶猫。

真的很小，看上去好像刚生下来不久。

小奶猫大概是胆小，被抓出来以后拼命地叫唤，爪子死死地揾在徐正清的袖子上。看上去徐正清是想把它拿起来，结果猫爪子钩出了衣服线头，他只能满脸无奈地放弃，直接连手带猫一块儿塞进了兜里。

简幸被他这一行为弄得一愣，脱口问："不会闷着它吗？"

"不会，"徐正清说，"它就是胆儿小，圈个有限的空间就不怕了。"他叹了口气，又说，"早知道这样，我也不费劲去买猫包了。"

原来包是用来装猫的。

那特意借了把大伞，应该也是怕雨会淋湿猫包。

他的心思可真细。

简幸看着他不停蠕动的口袋，没忍住又问了句："是你的猫吗？"

"不是。"徐正清说着好像动了动手，惹得小猫又扯着嗓子细叫了两声。恶趣味得逗以后，他敛眸笑了笑，然后才继续说，"刚刚捡的，不知道从哪儿跑出来的，脑子挺灵活，还知道在电瓶车底下躲雨。"

简幸看看，心思飘了飘，几乎出于本能地问了句："那你要带回家吗？"

"嗯。"

"你家里人同意啊？"

"嗯？"徐正清有些疑惑，随后似乎想到什么，理解了简幸，笑着说，"哦，我爸妈挺喜欢这些猫猫狗狗的，家中院里散养了一堆，领个小的回去，他们估计还挺高兴的。"

"哦……"第一次，简幸在与徐正清对话的时候生出了想要逃离的念头，她小声说了句，"这只猫应该也挺高兴的。"

"是吗。"徐正清应了一声，低头看向口袋处。小猫小心翼翼地探出脑袋，对上他的目光。徐正清动了动手，唇边一点淡笑，问猫："是吗？"

猫当然不会回答什么。

但是，应该是高兴的。

至少，要比遇到她和简茹高兴。

— 14 —

那天是徐正清先走的，大概是雨太大了，他家里人开车来接他。走之前他问了句："一起吗？"

简幸摇摇头说："不了，我有带伞。"

他们的关系本来就不熟，徐正清大概也只是寒暄，点点头，没多说什么。简幸隔着茫茫雨帘，看到少年走进雨里，弯腰上车。与此同时，驾驶座的车门开了一半，里面是徐正清的爸爸，他朝这边看了一眼，似乎挥了挥手。

简幸回看他，几秒后才缓缓抬起手挥了挥。

回到家，简幸不可避免地湿了半个身子。姥姥因为不放心，一直没睡着，听到动静忙不迭地跑出来，看到她淋得这么湿，嘴里一直"哎哟哎哟"的，说："瞧这淋的哟，怎么不让你妈接你啊。"

"没事，"简幸确实有点儿冷，她拉开姥姥的手，"我去换衣服。"

姥姥连忙说："好。"

简幸换衣服的时候姥姥还在门口等着，她换好以后姥姥端了碗姜汤进来，盯着简幸说："要不去洗个头吧？"

"一会儿去。"简幸捧着碗喝了几口，看了眼时间，跟姥姥说，"你去睡吧，我喝完就洗。"

"那你记得洗啊，别犯懒，不然老了后有你头疼的。"姥姥说着还不放心，简直要亲自动手帮她洗。

简幸失笑说："知道了。"

那夜的雨越下越大，简直没有要停的趋势。简幸喝完汤，洗了头，但当晚还是头疼地做了噩梦。梦里乱七八糟的，有大猫有小猫，大猫咬死了小猫，小猫被埋进了花坛，花坛长出了参天大树。雷雨突现，树砸断了吕诚的腿。医院里全是消毒水的味道，简幸坐在地上哭，面前伸过来一只手，她抬头，看到了徐正清的妈妈。徐正清的妈妈对她笑，没一会儿，徐正清的妈妈就走了，转身的时候脚边跟了一只走路不稳的小猫，一人一猫沿着走廊的光走到了徐正清的爸爸身边。徐正清的爸爸朝她挥手，简幸想抬手，却怎么也抬不起来。她着急地低头，只见手腕绑着一根粗粗的铁链，她恐惧又茫然。一回头，她看到了姥姥，姥姥笑眯眯地对她说："简幸，快把这个喝了，简幸，简幸……"

声音自远而近，一声一声，尽数敲击在简幸心上。

敲得很重。

压得简幸的心跳越来越缓慢。

她快要呼吸不过来，在窒息前一秒，猛地睁开了眼睛。

天光大亮。

眼前的光缓缓退去，取而代之的是屋里有些脏的天花板，天花板的角落还有蜘蛛网，一圈一圈看得人头晕。

简幸皱了皱眉，听力逐渐恢复，姥姥的声音就在耳边。

简幸扭头，看到姥姥手里端着中药说："先起来，起来喝了再睡。"

简幸愣了好一会儿才慢吞吞地坐起来，她接过碗，一低头，脸上有一滴汗落在了碗里。姥姥看到后以为她哭了，忙说："怎么了？难受啊？哎哟，我就说那天让你妈去接你，你瞧瞧，这感冒发烧半个月都没好。"

简幸有些疲惫地扯唇笑笑，她刚醒，声音是哑的："没事，是汗，感冒发烧而已，我哭什么。"

姥姥一听她的声音，更心疼了："快别说话了，赶紧喝，喝了再睡会儿，把汗闷出来就好了。"

喝完药简幸重新躺下了，她嘴上说好，其实一点儿也不想再闷着，但又怕姥姥担心，只能睁着眼看天亮、看天黑。

大概是时逢深秋，这场感冒拉拉扯扯了一个月才算痊愈，她的状态刚恢复如初，就迎来了期中考试。

由于还没分文理科，考试要考九科，一共考了两天半。

周四晚自习前，考场表和时间表贴了出来。许璐惦记了半个月，贴出来的第一时间就跑过去看，看完也没回座位，直接站在黑板前冲简幸招手："简幸，你要看吗？"

简幸摇摇头说："我就不去了，你帮我看看就行。"

许璐跑了回来："哎呀，就是按学号分的，你就在我们班考。妈呀，好羡慕。"

简幸没完全听明白，但隐隐有些紧张，她用力摁了一下手指，清脆一声响，同时扭头问："什么意思啊？"

"就是每个班的一号在1班，每个班的二号在2班。你不是三号嘛，就在3班，天哪！"许璐又重复了一遍，"羡慕！"

每个班的三号。

简幸记得，徐正清在他们班就是三号，他们前三名的分数都一样，徐正清吃了姓氏的亏，排在了第三。

这样说，那他们在一个考场。

"啪！"

又一声脆响。

"哟。"简幸后知后觉地察觉到疼，倒吸了一口凉气。

许璐跟着"哟"了一声："妈呀！疼不疼呀？"

简幸轻轻揉了揉手指，低头间不太明显地笑了笑说："还行。"

许璐双手捧脸，没再说什么。

平时对话都是许璐开始许璐结束，今天简幸反倒主动问了句："你在哪个班？"

"19班。"许璐的口吻有些微妙的不悦，她斜眼看了简幸一眼，"不是跟你说了吗？按照学号分，你到底有没有听我讲话啊。"

"哦哦，没太注意，对不起啊。"简幸说。

"算啦，"许璐叹了口气，"我现在满脑子都是能不能考好。"

"平时你试卷不是做得挺顺的吗？没事，考试的题一般都比平时简单。"

许璐听到这话眨了眨眼睛，"哦"了一声，小声念叨道："最好是吧。"

首场考语文，时间和高考一致，早上九点开始，七点半就已经有人在班里自习了，简幸也早早到了班里。许璐八点半才到，看到班里有不少人，都惊了："为什么你们这么早？"

"我是在家没事，就过来了。"

事实上，简幸不到六点就醒了。昨天下午还好，晚上一躺到床上就开始心跳加快，一夜辗转反侧，凌晨才堪堪入眠。早上醒了以后，心跳更快，在家完全待不住，只想早点儿来学校。

许璐又看了眼其他人："他们都几点来的？"

"不知道，我来的时候就有人了，好像跟平时差不多。"简幸面前摆着语文书，她边看边转笔，口吻里夹杂着淡淡的轻松。

好像跟平时一样，又好像哪里不太一样。

许璐盯着简幸好半天，才不太高兴地"哦"了一声，说："我都不知道要来早一点儿，这次肯定考不过大家了。"

"不会，放平心态就行了。"简幸说着，回头看了眼后面黑板上的时钟。

距离九点还有二十分钟，其他人开始动身去考场，简幸也起身。她问许璐："你不走？"

许璐还是不高兴，站起身，小声念了一句："你又不用走，干吗起来。"

简幸笑着说："我又不在这个座位。"

她是 3 班的三号，按理说应该坐在第三排。

"而且我要去趟厕所。"她说。

许璐噘着嘴说："那我跟你一起。"

"好。"

俩人从厕所出来的时候正好碰到 1 班的人往外走，每个人手里都只拿了一支笔，浑身洋溢着无所谓和轻松。许璐小声说："他们好像一点儿都不紧张欸。"

"有底气吧，"简幸说，"在这个班里，应该都不大瞧得上期中考试。"

"可是他们不怕被淘汰吗？"许璐问。

"1班和2班是理科班，他们班如果有想学文科的，只能去我们班。这对他们来说也不算淘汰吧，毕竟没别的路可走了。"简幸说。

"那万一连我们班也考不上呢？"

简幸失笑："怎么可能。"

"也是。"许璐情绪不明地擦了擦手上的水。路过3班的时候，她说："那我下去了。"

"嗯，加油。"

许璐笑得很勉强。

简幸看着许璐的背影不动声色地蹙了蹙眉，好一会儿才转身进门。她刚迈进去一只脚，忽然从旁边飞来一个东西，简幸吓了一跳，下意识后退一步，低头，发现脚边有一只黑色的晨光笔。

和她的笔一样。

不知不觉，心又开始快速跳了起来。

她抿了抿唇，弯腰捡起来，迈一步，进班，扭头，看到了第一排坐着的徐正清。

徐正清起身，抱歉道："不好意思，砸到你没？"

简幸摇摇头说："没有。"她本想把笔直接放在徐正清桌子上，可徐正清却出乎意料地伸出了手，简幸手腕轻轻颤了颤，然后硬生生地凭着本能把笔递给了他。

徐正清接过以后，顺手在草稿纸上画了两笔，笔迹断断续续的，被摔断了墨。

他轻轻"啧"了一声，有些无语。

简幸开口道："那个，我还有新的。"

徐正清抬头。简幸见他没答应，着急忙慌地又补了一句："和你这个一样，你应该用得惯。"

这时身后忽然撞上来一个人，简幸的心思都在徐正清身上，根本没注意到身后。况且身后这个人撞得很突然，简幸一个没站稳，跟跄一步，双手直接摁在了徐正清的桌子上。徐正清大概是怕她摔了，一手扶稳桌子，一手扶住她的肩头。

乍然间，麻意从肩头贯穿了简幸的全身，手也仿佛不是她自己的，心脏简直要从胸口跳出来。

她屏住了呼吸，眼睛都忘记了眨，只是低着头，怔怔地盯着白色草稿纸上画出的那两笔。

断墨的笔迹深深浅浅，像她的心电图。

"对不起啊，同学。"身后的人喊了一嗓子，"戴余年！给人家道歉！"

叫戴余年的是隔壁考场的，他听到这话忙不迭地伸头进来，一脸歉意地抬手示意："对不起对不起啊，没注意。"

他一抬头："哟，徐哥。"

徐正清放了手，淡淡"嗯"了一声，说："这么激动，准备考去宏志班啊？"

"嘿嘿，不敢不敢，"戴余年笑着说，"你只要正常发挥，我连第二都拿不了。"

"就是，这么激动！要不是徐哥姓徐，还有你这鲇鱼啥事！"撞到简幸的人说完又跟简幸道歉，"不好意思啊！"

"没事。"简幸站起身，头都没抬，匆匆跟徐正清说了句，"我去给你拿笔。"

"笔咋了？"戴余年问。

"摔了。"徐正清说。

"用我的啊！我的给你！"戴余年说着，从兜里掏出来一支笔放在了徐正清桌子上。

简幸刚到自己的桌子前，听到这话翻抽屉的动作一顿，攥紧了手中的笔。

"简幸，"徐正清唤了一声说，"不用了，有了。"

心随着他的呼唤高高抛起，又缓缓落下。她扭头看了一眼徐正清，很自然地说了声"好"。

然后她默默地把笔放回了原处。

等坐下的时候，简幸才发现撞她的那个人就坐在她身后，原来是4班的。

他坐下以后又跟简幸道歉："刚刚不好意思啊。"

简幸笑笑说："没事。"

很快铃声敲响，监考老师拿着试卷进来，简单讲了两句考试规则就开始发试卷。

试题确实简单，只有作文耗费了一些时间。

提篮春光看妈妈。

简幸看着作文主旨，脑海里浮现出了那天纸飞机划过的夜空和少年。

再抬头，时间已经过去了两个小时，前面的人不知什么时候已经交卷离开。简幸一抬头，目光落在了徐正清的背影上。

他大概也写完了，身子稍显散漫地靠在了后面的桌子上。

少年微微低头，后颈骨节微凸，手里转着笔，晨光从门口穿过照在他身上，他的影子轻飘飘地落在了简幸的桌子上。

简幸屏住呼吸盯着看了好久，然后在走廊渐渐多了喧闹之时，轻轻趴在了桌子上。

她小心翼翼地伸出手指，指尖落在了影子轮廓的边缘。

大礼来得猝不及防。

她好像，被光眷顾了。

— 15 —

期中考试在周日上午结束，放学铃敲响的同时，每一列最后一个人把试卷给前一个人，依次递给第一个人。简幸把试卷给前排人的时候伴装不经意地看了眼徐正清的位置。

徐正清没像别的第一排同学一样因为急着收卷而频频转身回头看试卷传到哪儿了。他不急不躁地靠在后一排桌子上，等第二个人把试卷递到他手臂旁边，他才微微侧过一寸脸，抬手接过，起身朝讲台走去。

这场的监考老师好像认识徐正清，看到徐正清，直接把其他卷子一同递给他，徐正清无奈失笑道："谁是老师啊？"

"这会儿老师给你当。"监考老师拿起桌子上的保温杯，与徐正清擦肩的时候还调侃了他一句，"走吧，徐老师，一起去办公室转转。"

徐正清只能跟上。

简幸简单收拾了下桌子上的草稿纸，在徐正清转身的同时，也转过身走去了自己的座位。

徐正清走到窗户边才想起来笔没拿，他本想折回，一偏头看到了窗户边的简幸。

考完试，学校给了一个下午的假期，这会儿别人都赶着回家休息，简幸却慢悠悠地坐回了自己的位子上，甚至有心思掏出了一张试卷。

只是扫一眼，徐正清就看出这试卷是上周发的，今天考的有一题是这张试卷上的原题。

徐正清想着，抬眼目光落在简幸脸上，看到她眉间淡淡蹙起一道痕迹。

没做出来？

不知道是不是多看了两眼的原因，徐正清乍然慢慢记起了一些他们偶遇的画面：简幸好像每一次都是情绪很平淡的样子。

跟秦嘉铭其他的女性朋友不太一样。

但是要说乖……好像又不太一样。

他记得秦嘉铭是怎么形容她来着？

说她，像颗钉子，又像根刺。

尽管伤害微不足道，却没办法对她的尖锐视而不见。

徐正清本来想让简幸帮忙递一下笔，这会儿念头一转，自己折回了教室。

简幸还在盯着试卷，这道题她第一次做的时候就有点儿卡，后来匆匆看了答案得了个一知半解，没想到这次考试又碰到了。

意料之中，她卡在了同一个地方。

人果然还是不能偷懒，自欺欺人的话，最终都会自食恶果。

简幸轻轻叹了口气，抬头，目光像一阵风似的飘落在第一排的桌子上，那里空荡荡一片，没有半点儿被光照过的痕迹。

过了期中考试，立冬带来一片寒意，一直到过了小雪一周，和县才迎来第一场雪。

也是这天，期中考试成绩公布。

早自习刚开始，徐长林就拿着成绩单进来了，所有人齐刷刷地抬头看向他，徐长林还有心情开玩笑："哟，我今儿这么帅？"

林有乐捂着胸口："徐班，你别扯我们的心了，求求你了。"

徐长林看着林有乐："我也不想扯你的，历史考的什么玩意儿。"

林有乐默默闭上了嘴，其他人也全部安静了下来。

徐长林这才说："行了，考什么样你们自己心里也有数，成绩单陈西先拿着，一会儿下课贴到后黑板上。"

陈西连忙跑过去拿成绩单。

徐长林又交代了几句就走了，看不出心情是好还是不好，惹得大家心里忐忑。等徐长林走后，大家全都看向了陈西，离得近的伸脑袋打听，离得远的直接跑过去了。

许璐也想知道，又不敢过去，只能求林有乐："你帮我看看吧。"

林有乐爽快地答应，起身溜去陈西那儿。

简幸全程看上去都没什么兴趣的样子，许璐不由得好奇地问："简幸，你不紧张吗？"

"我大概能推出来自己的分数。"简幸说。

许璐正要问多少分，林有乐忽然号了一嗓子："简幸厉害啊！第一名啊！"

班上其他人"唰"的一下全看向了简幸，简幸抬头看了一眼，仅一眼，又收回了目光。

其他人议论纷纷，只有许璐霎时间安静了下来。

这时林有乐跑了回来，戳了下许璐的后背说："你第二十名。"说完又朝简幸喊了一声，"简幸，你可以啊！"

简幸笑笑。她知道许璐不满意自己的分数，一整个早自习她都没提分数的事情。

前两节课上许璐也兴致不高的样子，简幸尽量不打扰她。

大课间的时候，其他班的分数大概也传开了，被议论最多的是意料之中的徐正清。

班级第一，年级第一，甚至比宏志班的大多数同学考得还好。

一时间流言蜚语四起，全围绕着徐正清的考试分数。

毕竟他的中考分数真的谈不上特别好。

"这也太夸张了吧？直接去宏志班啊，在这儿待着干吗？"

几个徐正清的初中同班同学被拉着各种打探八卦，最后还是林有乐在桌子上摔了一本书，喊道："问什么问啊！人家有本事考得好，关你们屁事啊！哪里学来的长舌妇毛病？"

林有乐平时在班里嘻嘻哈哈的，轻易不发火，但大家都知道他的社交圈不算乖，所以他猛地一发火，效果居然还不错。

语文老师这时拿着试卷进来了，她大概也听到了林有乐的话，笑笑说："怎么了，对别人的成绩这么好奇啊，自己考几分啊？"

老师都这么说了，其他人自然只能闭嘴。

公布分数后各科的第一节课都是讲试卷，语文能讲的不多，重点都在作文上。

"各位，"语文老师放下试卷，按着桌子看着所有人说，"这次作文不难吧？"

底下稀稀拉拉几声："不难。"

"嗯，这么一致的回答，"语文老师说，"自己的妈妈写不出来吗？写蓝天、写航空，怎么着，从徐正清那儿得到的灵感啊？"

底下隐约传来细碎的议论声。

"那人家徐正清自己怎么不写？"

一句话，引得不少人都抬起了头。

包括简幸。

简幸考出了好成绩，即便不骄傲，心里也是高兴的。

她始终都觉得自己能做的不多，唯独学习这件事，付出的，回报的，都是真真切切看得到摸得着的，都是彻彻底底属于她自己的。

所以这是她进入和中以来，唯一一次真切地高兴。

可语文老师这一句话，硬生生把她的心拧到了一起。

她不自知地攥紧了试卷的一角，褶皱乍然四起，硌得她的掌心隐隐作痛。

她眼睛一眨不眨地盯着语文老师，直到语文老师开口说："怎么人家就能看到妈妈的好呢？妈妈施舍爱心很俗气吗？妈妈对偶遇车祸的人，给予帮助和关怀，怎么人家就能写出四十九分的作文？哦，人家还加了两分卷面分。"

"刺啦——"

试卷被硬生生拽掉了一个角。

语文老师还在讲话，没人注意到简幸的试卷被她自己撕裂了一个角。

更何况，试卷撕开一个角能有多大的声音，那分明是她的心被撕开的声音。

情绪陡然陷入浩荡波动，眼前的视线莫名其妙就黑了一瞬，而后又变成了涣散的花白。像被信号屏蔽的电视机屏幕。

雪花"刺啦刺啦"的声音，慢慢盖过了语文老师的声音，思绪一下子被拽回到了五年前——

是五年级升六年级的那个暑假，兴镇那年不知道为什么特别热，七月的气温就已经达到了三十多摄氏度，地面烫得简直要把鞋底烫化，白天街上没几个人，更别提正午大太阳顶头的时候了。

可是吕诚该出来还是要出来，拉货不分黑白冬夏，你不干，那行，有别人干。

吕诚一向不是会偷懒的人，他很能吃苦，也从不喊苦。大热天汗在脸上像下雨一样，他头顶冒火也把三轮车蹬得起劲。

兴镇那两年搞开发新楼，路上处处都是坑坑洼洼的，大概是天气太热、缺水导致的短暂性中暑，吕诚在拐弯的时候翻了车。

车上二三百斤的货，加上三轮车近四百斤，全部结结实实地压在了吕诚身上。他本能要爬，结果车上的铁条直接压穿了他的腿。

路面滚烫，尘土都像沙漠里的沙子，他趴在地上，血流满了一个小坑。

总不能就这么死了吧。

家里还有一个乖乖的闺女和一个整天笑眯眯的老太太呢。

吕诚一辈子没硬气过，那会儿不知道从哪儿来的力气，硬生生地把腿上的货扒拉开了一部分。

货滚到一旁，被一双高跟鞋挡住。吕诚抬头，在强烈阳光的晃照下看到一个年轻女人捂着嘴，瞪大了眼睛。

吕诚看得出这人和他不一样，光看穿着就不一样，那鞋跟上贴的小钻石被尘土埋了还会发光。要搁在平时，吕诚是看一眼都不敢的，那会儿却痛苦地开口："帮、帮个忙……"

年轻女人像是刚刚反应过来一般，立刻转身大喊："老公！"

接下来到底发生了什么，吕诚就不知道了。

他只记得一觉醒来就躺在了医院，医生先是遗憾地说他的腿瘸了，随后又安抚了一句："幸亏扒拉开了点儿东西，不然下半辈子就在床上躺着了。"

医生说这话的时候简幸就在病床旁边。她上五年级，十二岁了，已经能听懂所有的陈述句，可在行为能力上半点儿用处都没有。

所以她只能死死地攥住吕诚的手。

简幸的印象里，吕诚总是被各种人骂，被简茹骂没本事，被姥姥骂脾气太好，被给货的老板骂动作慢。但他很高，虽然他一直有点儿驼背。

可那一天，吕诚突然就矮了很多。

简幸很多时候都能和他平视，甚至慢慢地也可以俯视他。

尤其是他躺在病床上，她站在床边给他挂吊水瓶的时候。

她一低头，吕诚简直要矮到地上了。

她知道这是一个人失去力量的象征，她很难受，一个人跑去走廊哭。

走廊里全是消毒水的味道，还有各种汗臭味，只有手术室附近因为地点特殊而鲜少有人来往。

简幸蹲在地上，腿蹲麻了就坐在椅子上。

不知什么时候，走廊的尽头就多了三个人。

一对年轻的夫妇，以及简茹。

年轻夫妇并肩而站，简茹站在他们对面，落日西沉，红光照过来，恰巧照在了他们中间。

像是被分割开的两个世界。

简茹的衣服上有血，有灰，头发也乱七八糟的，她朝年轻夫妇低着头，双肩耸动，眼泪满脸都是。

那好像是简幸第一次看到简茹低头。

简幸看着年轻女人毫不介意地拍了拍简茹的肩，年轻男人从包里拿出了很厚的钱递给简茹，简茹推了两下，接到了怀里。

那天白天的光很烈，傍晚的光也很浓，照进简幸眼睛里，落了一片血色。

可偏偏，也因为这一片血色，她得以看清楚简茹接过钱时，嘴角悄无声息扬起的笑。

病房外，简幸贴着墙壁站着，低着头，指甲都快被自己抠破了。

屋内隐约传来对话——

"你怎么能这么说？都跟你说了，是我自己不小心摔的！和他们停在那里的车有什么关系？"吕诚的声音压得很低。

"那又怎么样！说不定没有那辆车，你就能顺利过去！"简茹的声音也压得比平时低，她警告吕诚，"你弄没弄明白你现在什么情况！腿瘸了！以后拿什么挣钱！你可以不吃，可妈呢？！简幸呢？！简幸不要上学了吗？！"

"那你也不能……"吕诚的声音简直要压到极致，"你这是讹人你知道吗？！"

"我讹什么人了！他们一看就那么有钱，在乎给我这几个钱吗！人家就是好心，看在你穷你废物的分儿上施舍给你的！"简茹说，"人家的车在那儿停着，一辆车就够你爬一辈子的！人家现在给你这个钱就是为了买他们的安心你知道不知道！"

吕诚没再说话。

简茹不管，继续说："反正钱就在这儿了！出院就搬家，去和县！简幸要上学！我说了，简幸必须上学！上大学！她不姓吕！她姓简！你不想要咱们就离婚，我带着她们两过！"

后来……

后来的对话简幸就没再听了，反正吕诚最终一定会妥协。

也许他是真的信了简茹的话：人家给钱，不过是为了买自己的安心。

医院里到处人都很多，简幸躲到哪里都觉得好吵。

于是她干脆跑出了医院，在马路旁边蹲坐着。

没一会儿，一对年轻夫妇路过，女人叹了口气说："再也不要来这里了，吓死了。"

男人拉着她的手说："行，以后不来了。"

女人又说："正清都打两个电话了。"

"知道了，这就回去。"男人说着顿了下，"不过，刚刚那钱……那人真不是因为我的车。"

女人叹气说："我能不知道吗？但是我看他们，唉，算了，也是太苦了，听说家里还有个上小学的女儿，六十几岁的妈身体也不好，就这样吧。"

"行，"男人笑了，"那一会儿回去，你跟正清解释？"

"解释就解释，我这是献爱心了，有什么见不得人的。"

"你呀，这会儿厉害死了，刚刚别哭着喊老公啊？"

"哎呀，我被吓到了嘛！真的好多血啊，吓死了。"

"不怕不怕，回去让你儿子给你讲故事听。"

声音渐行渐远，简幸的脸贴在膝盖上，头歪着看他们远去的身影，看他们的脚步掀起尘土，尘土却怎么也追不上他们。

这时忽然刮来一阵风，简幸没有躲闪，睁着眼睛，被扑了满脸的灰。

## — 16 —

初入和县时，有很长一段时间的漫长深夜里，简幸都不太能完全进入深度睡眠。

她和简茹、吕诚挤在一张两米二的床上，姥姥则委屈在旁边一米二的床上。为了方便早上第一个去洗漱，简幸每天只能睡在床的最外侧。

这房子是租来的，简茹花了钱的，可简幸依然觉得这是别人的家。

她整日小心翼翼、浑身僵硬，脑袋里有根弦绷了又绷，一天比一天紧。

从老家搬来和县，简茹手里除了钱，什么都没有，所以简幸只能去昂贵的私立学校。这所私立学校说来也奇怪，就开在三中对面，两所学校只隔了一条马路，三中那些打架的、闹事的、老师管不了的学生，只要给钱，私立学校都收。

刚来就出去一大笔开销，简茹觉得不踏实，开始拼命地找活干，最后选择了成本最低的卖小吃。

可她从来不在三中或者私立学校这边卖，宁愿跑到更远的二中、一中或和中。

时间久了，简幸能明显地感觉到自己身体里有一股意识在慢慢地被麻痹。直到后来简茹攒了钱，把房东的院子买下来，这股说不上来到底是什么的意识才终于在不知不觉间消失。

一年后，简幸小学升初中。

大概是为了减少不必要的麻烦，私立学校从小学到初中一条龙全包，不用考虑任何户籍问题，只要继续交学费，就可以在熟悉的环境接着上初中。

简幸的初中还是在私立学校上的，每天只能靠课本的进度来证明生活并未一直重复。

二〇〇六年转二〇〇七年，元旦那天是周一，和县落了那年冬天的第一场雪。这场雪来得很迟，也很匆忙，以至于所有人一睁眼就被全城的银装素裹惊艳，路上送孩子的家长一瞬间多了很多。

简幸家就在学校隔壁的巷子里，走过去，全程不用五分钟，自然不必简茹送她，更何况简茹早早就出门了。

简幸脖子上套着姥姥新织的围脖，走路时由于不停地哈气，气体弄湿了毛线，有点儿扎脸。

她正要扒拉开，忽然一辆黑色轿车停在了她身边的马路边。

下车的是一个年轻女人，两年没见了，她好像没有任何改变，甚至看上去更年轻了。

她穿着粉色的大衣，大衣扣子没扣，露出了里面浅杏色的短裙和白色的毛茸茸的长靴，她好漂亮。

原来她也是和县的。

听上去，她们好像是一个世界的人，可明眼人一看，就能辨别出其中的差别。

毕竟，简茹的衣服从来都只以黑白灰为主。

而简幸，长年累月都在穿校服。

简幸愣在了原地，眼睛一眨不眨地盯着她。

很快，车后座的车门打开了，下来的是一个男生。看不出来他多大，但是个头相较于简幸很高。他身上穿着三中的校服，手里正拿着一瓶牛奶往口袋里装。

"到学校别忘记喝。"年轻女人说。

"知道了，你赶紧回去吧，也不嫌冷。"男生说着，弯腰帮年轻女人把大衣扣子扣上了两颗。

年轻女人笑着打了男生一下："哎呀，你烦不烦。"

"跟我爸学的。"男生一摆手，"走了。"

他说着，穿过长长的马路走去了对面。有同样穿着校服的男生从不远处跑来，一把搂住他的肩，短短半分钟，简幸看到了好多人和他打招呼。

这时，年轻女人的手机响起来，她接起说："知道了，送你儿子上学呢。"

她一边说着一边上车。

车子很快消失在视野里。

地上的雪这时已经化了一大半，不再是白茫茫的一片，可简幸还是在那一瞬间恍惚了视线，她盯着车子的尾气，鼻尖乍然嗅到一股浓浓的尘土的味道。

其中夹杂着的，还有腥臭的血气。

再清冽的大雪都盖不掉的血气。

血气顶冲着大早上本就不太清楚的头脑，神经压迫的某个角落好像隐约有什么意识挣脱着要迸发出来。而那自以为消失在漫长两年里的箱子忽然剧烈振动，狂风袭来，只需轻描淡写就足以吹翻箱子上堆积的厚尘。

尽管久经蒙尘，那一刻它也如同新的一般。

它从未消失过，甚至因为长年累月的无视，而在这一瞬间报复性地长出了扭曲的爪牙和根茎。

根茎就死死地插在简幸的心上，每一次心跳都扯得她浑身作痛，仿佛在告诉她：

恶人永不可善终，小偷也绝无窥见天光之日。


"所以，我还是建议各位以后写作文时多想想自己的生活，别人的始终是别人的。"语文老师说完这句话的同时，下课铃敲响。

铃声入耳，几乎刺穿了耳膜，简幸猛地回神，做了一个和那年那天同样的动作——她抖着手，拽着围巾，企图遮挡住脸，却在一瞬间反应过来自己今天根本没戴围巾。

唯一的遮羞布都没有了。

简幸猝然觉得胸口闷了一口气，哽着喉，眼眶胀得酸痛。语文老师前脚离开教室，她立刻站起身，因为动作有点儿突然，引来旁边人的关注。她没精力管理表情，也没跟许璐打招呼，抬腿挤出去时，许璐不满地拉着椅子往前挪了一寸，椅子"刺啦"一声摩擦出锐利的痕迹，简幸只觉呼吸更困难。

许璐口吻不太好地说："你说一声啊！差点儿绊到我的椅子！"

简幸其实没太听清许璐说什么，她垂着眼，哑着嗓音丢下一句"对不起"，匆匆离开了教室。

课间休息时间只有十分钟，能去的地方只有厕所。

简幸抖着手拧开水龙头，冬天的水像从冰窖里流出来的，浸润在肌肤上，简直要把最后一层感官能力剥夺。简幸看着皮肤一点点被冰红，心里却察觉不到一分一毫的冷。

久居深渊与沼泽的人是不怕冷的。

相反，他们可以吞噬这些，以此堆砌越来越厚的躯壳。

可她喜欢的人就在光底下怎么办？她才稍稍靠近一步，身上已经被浇融出了密密麻麻的坑洞。

畸形的爪牙和根茎自然是见不得光的，为了避开这些露光点，它们只能错综复杂地攀缠，因而越来越扭曲，越来越狰狞。

心中无光，寸草都不生。

伪善的皮囊一旦被撕开，丑恶的真相只能昭然若揭。

她没有退路的。

想到这儿，简幸的喉咙口忽然难以抑制地发出一声低低的呜咽。她紧绷着喉，企图把这些脆弱咽回去，却适得其反地一下子吐了出来。

她动静不小，引得旁边的同学满脸担心地询问："同学，同学你没事吧？"

简幸一边试图摆手，一边痉挛得更凶。

这些痉挛像简幸最后的抵抗，她企图用自伤八百毁敌一千的方式将那些东西连根拔起。

生理泪水争先恐后地从眼眶涌出，简幸在一片模糊中捂着胃想：

如果连根都拔了，那她还能活吗？

"还能不能活了！"历史课一下课，徐长林前脚刚出了教室，林有乐就喊了一嗓子，"这历史课听得我真的不想活了！"

这次历史题出得是有一点儿偏，对林有乐这种中考历史都考不及格的人来说，应该难得跟附加题差不多了。

大课间休息半个小时，简幸本想问林有乐哪些没懂，但是疲惫感实在太强，只能作罢，便趴在桌子上睡觉了。

哪知她刚趴下，旁边的许璐又戳了戳她的胳膊问："简幸，这一题你做出来了吗？"

简幸抬起头看了一眼，闷闷"嗯"了一声，把试卷给许璐："你自己看。"

许璐一顿，盯着她好几秒，不知怎么回事脸色差了不少，口吻僵硬地说："你就不能给我讲讲吗？"

"我……"简幸后面的话还没说完，就见许璐扭回了头，试卷也没接，丢下一句："不想讲算了！"

简幸张了张嘴，半晌，什么也没说，只是又拿回了试卷，继续趴着。

一整天她都昏昏沉沉地度过，不知是不是出了分数的原因，班里今天格外地沉默，偶尔有人聊两句徐正清，就换来几声意味深长的唏嘘。

晚自习前，许璐没喊简幸吃饭，简幸也不太想吃，一个人去了操场。她没散步，只是找了处角落坐着。

放眼望去，人人都长得一样。

和中有规定，在校期间人人都要穿校服。一件校服，能轻而易举地把所有人归拢到同一个世界里。

那些家世、素养、见识，甚至最显而易见的外形，以及更多层面的差异，往往要在成年独立以后才能越发明显地显露出来。

成年人的苦不是在象牙塔里的人能想象出来的，所以怀念青春成了某些成年人三更半夜之后的特定节目。

因为对他们而言，在学校里努力学习是人生中最轻松不过的事情了。

至少这件事情，努力是可以换来结果的。

别的呢？

简幸想着，默默低下了头。她伸长了腿，将上半身压得很低，脚边台阶上落叶枯黄，上面沾着薄雪融化的湿迹，摸上去，凉意从指尖一路爬到心房。


"正清，接球！"

一道声音传来，简幸条件反射地抬头，才看到打篮球的那些人里居然有徐正清。

徐正清同样穿着校服，此时天空被落日余晖映照出橙红色，篮球场的地面是绿色的，塑胶跑道是红色的，校服是蓝色的，少年身上是彩色的。

他应了一声，轻松一跃接过远处扔来的球，双手轻轻一抬，指尖在空中掠过痕迹，篮球旋转着跃入篮球筐中。

稀稀拉拉的掌声四起，伴随着同队队友的夸赞："厉害！"

徐正清笑了笑，冬风掀起他的头发，露出俊朗的面孔。他没说什么，只是抬手在空中打了个响指。

少年英姿，岂是短短冬日能掩盖的。

简幸又盯着看了几眼，慢吞吞地起身离开了操场。

徐正清打了没一会儿就觉得热，跟旁边人打了声招呼，就拿着校服外套走去了旁边的篮球架。

他弯腰放外套的时候，不经意间抬头看了一眼，女生的身影一晃而过。徐正清眯了眯眼，几秒后才收回目光。

这时秦嘉铭慢悠悠地走过来递上一瓶水，说："听说你考了年级第一，恭喜啊。"

徐正清接过水，也没谦虚，开玩笑说："口头恭喜啊？"

秦嘉铭骂了一声，说："行，一会儿让彬哥上门服务。"

徐正清拿水瓶碰了碰秦嘉铭的水瓶："谢谢学长。"

秦嘉铭先一步回教室，走两步想起了什么，回头说："哦，对了，我让彬哥多送一杯，一会儿你拿给简幸。"

徐正清说："好。"

操场的地上还有水，也不适合长期活动，徐正清简单活动了一下筋骨就拿着外套走了。他在教学楼门口和庞彬偶遇，庞彬二话没说，把手里的奶茶塞在他手里了。

徐正清挑了挑眉："不是上门服务吗？"

"你这不是送上门了吗。"庞彬说完就走了。

徐正清失笑两声，上了楼。

秦嘉铭买得不少，徐正清嫌沉，路上碰到熟人就随手递出去一杯，等到了3班门口，手里没剩几杯了。

林有乐眼尖，看到徐正清后立刻扒着窗户喊："哥！有我的没？"

徐正清看他这样子，没忍住逗了一句："在里面过得还行吗？"

林有乐十分配合，满脸苦意说："当然不好，对您的思念日夜加重，饭也吃不好，还要受徐警的打击。"

"可怜，"徐正清说着递进去两杯，"赏你的。"

林有乐"嘿嘿"笑着接过："这么爱我，还整俩？"

徐正清扫了一眼简幸空荡荡的座位，说："另一杯给简幸。"

"嗯？"林有乐愣了一下，等徐正清转身走了才慢半拍地说了句，"哦。"

他有点疑惑地自言自语了一句："简幸什么时候跟徐正清这么熟了？"

没想到许璐接了一句："他们本来就认识。"

"什么？本来？多本多来？"林有乐问。

许璐看了眼简幸的桌子，没什么表情地说："不知道，反正她认识挺多……男生的，高二的也认识。"

林有乐半信半疑地问了一句："是吗？"

许璐不太高兴了："什么意思？你不信我啊？是你跟她熟还是我跟她熟？真以为她跟看上去一样呢？"

林有乐"啊？"了一声："什、什么意思啊？"

许璐一顿，后知后觉地意识到自己都说了什么，脸色瞬间变了变，好一会儿才匆匆丢下一句："关你什么事，少打听。"

"不是你先提的吗。"林有乐挺委屈地念叨了一句，起身把奶茶放在了简幸的桌子上。

简幸一整天都没怎么好好吃饭，到了晚上，胃开始报复性地疼痛。她忍了一会儿，最后实在忍不了，才去小食堂买了个面包。

从食堂回来，简幸上了另一侧的楼梯，到六层时正好和回班的徐正清撞上。

徐正清看了一眼她手里的面包，问她："没吃饭啊？"

简幸上楼梯的时候就在想，她从这个方向上楼回班，路上总要路过1班，不知道能不能遇到徐正清。可眼下真的遇到了，她又僵硬着舌根，说不清一句完整话。

她半天只说了一句："嗯。"

徐正清不知为何看了她一眼，但没再问什么，只是说了一句："秦嘉铭给你买了奶茶，我给林有乐了。"

"哦，"简幸反应过来，问，"怎么突然买这个？"

徐正清笑笑说："庆祝考完试吧。"

"哦，谢谢。"

徐正清点点头，转身要进班。简幸捏着面包，不知道哪儿来的一股勇气，忽然喊了一声："徐正清。"

徐正清回头。

手里的面包包装袋被捏漏了气，简幸乍然握了一掌心柔软，扯着唇，朝徐正清笑了笑说："听说你考得很好，恭喜。"

"听说你考得也不错，徐班在我们班夸了你历史的解题思路。"徐正清说。

简幸有些结巴："是、是吗？"

"嗯，期末考试继续加油。"徐正清说。

简幸笑了，说："好，你也是。"

说完两人各自转身。天冷，走廊没人，穿堂风显得更凶，但是简幸没觉得冷，她回到座位，看到了桌子上的奶茶。

林有乐说了句："那个，是徐正清给的。"

"知道了。"简幸说着，拿在手里，掌心源源不断地传来一片温热。

不知道是不是期中考试检验了成果的缘故，之后的很长一段时间，大家好像都没上半学期那么轻松了。

过渡班因为压力和课程进度而显得更加沉默，走廊因为天气冷不再有人扎堆闲聊，更多时候大家都待在班里，翻看一页又一页的试题。

简幸以前坐在窗边总觉得时不时能看到徐正清走过的身影，毕竟同在一层，哪怕缘分无分，好歹也能凑上几次偶遇。

如今一个多月过去，简幸在一次语文作文课上乍然意识到，她好像已经很久没看到徐正清了。

原来哪怕身在同一所学校、同一个楼层，偶遇也需要莫大的运气。更别提毕业以后了。

简幸想着，在心里默念了几遍航天大学的录取分数线。

十二月下旬，冬至送来了一场大雪。

姥姥的关节不好，一到冬天就开始疼，步伐也没春夏时轻快。从前她有事没事都爱去简幸屋里转，现在只能窝在自己屋里看电视。

简茹知道姥姥在冬天的活动范围不大，会在每年冬天伊始就把家里唯一的电视机搬到姥姥屋里。

周末天冷，吃了饭，姥姥就把简幸拉到自己屋里看电视。家里没装有线电视，收到的频道有限，来来回回只能看那几个节目。

"还是看《还珠格格》吧，小燕子多有意思啊。"姥姥让简幸坐在床沿，拉着她的手往被窝儿里塞。简幸的姿势别扭得不行，笑着说："我不冷。"

"怎么不冷，哪有不冷的。"姥姥说着起身，"我去给你灌个热水袋。"

"不用，"简幸拦她，"真不用，我冷了自己知道钻被窝儿。"

"那行，你小时候身体不好，现在又是上高中，真不能瞎折腾。"

"知道了。"

两人说着，电视剧放到了皇上微服出巡偶遇夏盈盈。送别时，老旧的电视机发出缠绵又似低吟的歌声："山一程，水一程，柳外楼高空断魂……山无凭，水无凭，萋萋芳草别王孙……"

良人难遇，山水难逢。

若遇三生有幸，久违莫问前程。

"唉，将侯皇贵的家哪是那么好进的哟。"姥姥不停感叹。

简幸笑笑说："是，而且皇上也不是真的喜欢她，估计是出于对夏雨荷的愧疚吧。"

姥姥闻声，表情有点儿古怪，看了简幸一眼，简幸装作没注意。没一会儿，姥姥又看了简幸一眼，简幸以为姥姥是震惊她的言论，没忍住，笑出声道："姥姥，我都多大了啊，这种电视剧能看懂的。"

不知道为什么，简幸忽然从姥姥脸上捕捉到了一丝紧张，她疑惑地问："怎么了？"

"没事，是，大了，该懂了。"姥姥嘴上说着，手却有明显的颤抖。简幸皱了皱眉，拿起遥控器把电视机的声音调小了。平时这音量为了照顾姥姥的听力都开挺大，调小了以后，屋里明显安静了不少。简幸剥了颗糖放到姥姥手里，又问："怎么了？"

这是第一次，姥姥拿了糖没有立刻往嘴里塞，反倒盯着简幸问："简幸，我问你，你们学校有没有那个……就是，你也大了，姥姥也懂，到青春期了，学校里的男孩儿女孩儿都懂事了，就是我想问你，你那个……"

反反复复也没能问出口。

简幸知道她想问什么，主动说："没有，没有人喜欢我。"

"那是他们没眼光！"姥姥还不太高兴，评价完又看了她一眼，问，"那你有没有喜欢的男孩子啊？"

简幸团糖果袋的动作一顿。

她的动作本来很小，但因为包装袋摩擦的声音明显，所以哪怕只是微微一顿，带来的效果都会被放大。

姥姥似有察觉，握着简幸的手一下子紧了。

简幸以为姥姥是单纯地担心，很快笑笑说："高中这么忙，哪来的时间琢磨这些事情啊。"

看似在否认，实则没说一个"不"字。

姥姥半信半疑地"哎"了一声，又说："简幸，咱不能学别人早恋知道吗？咱是要好好学习的人，是要考大学的。"

简幸勉强扯唇笑笑说："我知道。"

离开姥姥屋的时候，身后的电视机还在重复缠绵悱恻的歌声，简幸站在门口看着院子里浅浅的一层雪发呆。

她有点儿意外。

本以为，姥姥无论如何是站在她这边的。

她以为，姥姥跟简茹不一样。

至少，不只是一味地让她考大学，以此来弥补简茹遗憾的人生。


"喵……"眼熟的小野猫踩着梅花脚印来要吃的。

简幸眼前闪过徐正清低头逗猫的画面，敛唇笑了笑，又说道："等一会儿啊。"

简幸说着，走去了厨房，厨房里其实没什么猫能吃的东西，她翻了半天找到了一个早上没吃掉的煮鸡蛋，剥了壳，把蛋白和蛋黄都掰成小块丢给它。

小猫吃完优哉游哉地走了，简幸看着它离开时高高翘起的尾巴，唇也缓缓跟着翘起。

这时堂屋似乎传来动静，简幸偏头看去，隐约看到姥姥的身影，她疑惑地看了一眼姥姥的屋，确实门开着缝，于是她起身去堂屋。只见姥姥手里攥着三根香，举手抵额间，虔诚地闭眼低语。

简幸好奇地问："姥姥？你做什么呢？"

姥姥吓了一跳，随后想起什么，忙说："简幸，快来，给菩萨上炷香。"

"现在？"简幸问，"不年不节的，上什么香啊？"

"啧，小孩子怎么这么不懂事，瞎说什么呢！"姥姥说着，往她手里塞了三根香，"只要想上、能上，哪天都行。"

老人家都信奉这些，大概是没有什么可以依托的，只能如此图个心安。

简幸看姥姥表情严肃，忙说："好，上。"

她从记事以来，就跟简茹、姥姥一起供这座观音，流程很娴熟，耳边姥姥重复念着："简幸身体健康，平平安安。简幸身体健康，平平安安……"

老人家的声音总是有一股催眠的魔力，也有一种沉淀人心的力量，恍若能带着人跨越无数时代，最后依然能笑看人生百态。

简幸原本只是敷衍应付，慢慢却沉下了心，鼻尖拂过的满是佛香的味道，心思则缓缓飘到了徐正清身上，然后在心里偷偷把姥姥的每一句"简幸"，都换成了"徐正清"。

祝他平安健康。

祝他永远年轻。

— 17 —

冬天，学校的晚自习放学早，简茹和吕诚回来得也就早一点儿。晚上简幸睡前上厕所，路过堂屋看到两大箱子的橙子和苹果，旁边还摆放了许多荧光纸和丝带。简幸这才后知后觉地意识到，圣诞节要来了。

圣诞节前夕是平安夜，晚自习是历史和物理。3班的物理课是1班班主任周奇带的，据说周奇和徐长林是高中时候的好朋友，两人有非常一致的爱好：给学生放电影。

于是这天的晚自习，1班和3班同时放了一部美国的喜剧片：《小鬼当家》。

放电影期间，教室里的灯全关了，大家被剧情逗得哄堂大笑，时不时也能听到 1 班传来一阵笑。这笑里好像藏着猫爪，通过风一下一下挠着简幸的耳郭和心脏，让她变成了一个身在曹营心在汉的"叛徒"。

黑暗实在是个好藏处，隐忍的思念可以暂时地释放出来，无人在意它滋长了什么又蔓延到了哪里，可也因为有了黑暗的庇护，简幸心中慢慢生出了一丝侥幸和冲动。

暗恋中的人都是被情绪操控的瘾君子。

简幸借着上厕所的由头跑出去，路过 1 班时故作若无其事，实则浑身僵硬地扭头往教室里看了一眼。教室里同样昏暗一片，简幸连一张清楚的脸都看不到，这时班里的人忽然被剧情逗笑，简幸在一片笑声中猛地反应过来自己都干了些什么。

细数起来，她也才一个多月没看到徐正清。

她已经……这么无药可救了吗？

白烟的烟：救命！有的人真的已经蠢得无可救药了！

白烟的烟：在苹果里面塞手链到底是什么操作？我一口下去，直接把手链咬断了！我的牙！

白烟的烟：救命救命救命！他明天不会要往橙子里塞戒指吧？！

白烟的烟：哦，还有，忘了说了，傻子秦给我寄了一箱苹果和橙子，自己把它们一个个包装得花里胡哨的，但是没往箱子里塞泡沫板，我拿到以后，一箱十个撞坏了八个！

放学后，奶茶店因为今天日子特殊，人满为患。

简幸拿了手机就匆匆从店里出去了，看着陈烟白发来的一条又一条消息，默默攥紧了手中的袋子。

袋子里是一个苹果，店家包装得很好，单从手艺上就能看出和简茹卖的简直天壤之别。

不过她之所以选择买而不是直接从家里拿，并不是因为卖相。

这时，手机里又弹送出陈烟白发来的消息。简幸低着头看，眼前忽然晃过来一个苹果，简幸抬头，对上秦嘉铭笑着的脸。

"给，平安夜快乐。"秦嘉铭低头看到简幸手里还有一个，有点儿意外地说，"哟，这是谁手这么快？"

简幸一顿，没说出话。

就是这一顿，引得秦嘉铭意味深长地眯了眯眼睛，长长地"哦"了一声。

简幸立刻出声阻止："别乱想。"

秦嘉铭笑着举手投降："我什么也没说啊，你也太心虚了吧？"他说着，拿肩膀轻轻撞了她一下，打听道，"谁送的啊？你们班的？"

简幸正要让他闭嘴，旁边的吴单抱了一怀苹果，看到她，二话没说，跑过来："来，拿一个！快快快！沉死了！"

简幸看着一堆花花绿绿的苹果，竟有点儿无从下手，最后还是秦嘉铭从里面拽了一个最大的递给她。简幸看着平白无故多的两个苹果，有些哭笑不得："这……要不你们还是拿回去吧，我们家好多这个。"

"啧，小姑娘家家的怎么不知道浪漫，这是家里的苹果吗？这是赋予了我们真挚祝福的苹果。"秦嘉铭说得头头是道。

简幸选择闭嘴。

到底是过节，平时大家放了学都嫌冷，不愿意在外面逗留，今天却哪儿哪儿都是人，人人手里都抱着几个"祝福"。

简幸低头看了眼手里的袋子，有点犹豫地舔了舔唇。

她左顾右盼地看了两眼，平时结伴而行的几个人今天好像连任何一个人的影子都没看到。

简幸想着又低头看了眼时间，正要问秦嘉铭什么，身后奶茶店里的吴单忽然喊了句："这什么玩意儿？！"

他的口吻实在太震惊，引得周围不少人都好奇地看了过去。

简幸也看了过去，只见店里柜台上放着一个非常大的被包装过的苹果。和别人手里拿的苹果不同的是，这个苹果的包装有两个耳朵，看上去像兔。

简幸眯眼看了看，果不其然，在苹果面上看到了兔子的五官：浑圆的眼睛俏皮地眨了一只，嘴巴咧着，两颗兔牙看上去可爱又带着点儿嚣张。

很用心的一个礼物。

简幸想到秦嘉铭刚刚那句话，忍不住说了句："这个'祝福'应该不只真挚吧。"

"花里胡哨的，肯定是女生送的。"秦嘉铭说着，冲吴单喊了一嗓子，"给谁的啊？"

"不知道啊，没看到什么便笺啊，"吴单激动得不行，"我去问问彬哥。"

正说着，彬哥从包间里出来说："真有意思，这种待遇还用问是给谁的吗？"

现场很多人沉默了一瞬，而后不约而同地露出了"原来如此"的表情，其中夹杂着骂骂咧咧的话："服了！有徐正清在，咱们谁也别想顺利脱单！"

在一片各种口吻的哀号与感慨中，简幸无声地把袋子攥紧了，袋子里的苹果仿佛瞬间变成了千斤重，坠得她手心疼。

她在呼啸而来的复杂情绪中沉默了好久，正要转身离开，耳中忽然传来熟悉的声音：

"怎么都聚在这儿？"

意料之中，徐正清收到了很多"祝福"。只不过他并不像吴单那样狼狈，而是把苹果的包装纸拢在一起，单手拎着。

因为他收到的太多，过路之时引来了不少关注。可他本人却毫不在意，状态轻松如常。

他好像早已习惯了万众瞩目。

"哟，徐哥今年战况不行啊。"秦嘉铭调侃了一句。

徐正清笑着往秦嘉铭怀里塞了一个说："不客气，做慈善。"

秦嘉铭骂道："你！笋到家没？"

"目前还没有，以后再接再厉。"徐正清说着，走进奶茶店，把手里的苹果都放在了前台上。他看到那颗"兔子"，随口问了句："这是谁这么荣幸？"

周围人齐齐地面无表情道："你。"

徐正清愣了愣，随后似乎想起了什么，在一片注目下露出了一个柔软的笑。

手腕脱力就是在这一瞬间，简幸几乎没有任何防备地丢下了手里的袋子，苹果重重地砸在地上，发出"咚"的一声。这声音明明只是沉，没有很响，却莫名其妙地掩盖了周围所有的声音。

简幸看着徐正清把那颗"兔子"拿起来，随后跟庞彬说："这个我拿走了，其他的随意分了吧。"

一句话引起无数"哟呵"声。

简幸看着徐正清毫不在意地跟大家挥手再见，少年高挺的身影渐渐没入夜色，所有人都对那颗"兔子"的来源议论纷纷，无人关注地上不知何时多了一个没人要的"祝福"。

太可笑了。

简幸迈开脚步，路过地上那个苹果时想，她怎么忘了，她买苹果的钱是简茹挣来的。


2009/12/24 21:05:06

白烟的烟：怎么不说话？你不觉得很蠢吗？

2009/12/24 21:35:49

竹间：是的，很蠢。


"同学们，这种蠢错误，我如果在谁的期末考试试卷上看到了，谁就给我收拾收拾到国旗底下站着，听到没？"

大早上第一节课就是数学，每个人都显得有点儿心有余而力不足。数学老师拍了下桌子："醒醒，各位！怎么回事？昨晚怎么没见你们这么颓废？今天怎么说也是圣诞节，不给圣诞节点儿面子，兴奋兴奋？"

"昨天兴奋过头了，今天的圣诞节就略过吧。"有人在底下叨叨了一句。

数学老师气笑，道："怎么？攒着劲儿过元旦呢？今年元旦有你的节目吗？"

众所周知，和中每年会有一个晚会，就是元旦晚会。今年的晚会也提早一个月就在准备了，3班本来报了个节目，后来好像在彩排中被淘汰了，所以他们全班都是观众。

一个年年都办的活动，没节目上台表演其实不算是个光彩的事情，于是底下瞬间安静。

好在下课铃及时敲响，众人才幸免于难。

"哎哎哎，听说之前徐正清在你们三中的晚会上表演过节目？什么节目？"大家一谈起这个话题，刚刚一个个还犹如霜打的茄子，这会儿全兴奋地瞪大了眼睛。

林有乐向来是凑热闹第一名，显摆徐正清第二名。有人起了头，他立刻补道："唱歌啊。唱到一半，音响坏了，人家直接面不改色地清唱，清唱到一半音响又好了，欸嘿，你猜怎么着？半个拍没抢，跟伴奏又稳稳地搭上了。"

"我怎么感觉他什么都会。"

"关键是他成绩还好，这合理吗？"

"家庭素养吧，我听说他奶奶是唱戏的。"林佳说，"徐班不也是他亲戚吗，还是直系舅舅，反正他们家人都挺厉害的。"

"唉，懂了，怪不得人家有航天梦，人家确实配啊。我在地上都活不明白，还谈什么上天呢。"

"自我认知非常精准！"林佳朝这人比了个"赞"，忽然转了话头，唤了一声，"简幸！"

简幸和林佳的关系大概连点头之交都算不上。她忽然唤简幸，简幸愣了一瞬才扭头问："怎么了？"

林佳"嘿嘿"两声跑过来，她趴在许璐桌子上，一双笑眼凑上来："前天发的英语试卷，把你的给我看看呗，我想看看你的完形填空。"

"哦，好，可以。"

简幸说着，低头翻抽屉，她一般把最新发的试卷都夹在书里。刚把英语书掏出来，旁边的许璐忽然站了起来，吓得林佳一怔，半晌才讪讪地站起来："怎、怎么了？"

许璐一句话也没说就走了。

她一走，林佳更慌了，有点儿无措地看向简幸："我……是我的问题吗？我是不是不该趴她桌子上啊？打扰到她了？"

简幸看了眼许璐离开的身影，没说什么，默默把英语试卷拿出来递给林佳。

林佳还愧疚着，一步三回头地坐到了自己的座位上。

简幸看了眼许璐桌子上的试卷，大致扫了眼上面已经做出来的题，半晌，掏出了自己的试卷放到了她的抽屉里。

许璐一直到上课铃敲响才回来，回来一句话没跟简幸说，上课的四十分钟也没看简幸一眼。等下课了，林佳又跑过来跟许璐道歉："那个，刚刚不好意思啊，我就是顺便往这儿一趴，下次绝对不——"

"没事，简幸英语成绩好嘛，你找她借试卷是应该的，在咱们班，她肯定是最好的啊，毕竟是英语课代表。"

许璐说得面无表情，语气却是非常明显的阴阳怪气。

林佳不太高兴地皱了皱眉，声音也冷了下来："许璐，你什么毛病？"

许璐一下子红了眼，白了林佳一眼："什么什么毛病？我说的不是事实吗？我夸她还不行？你干什么骂人！课代表就可以骂人了吗？"

她吼完，不等林佳说什么，直接趴桌子上哭了。

林佳直接气笑了，丢下一句"有病"，转身走了。

整件事情本没有简幸什么事，可大家聊的时候，却总要加一句"最开始是林佳找简幸借英语试卷"，短短十分钟的下课时间，简幸几乎听了无数句。她心里也烦，想等大课间找许璐聊聊，却不承想刚上课，许璐一翻试卷，看到下面简幸的试卷，顿时炸了。

她直接把试卷扔到简幸的桌子上，哭得更凶了："你把你试卷给我干吗！我又没找你借！我是没你做得对，你至于吗！"

简幸虽然没交过什么朋友，但她不傻，人与人之间态度的前后反差她能感觉到。早在期中考试完，她就察觉了许璐对她的冷漠。起先许璐只是不再多和她聊天，而后渐渐不和她一起吃饭，最后干脆能不说话就不说话。

这么明显的疏远，简幸当然能感觉到。

可她不知道原因。

不过她现在大概知道了。

她皱了皱眉，说："我不是那个意思。"

"是不是你心里清楚！"许璐一抹眼泪，狠狠扭过头不再看简幸。

动静闹得不小，班里所有的眼睛都盯着。

简幸抿了抿唇，把桌子上的试卷铺平了重新夹到了书里。

这节课是物理，周奇因为简幸期中考试时物理考得不错，对她印象很好，一堂课频频说她的解题思路。周奇每点一次简幸，就听到许璐的哭声明显一分，等周奇说"下课"的一瞬间，许璐的哭声简直人人都能听见。

林佳的性子一向不遮不掩，冷笑着说了一声："真有意思，人家自己优秀还成了错了。"

许璐忍不了，直接站起来冲林佳喊："你说谁呢！"

林佳丝毫不怕："谁应，说的是谁。"

许璐气不过，伸手要扔林佳桌子上的书，林佳一把拽住她的手，满脸冷意道："你敢扔试试？我可没简幸那么能忍你！"

许璐死死攥着书，哭得上气不接下气。

林佳也死死地拽着她的手，没有要主动松手的意思。

班上其他同学见状，纷纷沉默下来。陈西作为班长，刚想说两句圆场话，简幸背后忽然响起徐长林的声音：

"怎么回事？"

简幸后背一僵。

下一秒，许璐松开了林佳的书。林佳见她松了书，也松了手。许璐这时还抽噎着，林佳主动站起来跟徐长林说："报告，我嘴太欠，爱说实话，不小心把许璐同学弄哭了。"

许璐大喊："林佳，你太过分了！"

徐长林皱眉震声道："喊什么！都给我来办公室！"

许璐先一步哭着转身出去，林佳慢悠悠地跟上。走过教室前门的时候，林佳忽然抬头看了简幸一眼，好像知道简幸会看她一样。

简幸一顿，抿了抿唇，也想出去，却不想林佳朝她一摆手，制止了她的动作。

简幸下意识地停下，随后看到林佳朝她笑着一抬下巴说："没事，跟你没关系。"

— 18 —

不知道林佳和许璐跟徐长林说了什么，这件事情最终没有闹大，简幸也没有被牵扯到，以两个人各自写一份检查结束。

林佳坐到位子上的时候，简幸听到有人提及她的名字，余光里，林佳往这边看了一眼，简幸没有回头。直到许璐回来坐下，耳边哭声未止，但这次简幸没再多关心她一句。

两个人沉默又尴尬地继续做同桌，旁人也绝口不提她们曾经的亲昵。

日子忽然又回到了独处的时候，简幸短暂地别扭之余，察觉自己明显松了口气。

因为她很清楚，她们这段关系，并不是许璐斩断的。

她们从来就没建立起来过关系。

所以她并不觉得可惜，只是偶尔会在某个瞥见许璐的闲暇时间缝隙里，考量人情冷暖的适宜尺度究竟在哪里。

不过，她考没考量出结果不知道，林佳肯定连这个结果的区间范围都没摸到过。

"简幸，我从家里带的葡萄，尝尝不？"走廊里，林佳连教室都没进，隔着窗户把饭盒往里递。

自从上次出了"小插曲"，林佳有事没事就来找简幸。两三天过去，旁人总疑惑她们是不是义结金兰了。

简幸不是没考虑过拒绝，只是每当她想开口时，一抬眼总能在林佳眼里看到一片赤诚和坦然。

这么对比下来，反倒显得简幸心思沉、城府深。

于是她只能礼貌地拿一个，笑笑说："谢谢。"

林佳非常随意且熟稔地朝她一抬下巴，然后一边嚼得两腮鼓鼓，一边朝前门走。她的身影刚过窗口，简幸忽然听到林佳说："哟，徐班长，来一个？"

简幸一顿，扭头看了一眼。她没看到徐正清的身影，但是听到了徐正清清朗的笑声。他开玩笑说："阿姨还担心你长不高啊？"

"没有见识了吧？补充葡萄糖的。"林佳说。

徐正清"哦"了一声："还能阻止血栓形成。"

林佳气得要把徐正清手里的葡萄拿走，徐正清躲闪一下，丢到了嘴里，含混不清地道了一句："谢谢。"

正常同学的打闹，肢体接触很是坦坦荡荡。

简幸竖着耳朵，注意到徐正清一步步走到窗口，身影一晃而过，又走远了。


和县的十二月一般没什么好天气，风、雪、雾可以延绵一整个月。可偏偏临到最后一天，整片天都放晴了，白得乍一看就像雪被收回了天上。

简幸趴在走廊的护栏上，看广场上各班同学忙着搬椅子去操场，所有人都去往一个方向，看着像……

"好一群沙丁鱼。"耳边忽然响起声音。

简幸一顿，扭头看到了林佳。林佳没看她，两只胳膊垂在墙边，下巴往护栏上一放，腰背塌下去，脸上没一点儿表情。

看上去有一种莫名的喜感。

简幸弯了弯唇，附和说："是有一点儿像。"

"像就像吧。"林佳叹了口气，看一眼简幸说，"走吧，一起去做沙丁鱼？”

简幸对上她的目光，静默了两秒，点头说："好。"

林佳一路上碰到了无数个熟人，招呼打了一路，显得话很多。等到了操场，她在自己班的区域找了个位置，然后抢走简幸手里的小凳子放在自己前面，问："你要喝饮料吗？林有乐他们一会儿去买。"

简幸摇头说："不用。"

林佳"哦"了一声，转身跑到最后一排跟林有乐他们交代了几句。简幸回头看，看到许璐一个人搬着小凳子站在那儿，好像是不知道要坐在哪儿一样。穿过十几个人，简幸与她四目相撞，短短几秒，简幸淡淡地移开了目光。

林佳这时坐回来，一边低头系鞋带一边随口说："我以为你要让她坐过来。"

简幸没什么表情，只是淡淡地说："她不想的。"

林佳似乎对这个答案很满意，顿时笑了。她笑起来，脸上有一种天生的潇洒和坦荡："我估计她不仅不想坐过来，回去也不想跟你坐一起。"

简幸扯了扯唇，没再接话。

林佳误会了，安慰似的补了一句："没事，期末考试结束就分文理班了，到时候就分开了。哎，简幸，你准备学文还是学理啊？"

简幸正要说话，忽然听到隔壁的队伍里一阵喧哗。所有人好奇地看过去，只见一道白色的身影从人群里往后台去，仔细看能看到那人后脑勺儿上飘着的白色头纱。

"是婚纱吗？"林佳一瞬间被转移了注意力，努力踮着脚伸头往那边看，看了半天没看出什么，随便拉着隔壁班一个男生问，"是你们班的吗？什么节目这么隆重？"

"不是，是1班的，好像是舞台剧。"那人说，"我听人家说在后台看到徐正清穿西装了，不会是他们俩一起吧？郎才女貌啊。"

"不是，蓝月好像本来就喜欢徐正清吧？"

林佳"啊？"了一声，更激动了："不会吧不会吧不会吧！徐班长要和蓝月结婚啦，哈哈哈！那我得准备多少份子钱啊！"

耳边的喧闹声更甚，简幸在一片看热闹的调侃中缓缓看向了后台的方向，拐角处好像还留有头纱的影子。大冬天的，女生露着肩颈和手臂，没一会儿，简幸就看到旁边伸出了一双手，是个男生，男生给她披了一件外套。

黑色的，是西装外套。

周围其实很吵，可简幸在这一瞬间什么都听不到了，她盯着那双完全看不出是谁的手，好像那双手攥的不是衣服，而是她胸口里的心脏。

一呼一吸之间，心脏能跳动的空间都变得越发地小，所以她只能努力隐去不安的起伏，佯装平静地看着一切。

距离不算近，纵使简幸视力好，也不可能看清楚这双手上的任何细节。

妄图通过一双手来判断来人是谁，简直天方夜谭。

更何况……她根本不知道徐正清手上有什么特别标志。

她从来就没有过光明正大地打量他的机会。

她永远都只能坐在高朋满座的角落里。

起风了，不安慢慢在风里演变成了惶恐和想要逃避的懦弱。

这时女生忽然转过身，她双手拢着衣服，微微弯腰探身，好像在跟谁挥手打招呼。

她笑得很开心，一双眼睛弯成了月亮。

尽管她脱了校服，化了妆、盘了头发，可简幸还是一眼认出了这个女生。

是那个曾经给徐正清整理书的女生，好像是他们班的课代表。

她长得很好看，也隐约让简幸觉得莫名眼熟。这一点不知从何而来的眼熟更让简幸坐立不安。

她犹豫了几秒，最终装作不经意般主动问林佳："她的名字叫蓝月吗？"

"对啊，好听吧，"林佳说，"1班的英语课代表，初三时跟我们一个班，从庐城转过来的。"

简幸笑笑说："嗯，好听。"

"你的名字也好听啊，"林佳随口说，"我第一次看分班表的时候就注意到你的名字啦，你爸妈肯定是希望你一直都很幸运，才取的这个名字吧。"

简幸听着，没承认也没否认，只是笑意渐渐从眼里退去了。

这时蓝月拢着衣服退到了后台，简幸心中的倒计时也在一秒一秒地拉扯着。

三个小时，整个晚会只有三个小时，一百八十分钟，一万零八百秒，蓝月的节目再晚，也不会晚过一万零八百秒。

至于这每一秒究竟有多漫长，简幸心想，大概只有她自己知道。


晚会到晚上六点四十分才正式开始，夜幕刚刚降临，主席台上搭建的灯光亮起，音响里传来流畅的钢琴曲，主持人登台、开场、报幕，几分钟后，钢琴曲乍然转成节奏感很强的街头音乐，主持人在一片尖叫和掌声中退场。首个登台表演的是高二某班的学生，节目是一首男女合唱版的《快乐崇拜》外加街舞。

气氛一下子被拉到最燃点，简幸从来没参与过这种活动，周围所有人都在振臂高呼，明明是冬天的夜晚，简幸却莫名嗅到了一股夏天的热烈。

她左右看了几眼，所有人都盯着舞台的方向，只有她像忽然闯进新世界一样，眼里有茫然、有拘谨。

她虽混在所有人当中，身上却写满了格格不入。

原来，这就是他们的青春时代吗？

"啊啊啊啊，"身后的林佳忽然扒住简幸的脖子，跟着唱，"啦啦啦啦，Y时代！啦啦……放松！让我！来说！啦啦啦……忘了你存在，有什么期待，欢乐你邀请它一定来。与其渴望关怀，不如一起精彩，快乐会传染，请你慷慨。Come on！"

林佳唱完，凑到简幸耳边喊："简幸，你怎么不唱啊？不会吗？"

简幸飘走的思绪忽然被拽到当下，耳边震耳欲聋，她下意识往旁边躲闪了一下，扯唇笑笑说："我五音不全。"

"嘻！这个时候谁还管你五音全不全啊，跟着唱就完了！"林佳说完没再管简幸，只是拉着简幸的手一起高举着，嘴里喊着、跟着唱，抢拍、落拍、忘词她好像都不怎么在意。

渐渐地，简幸似乎听到了自己的声音。

舞台上的节目一个接着一个结束，等简幸回过神时才发现，自己不知什么时候已经被林佳拉着站了起来。大概是前面的节目偏重金属风，所以大半学生都站起来了，老师也没管。

简幸眍着眼睛，愣愣地看向周围，林佳还在笑，凑上来问她在看谁。

简幸盯着林佳脸上的笑，好一会儿，在林佳眼里看到了自己的脸——脸上并不是像她想象的那样呆愣，反而挂着她从未见过的笑。

有那么一瞬间，简幸以为她看到的是另一个人。

直到舞台上的人退场，音乐停止，所有人陆续坐下，简幸才恍恍惚惚地意识到，刚刚她看到的，确实是她自己。

露出那样的笑的，是她自己。

简幸想着，心里某根长年累月绕在她心上的链条，好像悄无声息地松懈了一分。

蓝月的舞台剧就是这个时候开始的，她穿着白色的礼服，一个人先出场，舞台音乐是小提琴曲，声音轻快得像飘在半空中。简幸的心，也被扬在了空中。

她的心跳仿佛踩在这一声声音节上，她与所有人一样，全神贯注地盯着舞台。只是只有她，在这一刻，心是悬着的。

忽然，伴随着少女舞姿转变，音乐也骤然转成了低沉的大提琴曲，像凭空出现了一个铁锤，把心一下子砸回了原处。简幸眍着眼睛，视野里出现了一道黑色的身影——男生牵起蓝月的手，转身，正脸映入简幸眼中，是一张陌生的脸，简幸没见过。听别人说，那是高二的一个学长，学长身上的西服穿得规整、笔挺。

不是徐正清。

这结果如她所愿，可她却蒙了好久，怔怔地盯着他们转圈，好一会儿才轻轻眨了下眼睛。

这是节目开始至今，她做的唯一一个动作变化。

"天啊，好漂亮！"身后的林佳感慨道。

简幸悄无声息地吐了口气，像在弥补什么愧疚一样说了一句："嗯，好看。"

她垂眸，才发现自己不知何时攥紧了腿上的校服裤子。

手上的骨节早已僵硬，也因为用力而泛出明显的白色。

她慢吞吞地松开手，肌肤的紧绷感依然存在，时间依然是一秒一秒地在走，但其漫长与否，已经与她无关了。


晚会继续，节目一个接着一个，旁人兴致依旧，简幸却渐渐地有点儿心不在焉。

这时林佳她们组团去上厕所，问简幸去不去，简幸想都没想就摇头拒绝了。

林佳朝她竖了个大拇指："这就是你不喝饮料的理由吗？下次向你学习。"

简幸笑笑，在她们跑出队伍以后，重新把注意力移到舞台上。

没多久，一个节目结束以后，台下忽然不约而同出现了骚动。

不知为什么，简幸觉得，就是这个时候了。

她抬头，看着主持人握着话筒一步步上台。主持人好像知道他们在期待什么，特意卖了个关子，然后在众人催促中说：

"下面有请，高一1班的徐正清带来吉他弹奏，《蜗牛》。"

简幸等了好久，却在这一刻来临之时愣住了。

舞台中央，少年穿着最普通的蓝色校服，怀里抱着一把吉他。

他微微低眸，调试琴弦，明明隔着很远的距离，简幸却看到他的睫毛落在眼睑处的浅浅灰色痕迹。

她总是能关注到他的很多细微之处。

这些细小的、隐晦的捕捉，在她深夜梦醒时分幻化成庞大的保护膜，给她一份特殊的慰藉。

她很平庸普通，她只是被光所诱惑。

天色不知不觉又暗了几分，喧闹过后，场上的热烈被风吹散，许久不见的月亮不知何时爬到了舞台的左上方，像一道光，给少年周身披了一层浅色的温柔。

他抬眸，唇边一抹浅笑，声音低低沉沉，像风一样。

> 我要一步一步往上爬，
> 等待阳光静静看着它的脸，
> 小小的天有大大的梦想，
> 重重的壳裹着轻轻的仰望。
> 我要一步一步往上爬，
> 在最高点乘着叶片往前飞，
> 任风吹干流过的泪和汗，
> 总有一天我有属于我的天。

后来不知道为什么，这就变成了全校的大合唱，所有人的声音混在一起，就像层层热浪，一股一股掀向不知何时爬满星星的天。

简幸在合唱中安安静静地看着徐正清，他眉眼装着笑，偶尔低眸看琴，偶尔抬头看台下，恍惚中，简幸有种和他多次对视又错开的幻觉。

节目进行到尾声，操场一角忽然闪出火花，火光直冲而上，在最暗的天边角落炸出了烟花。

所有人齐齐扭头，随即又齐齐仰头，头顶烟花绚烂，又转瞬即逝。可落在一个个学子眼里的光，却好像永远也消失不了。

这是属于这所校园的浓墨重彩。

不知是谁先开口说了一句"新年快乐"，紧接着，一声声祝福像逐渐调高音量的磁带，齿轮哗啦啦转着回荡在空中。简幸在满堂祝福中扭头看向舞台上的徐正清。

少年还抱着吉他，大概是吉他有点儿沉，他坐得没刚刚那么规矩，吉他放在旁边，他单腿伸长了，微微歪着头，看着天上的烟花。

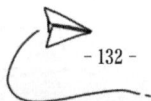

周围的一切都是模糊的，只有他是最清楚的那一帧。

这个时候没人会注意简幸在看谁，这是唯一一次，她在大庭广众之下，不躲不闪地看了他很久。

想说的话也终于不只是在心里。

反正人人都在喧闹歌唱，人人都在欢迎新年，即便我大声开口，其中的真实目的也无人知晓。

所以——

"新年快乐啊，徐正清。"

## — 19 —

元旦当天，学校放了一天假，这天逢周五，三天小短假突如其来，只可惜高中的假期不管长短，基本都是在各科试卷里结束的，等晃过神时，假期已经结束了。

期末考试即将来临，各科主修的必修课在紧赶慢赶中也勉强顺利结束了。

二月二日，全校开始期末考试，高一上学期最后一场考试结束在立春当天。

说是立春，其实天气还是又干又冷。简幸和徐正清前后脚走出教室，此时不到下午五点，天边只有一点点泛灰。

今天是阴天，白天没有太阳，傍晚自然也没有落日。

放眼望去，所有的建筑都回归了最本真的颜色，说不上丑，但也绝无什么亮点。

可徐正清靠着护栏看了好一会儿，他的侧脸看上去很专注，像被什么吸引了。

简幸被他吸引了。

她好奇地走过去，实心的走廊被她踩出了走在玻璃栈道的紧张感。三五步抵达，她的身躯肩颈都僵硬了，目光不敢看旁边人一眼。

她假装看同一个方向，实则眼前一片空白，所有的感官都聚集在右耳的半寸肌肤上——少年就在她身旁，呼吸像羽毛，又像尖刀。

简幸的手在口袋里，一下一下抠校服外套兜里的线头。线头本身是柔软的，只是因为多余而显得有些磨手。然而此刻，这点儿细微的不舒服根本不足以影响她，因为她的身体已经僵硬成水泥浇筑的。

要不要主动说句话……

如果是林佳在这儿，她应该会大大方方地同徐正清闲聊，聊出什么"矛盾"时或许还会笑着推一下他。徐正清不会躲，也不会还手，只会笑着把这句话玩笑着揭过去。

这才是正常的同学社交。

正常的……简幸边想边把线头抠得更厉害，一下一下，频率几乎要与她的心跳相吻合。

直到肩头忽然传来丁点儿重量，明明很轻，水泥浇筑的身体却仿佛裂开了缝隙。简幸抠线头的动作和心跳同时停止，呼吸也瞬间中断。她睁着眼睛，猛地回头，马尾猝不及防地扫过了徐正清的手臂。简幸的瞳孔骤然紧缩，整个人犹如踩了高压线一般迅速后退一步，磕磕绊绊道："对、对不起。"

徐正清没想到仅仅只是一点儿触碰，她会反应这么强烈，脑海里与此同时迅速闪过了几个画面。

说起来，他和简幸也算相识半年了，交流虽然不算特别多，但因为同在一层楼以及秦嘉铭的存在，他们的交际也不算特别少。如今细细一想，简幸与人相处时确实冷淡一点儿，分寸也拿捏得很保守。

徐正清误以为碰到了简幸的什么交友界线，脸上有明显的歉意，说："是我没提前打招呼。"

不是的。

简幸在心里仓皇应答。

可一抬头撞进徐正清眼里，简幸瞬间喉舌僵硬，半个字也没说出来。

"我就是想跟你说一声，"徐正清说着抬起一只手，用大拇指指了指身后，示意道，"我先走了。"

她跟他说句话都要在心里翻来覆去重复数十遍，而他对她却是坦荡又自然。

他拿她当最普通、最正常的同学。

简幸有点勉强地扯了扯唇，随即意识到这动作可能僵硬得很丑，又匆匆敛去，装作很寻常地说："嗯，刚刚我有点儿走神，和你没关系。那个，我也要走了，嗯……假期愉快。"

不等徐正清有所反应，简幸忙不迭地转身，她的步伐仓促又僵硬，上半身却好像完全没有任何变化，马尾稳稳地垂在身后，只有在风吹过时才会轻轻擦过她的后背，留下隔着厚厚棉衣怎么也感受不到的淡淡痕迹。

走廊里的人渐渐多了起来。考试期间学校并不强制穿校服，所以大家一般都会在这几天穿自己的衣服，入目的衣服各种款式和颜色都有，反倒显得平时最普通的那一抹蓝色特殊起来。

徐正清看着那道身影消失在拐角，几秒后才收回目光盯着自己的手，又几秒过去，他抿着唇打了下自己的手。

下一秒，手被人攥住。徐正清抬头，对上了林有乐欠揍的脸。

"嘿嘿，打蚊子啊？我替你打啊，保证蚊子死无全尸。"

徐正清抽走手，问了一句："历史考得怎么样？"

林有乐一秒用"拉链"拉上嘴巴。

徐正清转身离开，林有乐跟上："假期怎么安排啊，徐总？"

徐正清看他一眼。

林有乐"嘿嘿"一笑："今年生日怎么安排啊？"

"到时候再说，"徐正清说着，从口袋里掏出手机，一边开机一边下楼，说，"有什么想去的店，提前跟我说一声。"

林有乐一听，顿时立正敬礼："全听徐总安排！"


"该安排的都早点儿安排好，"姥姥一边给简幸夹菜，一边说初一回家上坟的事情，"几点回老家，几点回来，路上堵不堵车，回来的时候能不能赶上班次，这些都要提前安排好。万一有个什么意外，你让简幸一个人在家吗？"

"知道了，哪年不是顺顺利利地回去再回来，"简茹说，"再说了，她都多大的人了，一个人在家待一天，还能出什么事？"说到这里，简茹看了一眼简幸，又补了一句，"只要她不乱跑，就算天塌下来，第一个也砸不到她。"

"呸呸呸，会不会说话啊你！"姥姥白了简茹一眼，扭头看简幸，笑眯眯地说，"简幸，今天小年，想吃点儿什么？一会儿咱们俩出去逛逛？"

简幸说："都行。"

年关到处都热闹，简茹自然也不会在家待太久。她吃了早饭就和吕诚匆匆去了公园，俩人前脚走了没多久，姥姥后脚就拉着简幸去了巷子后面的益民路。

益民路是条老街，从桌椅板凳到水果生肉，包括衣服、五金，卖什么的都有。姥姥慢悠悠地闲逛，看到什么新鲜的都要拉着简幸尝尝，简幸不好意思尝了不买，一直在拒绝。

"欸！这个小月饼，你特别爱吃的。来来来，称两斤。"

"简幸，这果子吃不吃？买点儿？"

"冬天买点儿橘子吧。葡萄吃不吃啊？"

一条街本来没多长，但是逛下来也快一个小时了，人扎堆地挤。简幸拎着大包小包，步步紧跟在姥姥身后。

中途不知道是不是有谁的三轮车和自行车碰到一起了，两拨人吵个没完。简幸怕姥姥腿脚不便被挤到，伸手去拉姥姥："姥姥，我们走另一边。"

"我看看，我看看怎么回事。"姥姥一头热地要凑热闹。

"哎呀，"简幸手里东西多，周围人又多，生怕一不小心拉不住姥姥，有点儿着急，口吻都重了，"姥姥！"

姥姥心不在焉的，听到简幸的声音大，还笑眯眯的，一边回头招呼简幸，一边继续往前凑："哎呀，没事，我就看看——"

话音未落，不知谁推了一把，人群成团地往姥姥的方向退，简幸吓得立刻把手里一袋袋东西全都移到一只手里。她伸手正要揽姥姥的腰身，另一只手比她还快地扶住了姥姥的胳膊。

简幸的心思全在姥姥身上，压根儿没看来人是谁。她有点儿生气："姥姥！都要你注意点儿了，人家多大年纪，你多大年纪啊，这点儿热闹也往上凑，多亏有人……"

她说着，抬头，看到来人，有点儿意外地瞪大眼睛："林佳？"

林佳"哎哟"了一声："这么巧？"

简幸点点头说："是很巧。"

林佳说着，扶稳手中的老人："这是你……"

"我姥姥，"简幸扭头跟姥姥介绍，"姥姥，这是我同学，林佳。"

"哎哟，简幸的同学啊，你也来买年货啊？哎呀，这离我们家可近了，你要是没事，去家里转转？"姥姥热情地拉着林佳的手，话不断。

简幸怕林佳烦，正要拉姥姥一把，却见林佳反握住了姥姥的手，笑得比姥姥还开心："好呀好呀，回头有空，我肯定上家里。但是今天不行啦，姥姥，我一会儿还有事呢。下次啊，下次肯定上家里去。"

"唉，好好好。"姥姥说，"我们简幸啊，从小就朋友少，你们都是同学，平时互相多照顾啊。"

"哪有，姥姥，简幸在我们班可受欢迎了。她成绩这么好，大家都巴不得和她做朋友呢。"林佳说着朝简幸一抬下巴，"是吧，简幸。"

简幸愣了愣，没接话。

姥姥倒是接上了："真的啊？哎呀，那太好啦。"

"嘿嘿，简幸，你把你家电话号给我一下呗，假期没事，我找你玩呀。"

没等简幸说话，姥姥先报上了号码。等林佳跟姥姥聊完，笑呵呵地转身走后，简幸还处在半蒙的状态。

"你瞧瞧你，真是跟你爸一样不会来事，遇到同学半天也不说一句话，亏人家还对你这么好，你这样时间长了，人家都不爱搭理你。"姥姥又说，"你们和中，大家的成绩都这么好，又是本地人，还是要多联系，以后说不定就有求人家的时候。你看你爸妈，就是因为没个人脉才这么苦。"

姥姥叨叨了一路，简幸耳边却回响了一路林佳说过的话。

林佳……好像确实对她挺好的。

"跟你说的话听到没？这也就是我，要是你妈，估计又骂上了。"姥姥说着，要从简幸手里接一袋东西。

简幸躲开，小声说了句："知道了。"

几秒后，她又补了一句："我会对她好的。"


简幸本以为林佳要电话号只是为了圆哄姥姥的那个谎，没想到腊月二十八下午就接到了她的电话。简幸听到电话里的人找她，还愣了一下，随后听出是林佳，更意外了："林佳？"

林佳笑了一声："对，是我。"

这时姥姥从堂屋探头看过来，简幸拿开电话说："是我同学。"

姥姥"哦"了几声，转身走了。

"是阿姨吗？"林佳在电话里问。

简幸说："不是，是我姥姥。"

"哦哦，阿姨叔叔都没在家啊？"

"没。"

林佳不主动说什么事，简幸也没好意思问，好像问了就会让人觉得林佳只有有事才会找自己一样。

毕竟，她们已经是朋友了。

朋友应该都会闲聊……吧？

静默几秒后，林佳忽然"扑哧"一声笑了："简幸，你都不问我找你干吗？"

"啊？"简幸问，"那你找我干吗啊？"

"确实有个事情，"林佳说，"就是初五那天，你打算什么时候出门啊？"

简幸一顿："什么？"

"徐正清生日啊，你不去吗？"林佳说，"不会吧？之前林有乐跟我说，你和徐正清好早之前就认识了。他肯定邀请你了啊，那我们一起过去呗？"

"我……"

还没等简幸说什么，林佳那边不知发生了什么，"唉"了一声，随后说："你有 QQ 吗？我这边有点儿事，你把你的 QQ 号告诉我，我加你后聊。"

简幸顿了顿，还是把 QQ 号报了出来。林佳重复一遍，确认没错后匆匆挂断了电话。

简幸握着电话待了几秒，才慢吞吞地挂上了电话。她盯着电话犹豫了几秒，把来电记录删了。

离开简茹的卧室后，简幸径直去了自己的房间，随手把房门关上，还上了锁。

窗口的窗帘只拉了一半，简幸借着窗帘的遮挡，从桌子抽屉最里面的小盒子里拿出了手机。

等了好久，简幸也没等来好友申请，反倒是陈烟白的消息一条又一条：

白烟的烟：你今天怎么这么闲？大白天还敢玩手机？

竹间：等个消息。

白烟的烟：嗯？什么意思？有人加你啊？

竹间：嗯。

白烟的烟：曜，可以啊，交朋友啦？

白烟的烟：我之前听秦嘉铭说你有个同桌，是她吗？

白烟的烟：不对啊，你们认识这么久，现在才加 QQ 啊？

简幸看到这消息一顿，很快发过去：不是她。

意料之中，陈烟白没问原因，只是问：哦，那是谁？新朋友啊？

竹间：嗯。

几秒后她又补了一句：一个跟你有点儿像的人。

简幸这条消息刚发过去，头顶居中的企鹅标志开始闪动。

她随手退出了聊天页面，点开好友申请。

打开后，申请通知写了三个字——

徐正清。

简幸一怔，愣住了。

— 20 —

简幸有那么几秒钟大脑是空白的，甚至都没能力思考这到底是不是幻觉。

今天是腊月二十八了，再过两天就是除夕。放了假的小朋友到处跑着玩，小鞭炮扔得噼里啪啦的，这种喧闹大多时候从早上就开始，到很晚都不会停止。简幸每天被他们吵醒，又伴随着他们制造出来的烟火气入睡。

可这会儿，简幸好像什么都听不见了。

她手也麻了，攥手机的力度到底用了几成自己也不清楚，但是从指腹因为被过度挤压而泛出的血色，以及她抑制不住抖动的手腕来看，应该挺大力的。

在徐正清面前，这些生理反应总是由不得她自己控制。

她想着，目光重新落在手机屏幕上。徐正清申请好友的昵称很规矩，方方正正四个字：水到渠正。

没有过多的符号和字母，也没有别的形状的文字。

他的头像与昵称的风格不同，是一只蓝色的兔子，嘴巴咧出俏皮滑稽的弧度，眨着一只眼睛。这形象其实很难和徐正清本人联系到一起，可简幸莫名觉得：是的，这就是徐正清会用的头像。

他会因为朋友的叮嘱去照顾仅有一面之缘的她，让她在军训时的众目睽睽中顺利归队，也会因为他们并没有特别熟，而保持友善、适度的距离；会把其他班的同学拉去自己班胡闹，也会因为老师的一句话而在陌生的班级做自我介绍；会打球，会弹吉他，会在放学后和所谓的坏学生扎堆，也会考第一名。

他会用看上去有些无聊的昵称，也会用可爱的兔子头像。

没人会深究这些有差异的行为背后的原因，因为好像只要主人公是徐正清，一切都可以解释得通。

不像她，被自己喜欢这么久的人申请加好友，第一反应是思考：为什么？

是她做了什么不合适的事情吗？

还是她说了什么让林佳误会的话，而导致他亲自来兴师问罪？

简幸在大脑空白之余费力思考了很多，脑袋简直像上了发条一样根本停不下来。等反应过来时，她已经没了时间概念，懊恼地皱了下眉，抖着手指点了"通过申请"。

聊天窗口紧跟着弹出，简幸看着那"我们已经是好友啦，一起来聊天吧！"的提示，有种大白天做梦的错觉。

水到渠正：简幸？

耳边似乎同时响起了少年清朗的声音，伴随着清风与光。

风和日丽下，她的内心波澜四起，好像一点点细微变化都能掀起巨浪。

可她手上又软绵绵的，连最基本的键盘硬度都感觉不到。

这是属于她一个人的兵荒马乱。

不出意外，徐正清大概永远都不会知道这些。

竹间：嗯。

竹间：是我。

两行，三个字，平静得仿佛没有任何情绪。

会不会显得太冷漠了……

要不要发个表情包呢？

简幸不自知地咬住指关节，目光专注地盯着屏幕。

盯着盯着，简幸忽然想起来，当初陈烟白帮她创建 QQ 号的时候，其实还帮她取了昵称，叫小学霸大美女。

如今看着和徐正清的聊天窗口，简幸的后背陡然起了一层后怕的鸡皮疙瘩。

幸亏她后来改掉了。

不过那个时候的她，并不是为了今天做准备。

毕竟比起痴心妄想，她一向更有自知之明。

想到这里，齿间不受控制地用力，痛感骤然袭来，简幸轻轻"咝"了一声，回神。

然后发现徐正清一直没回消息。

心脏一下子被拉至悬空，每一根神经迅速绷紧，简幸的手指一下一下敲打着手机侧面。

这个时候手上的触感已经恢复，甚至放大了每一点感受。

焦躁随之而来。

简幸很清楚，社交聊天一般都是有来有往的，但是放在此刻的她身上，她能做的好像只有等。

十九分钟后，简幸终于等来了消息。

水到渠正：不好意思，刚刚有点儿事。/滴汗/

水到渠正：我要过生日的事情林佳跟你说了吧？不好意思，没提前跟你说，本来打算让秦嘉铭联系你的。

水到渠正：在场的除了我的一些初中同学，其他人你差不多都认识，同学应该也都见过，基本都是我们学校的。

水到渠正：时间就是初五那天，你如果有时间就过来？

简幸懂了。

生日的事情，徐正清大概原本没打算邀请她，但是没想到林佳说破了这件事，又恰好被他知道了。他向来很会照顾人，为了不把难堪留给她和林佳，于是主动把责任背到了自己身上。

所以，还是她让他为难了。

这时顶栏的企鹅标志再次闪烁起来，简幸犹豫了片刻，在心里以"说不定有事"的借口把聊天窗口切换了。

人为了逃避，可以找很多无关紧要的借口。

发消息的是秦嘉铭：你如果没事就来呗？他因为这事挺抱歉的，

主要是你们俩不太熟。出了这种事情，你不来，他估计更抱歉了。

秦嘉铭：呃，我怎么说得这么别扭。

秦嘉铭：不过你肯定懂我的意思吧？

这话的意思是，他和徐正清现在在一起，他能清楚地从徐正清脸上看到为难的表情。

简幸感觉整个人堕入了一片沼泽，她什么都不做，人也会往下沉。

好一会儿，她才重新切换回与徐正清的聊天窗口，回了一句：好，谢谢你。

然后才给秦嘉铭回了一句：知道了。

她可以逃避，但不会少了给徐正清的特殊待遇。

哪怕这些于他而言根本不算什么。


腊月二十九，街上已经没什么人了，简茹和吕诚不再忙着出去，而是在家准备除夕和回老家上坟要用的东西。简幸跟着忙前忙后，等到了除夕当晚，春晚播出，时间跨越零点，才惊觉一整年过去了。

只是跟以往每年相比，这一整年很值得被记住。

“行了，赶紧睡觉吧，明天五点就要去车站。”简茹说着提醒简幸，“你就在家待着，厨房里什么吃的都有，这么大的人了，学着自己弄。”

简幸说：“知道了。”

回屋睡觉时，简幸从枕头底下拿出手机，刚登上 QQ，就收到了陈烟白和秦嘉铭发来的“新年快乐”。秦嘉铭应该是群发的，陈烟白是特别发给她的，因为后面缀了她的名字。

简幸给她回：新年快乐，陈烟白。

回完，切换到好友列表，她盯看那个亮着的蓝色兔子。这么一看，简幸才看到他的个性签名。由于格式问题，他的个性签名并没有完全显现，只能看到一半：满地的六便士，他却抬头看到了……

看到了什么？

简幸翻了个身，在一片黑暗里点进了聊天窗口。

她一下一下摁着键盘，打出七个字。

但是并没有发出去。

窗口切换时，因为有未发送的消息，徐正清的头像始终停在最新聊天的置顶栏。

梦里，简幸梦到徐正清趴在学校走廊的护栏前，他没看她，看的是头顶，他嘴巴开合，好像说了一句话。简幸明明一个字都没听清，等徐正清扭头问她"看到没？"时，她却看着他说"看到了"。

新的一年到了，她还是那个撒谎的人。

## — 21 —

抛开放假本身，简幸的春节和平时其实没什么区别。不过今天家里没人，她可以比平时多赖一会儿床。

响了一夜的鞭炮声在早上七八点时终于完全消失。简幸躺在床上看着屋里慢慢溢进来的光，好一会儿才起身弄饭。

不到中午，变了天，风吹得窗户"哗啦"作响，院子里的小板凳也被掀起，砸在地上发出很大的响声，简幸在屋里听到，吓了一跳。

她扒开窗户看了一眼外面，天阴了，风里夹杂着雪，从窗户缝儿吹到她的眼睛里，有点儿刺痛。

简幸关上窗户，起身去外面，院子里有一些年货，简幸把东西全搬到厨房后，才转身进了堂屋。

下午一点多，鹅毛大雪落下来，短短半个小时过去，地面已经铺了一层白，红色的鞭炮纸被掩盖，万籁俱寂，没有任何喜气洋洋的年味。

简幸捧着热水杯，坐在书桌前盯着外面大雪飘落的轨道。

杯子里的热水升起白烟，蒙到窗户上把世界都模糊掉了，简幸看了很久才伸手去擦。

她的本意只是想擦出一片清晰的区域来，却不自知地画了一只简笔兔子。

兔子的耳朵很长，尖尖的，像徐正清QQ头像的耳朵。

她看着，唇角弯出弧度来。

这时简茹的房间里传来电话铃声，简幸看了眼时间，知道是简茹来询问她中午吃了什么。

她放下水杯，一路过去的时候电话铃声还在响，接通电话以后立刻传来了简茹不耐烦的声音："怎么这么慢？干什么呢？"

意料之中的口吻并不能掀起简幸什么情绪波澜。她说："在我屋呢，没听见。"

"那就把门开着。"简茹问，"中午吃的什么？"

简幸说："煮的饺子。"

"懒死你得了，有那么多菜都不知道热热。"

简幸没接话。

电话那头传来姥姥的声音，还有一些别的打圆场的声音，简幸听得出来是叔叔和大伯的声音。

简家在老家只有老房子，闲置多年，也不能住人了，每年回老家上坟都是暂住在吕家。

地方小，人又多，简茹一般不让简幸回去挤。

她对简幸有特殊的执拗，不爱让简幸去过这些委屈的生活。

简幸笑着和各位打了声招呼，电话才传到姥姥手里。姥姥悄悄跟她说屋内枕头里面藏有钱，让她拿着跟朋友去玩。

简幸笑着说："知道了。"

姥姥又说："你晚上要是害怕，就问你同学来不来家里玩。"

"大过年的，谁愿意出门啊，"简幸说，"放心吧，我不害怕。"

"行行行，不害怕就行，不害怕就行。"姥姥重复了很多遍才挂断电话。

简幸坐在床沿好一会儿才起身离开，离开前她觉得哪里不太对劲，走到门口才回头看向床上。

床上规规矩矩地铺了两个被窝儿，像互不打扰的拼床室友。

其实大多数夫妻到了中年都选择分开睡，但是简幸记得，以前简茹和吕诚没有分得这么开，一般是各自一个小被窝儿，上面铺一个大被子，而现在整体都分开了。

甚至，分出了明显的空隙。

简幸看了两眼，没什么太大反应地离开了。

晚上简幸简单热了两个菜，随便吃了以后钻到了姥姥屋里。

这屋小，开一个暖灯很快就能暖热整个房间，电视机里放着一部老电影，简幸随便看看就躺进了被窝儿。

她没玩手机，趁着简茹不在家，抽空给手机充了个电。

第二天一大早，简幸又接到了简茹的电话，老一套的叮嘱，简幸像应付流程一样回答。

今天初二，简茹他们先去给吕家上坟，明天才去给简家上，大概下午才会回来。

简幸没什么事，索性回屋玩手机。

只可惜大早上陈烟白还没醒，她只能回到书桌前做题。

下午的时候，简幸的好友列表里多了一个好友，是林佳。

林佳：你明天晚上有事吗，简幸？他们要提前拉个群，方便到时候会合。

竹间：大概几点？

林佳：晚饭后吧，估计八九点。

简幸算了下时间，回了句：我可能要晚点儿。没关系，群我就不进了，有事情你告诉我吧。

林佳很爽快地答应了。

两个人又随便聊了几句。林佳下线后，简幸收到了陈烟白的消息。陈烟白约她初六碰面，简幸说："好。"

她和陈烟白也没聊几句，正要下线时，列表里的蓝色兔子突然亮了，简幸一下子停住了要退出的动作。

她盯着那只兔子看，有一种兔子在对她笑的错觉。

她就坐在书桌前，左边是窗户，窗户上那个简笔兔子早就消失了，但是简幸还记得它每一笔的轮廓。

她把手机举到窗户旁，比对着，重新画了一个一模一样的。

晚饭前，雪停了。

简幸吃过饭，闲着没事，跑到院子里堆了一个雪兔子。晚上难得地出现了月亮，很亮，也很远，遥遥地照下来，只有薄薄的一层光。

它是白色的，轮廓清晰，看上去很温柔。

也有点儿孤独。

简幸本想再堆个什么东西，屋里的电话又响了。简幸叹了口气，回屋和简茹报告今天晚上的事情。

挂了电话，简幸就不想再出去了。

有时候兴致就是一瞬间的事情。

她没再纠结兔子的事情，只是趁时间还早写了两张试卷。

晚上睡觉前，简幸脑海里总浮现出简茹房间里的床铺。分开的两个被窝儿在她看来像两个世界。

原来不只是她与他们生了间隙，他们彼此也生了隔阂。

那当年那么做，到底是图什么呢？

大概没人能回答她。

即便答了，也不是她想要的答案。

翌日是初三，因为半夜又重新下起了大雪，简幸在床上赖着不愿意动。

她知道自己更想赖的，是这份独处的安逸。

不到九点，电话响起，简幸趿拉着拖鞋，裹了一件棉睡衣去接，简茹照常交代了几句就挂了电话。

挂断电话后，简茹一边收拾东西一边跟吕诚说："不用带太多东西，带点纸什么的就行了。"

吕诚问："给妈多带一件衣服吧，我怕她又要在那儿留着。"

"还留什么？这什么破天啊，还准备在那儿唠嗑？"简茹说，"真有意思，活着的时候没见这么好的心，死了倒聊个没完，也不怕打扰人家睡觉。"

吕诚没说话，但还是带了一件外套。

上坟的流程简单，烧点黄纸，烧点纸钱，趴在坟前磕个头基本就算完事了。

简茹磕完头把东西简单收拾收拾，跟吕诚说："走吧。"

吕诚知道简茹这意思是给老人留点儿说话的时间，可是看这下个不停的大雪，吕诚说："要不我们留在这儿吧。"

"留这儿，她还能聊点儿啥？"简茹把吕诚手里的伞和衣服转手交给母亲，什么也没说，拉着吕诚走了。

雪越下越大，渐渐有了要铺天盖地的趋势，气温也越来越低，风把雪吹散，像陡然溢出的雾。

时间过去了快十分钟，吕诚有点儿不放心："要不我还是去看看吧，时间也差不多了。"

简茹看着坟的方向，那里白茫茫一片，什么也看不见。她凭空生出一分不安来，问吕诚："多长时间了？"

吕诚说："差不多十分钟了。"

简茹盯着那个方向又看了一会儿，一言不发地率先走了过去。

直到她越走越快，吕诚才隐约意识到什么不对劲儿来。

往年老人闲聊归闲聊，不会特意留下什么黄纸和纸钱，刚刚却张口要了一些。

她是想烧给谁？

吕诚心口一滞，看着茫茫大雪，脚步也越发快了起来。


简幸挂了电话后没像往常一样去厨房弄饭，而是重新躺回了被窝儿。

不知道是不是距离简茹回来没多久了，简幸有点儿焦躁，躺回被窝儿后并不能完全入眠，反而被加快的心跳弄得不舒服。

她叹了口气，无奈地起床，倒了杯热水在窗户前坐着。

屋内外的温差太大，窗户上蒙了厚厚一层雾气，已经完全看不清外面有什么，雪兔子又变成了什么样。

简幸摸了下窗户，有点儿冰，她转身从桌子上拿了张纸，正要擦拭窗户，却不承想原本关死的窗户忽然被吹开了。

简幸躲闪不及，被窗户砸到了额头，这痛感实在难以忍受，简幸蒙了一瞬才反应过来。

然而此时，窗户已经被吹到旁边的墙壁上，被风雪冰过的玻璃窗就像冰面一样脆，与墙壁相撞后，地面就落了无数玻璃碎片。

有碎片弹到她的手背上，留下一道清晰的血痕。

事故来得太突然，简幸愣愣地看着院子里被大雪覆盖的兔子，兔子的扣子眼睛不知被风吹到了哪里，耳朵也被截断，只剩下光秃秃的脑袋。

大雪纷飞间，简幸模糊了视野，直到肌肤被风吹得有些疼，她才想起来处理这突发事件。

她转身，想把杯子放在桌子上，却不承想一脚踩到了一块竖起来的玻璃碎片上。倒是没扎透鞋底，但也把她吓了一跳。

杯子因此没有安稳地落在桌子上，热水倾倒，洒了她一裤子。

棉睡裤吸水，她几乎一秒就被烫到了。

简幸"咝"了一声，一屁股坐回椅子上，不停地拉扯睡裤，等缓了一会儿才抬起脚，拿掉扎在鞋底上的玻璃片。

玻璃被风雪吹得很凉，冰得人不知道是哪里疼。

简幸看着满地狼藉，莫名生出一丝不安来。

她抬头，窗外风雪更甚，寒意肆无忌惮地吹进来，把屋里仅存的暖意席卷了个遍。

在这冰冷中，简幸不由自主地打了个寒战。

— 22 —

简幸被风吹得有点儿喘不过气，她简单收拾了地上的碎片，看着窗口发愁。

这好像不是随便一张纸就能封住的，大概还需要一些工具，比如铁锤和铁钉，以及木板。

这几样东西，她一样都没有。

即便有，她也不一定能顺利完成这项工作。

这时简幸才意识到，她其实被保护得很好。

姥姥说得对，他们家虽然苦了点儿，但从来没有苦到过她。

他们只需要她好好学习。

是她总把自己弄得很苦。


家里没有木板，但是有很多雨布，是之前吕诚为了铺车子用的。

简幸在屋里没找到，只能迎着风雪去院子里找，终于在院子的角落里找到了皱巴巴的一团雨布。

这是一整块大的雨布，简幸大致比画了一下，拿剪刀剪了一块三个窗口大小的。折回屋时，路过院子里的雪兔子，她没忍住，又帮它把耳朵和眼睛装好了。

手碰了雪一开始会凉得没知觉，等缓一缓又会变得滚烫。

简幸找了一小盒图钉把雨布钉在窗口，全程都很顺利，唯独最后一颗图钉扎破了她的指腹。

血溢到指缝里，黏稠得让简幸发慌。


不安的情绪一直到中午也没能完全平缓下来。简幸没什么心情吃饭，就坐在窗前把图钉多钉了几颗在窗框上。

密密麻麻的圆点看久了会引起视觉不适，简幸挪开眼睛时总觉得哪里不太对劲儿，但又没能完全捕捉到不对劲儿的点。

她皱着眉，把倒在桌子上的图钉一颗一颗放进盒子里。

图钉相互碰撞的声音是清脆的"丁零当啷"，有点像远处传来的电话铃声。

电话铃声……

简幸忽然停住了动作。

她手里捏着一颗图钉，扭头看向了简茹的卧室。

不对劲儿的地方终于找到了，电话。

似乎是情绪找到了源头，不安和惶恐顿时像开了闸的洪水，简幸猛地站起来走去简茹和吕诚的卧室。

她都没来得及坐在床上，拿起电话就打。

嘟——嘟——嘟——

没人接。

"砰！"

不知道风把书桌上的什么吹倒了，简幸吓得心一下子被扯到了嗓子眼儿，身体也瞬间绷紧。

她扭头看着门口的方向，几秒后把电话挂断，重新拨了过去。

嘟——嘟——嘟——

还是没人接。

这不太正常。

简茹虽然平时嘴巴硬了点儿，但心思确实全在她这个唯一的女儿身上。简幸一个人在家，简茹不会放任手机响着不接。

是手机没在身边吗？

不可能。

简幸一个人在家，简茹不仅会把手机拿在身边，还会在饭点儿给她打电话。

对，从早上到现在，她没有接到第二个电话。

这个世界上也许有很多事情都可以被人忘记，但是简茹不会忘记对她的管束与控制。

简幸沉默着，觉得整个屋里的寒意都开始重了起来，她身上的每一根汗毛都立了起来，手腕开始发紧，呼吸在电话的嘟声中一声声加重。

这场雪像不会停一样，风也是。天色渐沉，直至渐渐黑下来。

晚上五点半，院子里的门传来响声，简幸愣了下，以为自己冻出了幻觉。

直到大门被推开，发出熟悉的响声，简幸才猛地丢掉电话跑出去。

她打了一下午电话，身体像僵住一样一直维持着一个姿势，突然站起来，差点儿跪到地上。

她踉踉跄跄地跑出卧室，正要打开堂屋的大门，外面的人施力推开了。

两个人同时抬头，撞上各自慌张的表情。

"爸？"

简幸一直以为自从那个暑假过去，吕诚再也无法带给她安全感，可在这一刻，她还是清楚地听到了心滚回心房的声音。

她声音哑着，有些急迫地问："妈的手机怎么打不通？"

吕诚没说话，铁青着脸，不知是冻的，还是什么其他原因。

他跛着脚推开简幸，径直走向卧室。

简幸不明所以地跟上去，却在下一秒被吕诚拿着军大衣裹了全身。

简幸一下子愣在了原地。

她的目光落在吕诚拢着她领口的手上，上面又红又肿，有明显的血气。

简幸一把抓住他的手，开始发抖。

她不清楚是自己在抖还是吕诚在抖。她紧着喉咙，几秒后才抬头问他："发生什么事了？"

吕诚看着简幸，眼前莫名浮现出了她小时候的样子。

那个时候简幸话没这么少，有时候会问一些让人啼笑皆非的问题，那些问题很简单，甚至有些愚蠢，所以他总能轻而易举地告诉她正确答案。

后来时光匆匆，他再也跟不上她的脚步了。

往后一辈子，他大概都不能给她什么了。

他唯一能做的，就是让她吃饱穿暖。

吕诚紧了紧牙关，反手握住简幸的手，牵着她往外走，走到门口才注意到简幸脚上还穿着棉拖鞋。他又转身去拿鞋，等他折回把鞋放在简幸面前时，简幸才又问："到底怎么了？"

吕诚自顾自地给简幸穿鞋，头都不抬。

他看似镇定，实则声音都在颤。

"姥姥出了点儿事，我们先回老家。"他说。

简幸看着吕诚沾着雪的头顶，大脑一片空白。

等简幸再反应过来时，他们已经出现在了兴镇的医院。

还是那家医院。

简幸感觉自己刚迈进去一只脚，脖子就被狠狠地掐住了，她的脸泛出了和吕诚一样的铁青色。

踏进医院的住院部前，简幸一下子停了下来。

吕诚跟着停下，回头看她。

简幸睁着眼睛，睫毛上挂了一层雪粒，眨眼间染湿了眼眶。她抓着吕诚的袖子，像小时候那样露出对未知迷茫的眼神。

"我们来回跑，为什么不让姥姥去和县的医院啊？"

和县有县医院、中医院、城镇医院等各种医院，哪个医院不比兴镇的好？

"现在姥姥还不方便，我们先进去，一会儿别害怕，姥姥就是想见见你。"

吕诚拿冰冷的手抹了把简幸的脸，简幸一时间感觉不出到底是吕诚的手冰，还是自己的脸冰。

医院里到处都是白色，像被冰雪覆盖了一层一样，处处没有活气。

简幸一言不发地跟着吕诚上楼，进走廊，穿过无数间病房，来往的人匆匆，脸上看不出半分年味。

简幸只是匆匆扫了一眼，便收回了目光。她一路目不斜视，假装看不见周围所有人，直到抵达最后一间病房。

门是从里面被打开的。

出来的是简茹。

简茹红肿着眼眶，看到吕诚的一瞬间落下泪来。

这是长这么大，简幸第一次看到简茹露出脆弱来。

她不再像从前那样蛮横跋扈，而是沉默着让开过道，声音沙哑地说："快进去，姥姥等你很久了。"

简幸站在了原地。

她的双腿仿佛灌了铅，铅又被这低温天气冻实了。

她想迈步子，却在抬腿之间一把扶住了旁边的墙壁。

医院里，墙都是冷的。

像铁皮一样。

吕诚看不下去，伸手扶住简幸。

他嘴笨，不知道这个时候能说什么，只是手用力摁了摁简幸。

简幸扭头看向吕诚和简茹，简茹对上简幸的目光，像被刺中一样张口喊："你看我干什么！是她自己不好好跟亲娘亲爹磕头聊天，非去扒拉你那个没良心的姥爷。

"多大年纪了！还挺能翻事！我都不知道她什么时候托人给那浑蛋弄了个坟！"

简茹越说越气，好像下一秒能冲进大雪里把坟掘开一样。

"吵什么呢！这里是医院！不是菜市场！"外面传来警告声。

简茹的跋扈向来不会在专业人士面前展露，她猛地噤声，随后又扭过头哭出了泪。

简幸看着她，脑海里忽然飘出一个不合时宜的想法来：原来她真正的难过是这样。

她会在所有人看不到的角落露出解脱的笑吗？

应该不会吧。

怎么说，姥姥也是她亲妈。

可是某些想法一旦露出了芽就控制不住，它们迅速长出獠牙，吞噬了简幸的理智。

简幸矛盾地挣扎，眼前一会儿闪过简茹的眼泪，一会儿闪过简茹唇角挂着的笑。

头疼得快要裂开。

直到病房里忽然响起一道很轻的声音："简幸……"脆弱得好像风一吹就散了，却又恰好地安抚了简幸不知该何去何从的思路。

简幸一怔，循着声音看向病床，一眼撞进了姥姥的眼睛。
那是一双爬满岁月和时光的眼睛，眼周像灰褐色的树皮，但是瞳仁却像新叶一样散发着清透、干净的绿。

简幸不知道自己是怎么走过去的。
她手脚都在发软，走几步路完全是依靠本能。
她走到床边，神色没什么变化，只是慢吞吞地蹲在了床边。

姥姥身上但凡没被被子盖住的地方都插满了管子，她半边脸都肿了，头发不知为什么也剃掉了，露出的头皮上包着纱布，纱布溢出了血。
这些画面像刀一样扎进简幸的眼睛里。
她近乎自虐一般细细看完了每一处，想要伸手，又不知从何下手。
愣了好久好久，简幸才茫然地抬起头看向门口的简茹和吕诚。

简茹精明了半辈子，对他们每个人的人生也指手画脚了半辈子。
简幸就像一个被细铁链圈着长大的象，如今哪怕没了铁链，也会下意识地看向控制铁链的人。
只可惜简茹也是被铁链控制的人。
于她而言，铁链的控制方是简幸。

她们双双都没什么表情，却从彼此眼里看到了最磅礴的无能为力。
就是这一秒钟，简幸的眼眶溢出了奔腾的泪水，她在一片模糊的视线中找寻姥姥的手。
她小心翼翼地牵起姥姥的手，然后把脸埋进了姥姥的手里。

耳边不知何时安静了下来，窗户关得很紧，风声都被隔断。

简幸哭得头脑发昏，正要抬头，姥姥的手忽然费力地抬了起来。

简幸没动，她知道姥姥要干什么。

她盯着姥姥的手，一动不动。

可过去了几秒，姥姥的手始终悬在一个位置。

简幸忍着汹汹哭意，轻轻低下了头。

她闭上眼睛，主动把脸送到姥姥手上，然后感受着苍老肌肤的安抚。


"哭成……小花猫……咯。"姥姥喘着粗气，说得断断续续的。

简幸没有让她安静，扯唇笑笑说："那你快点儿好起来，给我洗脸。"

姥姥似是想笑，却被呛得咳嗽。

简幸紧张得攥紧了床单，盯着姥姥缓和后，才如常道："你瞧你，不是说要顺顺利利的吗？怎么把自己弄得笑都笑不了了。"

"唉，老啦……"姥姥又费力地咳了两声，虚弱地重复，"老啦……"

她躺在那儿，看着天花板，眼睛只睁了一条狭窄的缝隙，不知在想些什么。

简幸说："你不老。"

"你都这么大了，不老也被你撵老啦。"姥姥的声音越来越小。

简幸抖着手攥着姥姥的手，她跪在地上，趴在床头，努力把声音送到姥姥耳边："姥姥，你不老，真的，我以后不长了，不撵你了。"

"姥姥……你别……你别不要我……"简幸断断续续地说着，生怕姥姥听不清，哭都不敢哭。

"还是要长的，"姥姥缓缓扭头，看着简幸，"简幸，要长大，要好好长大，不为别人，就为了你自己，要多努力，现在辛苦点儿，以后才可以跑快点儿。"


"跑快点儿，苦才追不上你。"


一句话，让简幸如雷轰顶。

她怔怔地看着姥姥，想起冬至那天，她因为姥姥劝她好好学习而在心里埋下第一颗怨恨姥姥的种子。

她为什么总要怨恨别人？

难道走到今天这一步，真的和她自己没有任何关系吗？

她明明看到了简茹的表情，明明听到了简茹和吕诚的对话，她明明可以阻止，可以拒绝……

可她什么都没做。

因为她确实如同简茹每日每夜谩骂的那般，无能、懦弱、废物。

"听到了吗？"姥姥的声音唤回了简幸。

简幸早已满脸泪，拼命地点头，重复说："听到了，我听到了……"

"好，好，听到就好，"姥姥说，"姥姥没事，啊，医生说啦，只要躺个几个月就好啦，伤筋动骨嘛，怎么也要一百天啊。"

简幸抹了把泪："真的吗？"

"真的。去把你妈喊过来，我有事要跟她说。"

简幸说："好。"她一步三回头地离开了。

走出病房，吕诚和简茹都不在，可能是去缴费了，或者询问医生有什么注意事项。简幸不知道往哪儿去找人，只能一边擦眼泪一边往楼层中央的服务台走。

途经一间病房时，两个护士从里面走出来，边走边聊："唉，隔壁那老太太送走了。"

"听说了，自己拔氧气罩走的是吧？唉，有拔那个的力气，基本就是回光返照了。"

"是，这地方待久了，真是什么都能见到。有时候我都快分不清到底是人重要还是钱重要了。"

"别提了，刚刚又送来一个老太太，大雪天摔坑里两小时都没出来，手术完醒的时候我正和家属交代这事呢，也不知道那老太太听到没有。"

"应该没有吧，我看她精气神挺好的，刚醒就和女儿女婿交代各种事情，不是说外孙女也来了吗？"

"嗡——"
简幸大脑一片空白地定在了原地。

不对，姥姥已经和简茹交代了事情吗？
那还让她去喊简茹干什么？
为了支开她？
支开她准备做什么？

"铮——"
脑袋里所有的神经顷刻间绷紧，发出鸣响声。
简幸有那么一秒钟，觉得自己的灵魂飞出了身体，跑回病房，看到姥姥对她笑，问她怎么这么快就回来了。
简幸张了张嘴，一句话都没说出来。

病房的窗户不知为什么忽然破开了，像家里那扇窗一样，狂风暴雪吹到简幸脸上，剥夺了她的呼吸。
整个人仿佛陷入了一片混沌里。

直到护士走远，简幸的视线聚焦，看到了站在她对面不远处的简茹。
简茹手上全是水，应该是刚从厕所出来，她也听到了护士的对话。
母女俩四目相对，片刻之后，简茹飞奔向病房的方向。
简幸一动不动，心跳也停了下来。
她说不上来是紧张，是惶恐，是恐惧，还是别的什么情绪。
她只是……有点儿害怕。

时间好像只过去了两三秒，她没因为心跳停止而觉得窒息，只是动作迟钝。

她没来得及转身，就听到背后传来一声凄厉的呼喊：

"妈——"

这声音像一把钝刀，直直地砍在了简幸的后脑勺儿。

是简茹的声音。

简幸还站在原地，茫然地眨了下眼睛，紧接着周围的世界开始动起来。

路人好奇地过去看热闹，医护人员纷纷跑过去，医院在这一刻不再是沉默的寂静之地。

莫名其妙的，简幸在浓重的消毒水味中嗅到了一丝浅浅淡淡的饭香。

这香气越来越淡，好像要从她的世界里抽离出去。

风雪快停了。

过了今天，以后再也不会有人从窗口轻轻探出头，问她一会儿想吃什么了。

— 23 —

简茹哭了一夜，太平间的冰冷也没能阻止她的大嗓门儿。

简幸站在旁边，看着简茹趴在姥姥身上，白盖布被掀去了一半，姥姥的面容比晚上走之前安详很多。

她想到那两个护士的对话，说姥姥摔在坑里两个小时。

不知道当时周围有没有太平间冷。

吕诚没进来，在门口抽烟，他因为腿部的受力阻碍没办法蹲着，只能站在那儿，好久都不换一个姿势。

而简幸，也好久没换一个姿势。

她也没哭，只是静静地看着姥姥。

简茹哭得快要晕厥过去，她瘫软在地上，抓着姥姥的手。

简幸看那白布摇摇欲坠，上前铺整齐了。

姥姥最烦被子不整齐了。

她这一动，好像唤醒了简茹的某些意识。

简茹愣了下，哭声止了一半，扭头看向简幸，用一双肿胀的眼睛盯了简幸很久才嘶哑着声音问："你怎么不哭？"

简幸脸上没什么表情，沉默。

简茹剩下的哭声也止了，脸上全是震惊和不可置信，不能接受自己的女儿这么冷漠，大吼一声："你怎么不哭！"

从姥姥去世到现在已经四五个小时，简幸开口说了第一句话："能把她哭回来吗？"

简茹二话没说，抽了简幸一巴掌，吼道："给我哭！"

简幸扭过脸，无动于衷。

简茹喘着气，像忽然抓到了发泄物，疯狂地抽打简幸，不管巴掌落在哪儿，力气用了几成。

她扯着简幸的衣服，把简幸一同拉坐在地上。

简茹还在哭，一边哭一边骂："她对你那么好！她对你那么好！她那么疼你！你一滴眼泪都不给她！你有没有良心！你从小就这么没良心！从小就看不到所有人都在为你卖命！你只顾自己！只顾自己！"

吕诚这时冲进来拉扯简茹，简茹扑倒在吕诚怀里，昏了过去。

简幸在吕诚的注视下，一眼没看简茹，只是默默站起来，帮姥姥整理了衣服，铺整齐了盖布。

在盖上布之前，简幸轻轻握了下姥姥的手。

翌日，姥姥被运回了老家。

凌晨半夜，没有雪，没有月亮，只有风。

处处都很黑，好像是姥姥一早就选好的下葬日子。

简幸看着那个几乎要被黑夜吞噬的坑洞，扭头问简茹："为什么一定要这样？"

姥姥那么怕黑，又怕虫。

她身体不好，一到冬天就喊冷，见半点儿雨都要喊腿疼。

她一个人在这里，不怕吗？

"你不懂，"吕诚轻轻拉了简幸一下，"别问了。"

简幸知道吕诚是怕简茹听到，但是这夜里那么安静，简茹又不聋。简茹厉声道："我怎么生了你这么一个狠毒的女儿！死了还不给留个全尸！那以后我死了呢！是打算把我大卸八块直接扔到河里吗！"

简幸没再说一句话。

只是在走的时候，她一步一回头，直到走了很远，还在不停地回头。

这天太黑了，她怕记不住姥姥的家在哪儿。


因为下葬方式，简茹和吕诚没有办这场白事。

返回和县的时候，忽然落了一场大雪。

天气的缘故，他们没有拦到三轮车，只能走去车站。

旁边的超市播放着刘德华的《恭喜发财》，但凡路过的地方都张灯结彩，大红灯笼一盏接着一盏。

雪还没有完全覆盖地面，炮仗的碎片被风吹得到处都是。

踩着满地红色，简幸一家在短短五分钟里淋白了全身。

上车前，简幸摘下了头上的连帽，扭头看了一眼老家的方向，车上贴着的红"福"字把她的脸映得好红。


初五，简茹病倒了，高烧不退。

吕诚要她去医院，她嫌贵，要去附近的诊所。诊所还没开业，吕诚拗不过她，只能找人给医生打电话，把人家从家里喊过来。

简幸一个人在家，听着简茹的卧室里传来一阵又一阵电话铃声，直到完全停止，她才起身去简茹的卧室把未接来电的记录删掉。

删完以后，简幸没回自己屋，她的窗户还没修好，不能住人，只能去姥姥屋里。

路过院子里其中一小堆化了又堆的雪时，简幸停顿了一下。

她驻足了很久，没能再看到那个兔子。


晚上八点左右，天已经完全黑了，简茹和吕诚已经睡了。

简幸坐在床边，手里拿了一根点燃的火柴，她想象某个包间里，少年被一片歌声和满堂祝福环绕。

他闭上眼睛，凑近了蜡烛。

简幸吹灭了火柴。

手里还有一颗糖，她放到了嘴里。

她没有开口说话。

她，尽力了。


初六，简茹嫌诊所麻烦，把吊瓶拉到了家里，躺了一整天。

简幸也在姥姥屋里躺了一整天。

最开始，她不太能睡着。

后来，她被梦拖着醒不来。


她做了一个很长的梦，梦里的她也在做梦，梦中梦一片兵荒马乱：

简国胜死了，简茹的骂声吵醒了她，她身心俱疲地迎着烈日去超市，大雨来得猝不及防，徐正清走到了她面前。

紧接着开学，分班，认识许璐，又与许璐分开。途中在走廊与徐正清擦肩无数次，也在教室里偷偷瞥了他无数次。

大雨又大雪，晨起又昏至。

她在处暑与徐正清说了第一句话，在白露看完了第一本他看过的书，在新年里加到了 QQ，在他看不到的院子里，用他们经历的同一场雪堆了一只兔子。

大雪纷飞里，兔子立在月光下，像荒芜里拔地而起的城堡。

然而城堡坍塌只要一瞬间。

瓦砾碎片，飞沙走石，席卷了她仅有的圈地。

大梦初醒。

睁开眼，是一片走不出的混沌。

她还在梦里。

她仍然没有哭，也没有试图闯开这困境。

周围没有风雪，但是很冷，身上的每一寸皮肤都像被针刺穿一样。

她知道，这就是那两个小时的世界。

如果想从这里闯出去，那这一切从头就不该发生，简国胜不该死，她也不该用偷来的资源考上和中。

她不该遇到徐正清，不该在无数个擦肩而过的瞬间偷偷欢喜。

若能从伊始就避开猛烈的欢喜，结局自然也不会有悲痛来袭。

可就像世界上没有后悔药一般，人生从来都不能从头再来。

就只是这么轻轻一想，周围原本虚无缥缈的雾气骤然缩成了无形的链条，简幸被链条挤压得迅速后退，眼前开始闪过一帧帧姥姥的脸。

"咣当——"

简幸被扣在了世界边界，身前是刺骨的寒，后背是刮皮的烫。链条越缩越紧，直到快要把她所有的呼吸剥夺。

她没有张口争抢呼吸，而是睁着眼睛，看着正对面的一帧画面。

是冬至那天，她站在姥姥门口的画面。

她当时在想什么？

她在想：姥姥为什么和简茹一样？

至此，她终于崩溃，想跪下，却又被锁着，跪不下去。


醒来。

一摸脸，干的。

她哭不出来。

她只是觉得心里有点儿堵。


扭头，简幸看到屋里的窗户已经被重新装了一扇玻璃，窗框上的图钉被拔掉了，留下密密麻麻的黑洞。

桌子上整整齐齐，没有半分狼藉。

今天初八，开学了。

简幸下床，打算去洗漱。

刚打开门，她与堂屋里的吕诚碰上了，吕诚端着水壶往屋里走，看到她说："醒了？"

他一边说一边跛着脚往条几走。简幸两步走过去，声音还是沉哑的状态："我来吧。"

"没事，"吕诚挣了一下，"这没多重。"

简幸没松手："我来。"

"你这孩子，都说了没……"简幸的口吻一直很淡，吕诚没放在心上，一抬头对上简幸泛着红血丝的眼睛，他愣了下。

简幸趁机接过水壶，走到条几边灌茶壶，边灌边说："开水危险，你小心点儿，以后可以把茶壶拿到厨房，灌满了堵上盖再拎出来。"

灌满以后，她拎着空水壶往厨房走，没看吕诚。

但是与吕诚擦肩时，吕诚的声音泛着些不自然的笑说："知道了。"

简幸轻轻"嗯"了一声，径直走去了厨房。


中午简茹没回来，简幸和吕诚一起吃的午饭，摆盘时吕诚多拿了两双筷子出来放在饭桌上，看到简幸一个人时才意识到什么。

他犹豫着要不要拿走，却发现简幸像没看见一样，什么反应也没有地拿了其中一双就开始吃饭。


晚上五点一过，简幸就去了学校。

时隔半个月不见，大家之间的气氛有点儿微妙的尴尬。

简幸进班时班里明显静下了一瞬，等她落座才重新响起"嗡嗡"的声音。

她知道原因。

身边的许璐也清楚，所以在她落座的同时，许璐十分明显地把椅子往旁边挪了挪。

她们中间的距离空得能再塞下一个人。

但是简幸没过多地给予关注。

徐长林没多久就进班了，进班第一件事就是提文理分班的事情。全班的期末考试成绩单就在他手里，位列第一的是简幸，高了第二名将近二十分。

这在过渡班非常罕见，所以才会出现她刚刚进班就引起大家注目的情况。

"有些人歪屁股歪得还挺明显。林有乐，进2班以后坐哪儿是不是都想好了啊？"徐长林弹了弹手里的成绩单说。

林有乐"嘿嘿"一笑："我真进不了1班吗？"

"够呛，但是诚心祝愿你'入赘'成功。"

林有乐立刻起立，满身义气地江湖抱拳。

徐长林又点了几个一看就要去理科班的人，分别说了几句，像在提前告别。

徐长林很善于聊天，他不爱聊什么很深刻的话题，对待大家的态度也没有"居高临下"的距离感。

他是个好老师。

简幸想到徐正清每每在他面前轻松自若的状态，猜想他大概也是一个好长辈。

这个世界上并不是人人都愿意站在对方角度为对方着想，如果能遇到，真的是幸中之幸。

"简幸，"徐长林忽然唤了一声，简幸抬头，对上徐长林的笑眼，他问，"你是准备继续造福我们班，还是去给1班锦上添花啊？"

他这话说得完全把主动权交给了简幸。简幸没有任何心理负担地说："老师，我选理科。"

"猜到啦。"徐长林看上去没生气也没可惜，好像简幸的选择是顺理成章的。

就是他这个表情，简幸觉得自己高中的第一个学期，可以完整地画上句号了。

没多久，徐长林让陈西去办公室拿文理科填报表分给大家。填表的时候大家没那么紧张，又没那么轻松。班里第一次在晚自习时没有"唰唰"的写字声，也没有翻书的声音。

所有人都沉默地站在分岔路口，或坚定，或迷茫，或犹豫不决。

晚自习准点放学，铃声打破了沉默的平衡，简幸在收拾书的时候隐约听到哭声。

明天太阳一升，他们有的人就要分开了。

"简幸！"林佳走过来，说了简幸意料之中的话，"初五那天怎么回事啊？给你打电话也不接，发 QQ 也不回。"

简幸说："对不起，家里临时有事。"

"知道啦，秦嘉铭跟我们说啦，"林佳说，"不过他也没详细说，我就是有点儿担心，过来问问。"

"没事，"简幸说，"现在没事了。"

不知道秦嘉铭到底说了什么，林佳居然真的没有多问。简幸在她善解人意的背后捕捉到了一丝微妙的小心翼翼。

她猜是陈烟白跟秦嘉铭说了什么，因为她不仅没有去徐正清的生日会，也没有和陈烟白见面。

她和陈烟白相处这么久，只放过陈烟白这一次鸽子。

大概这次，陈烟白也以为是同样的原因吧。

简幸相信陈烟白没有多说什么，但是架不住秦嘉铭反复揣酌陈烟白的每一句话，也许当天传述的时候他的表情严肃了一些，引得大家把事件缘由往严重了想。

不过这样也好，会省去很多麻烦。

第二天上午的最后一节自习课，徐长林开始收大家填的表。收上去十分钟后，徐长林把许璐喊去了办公室。

又过去十分钟，许璐从办公室回来，哭得上气不接下气。

简幸静默地听了三分钟，从抽屉里拿出纸巾递给她。

许璐不接，还是哭。

简幸没什么反应地收回了纸巾。


下午最后一节课是历史课，徐长林没讲课，通知大家晚自习就可以搬去新班级，分班表在后黑板贴着。

下课铃敲响，班里发出拖拉桌子的声音，简幸在一片喧闹中被林佳拉了出去。

"一起吃饭啊，"林佳没心没肺地说，"不着急，这会儿肯定到处都是搬桌子的，楼梯挤得要死，还容易发生事故，咱们不凑这个热闹。"

简幸问："你选理科？"

"嗯，我不喜欢文科，文字太多我脑仁儿疼。"林佳说，"放心，我看了分班表，咱俩都在 1 班，林有乐没能成功'入赘'1 班，他去了 2 班。"

简幸"嗯"了一声。

"哦，对了，"林佳说到这儿，声音压低，"许璐没动。"

简幸有点儿意外，她记得许璐很想学理科的，说是以后出路多，而且她的地理也学得有点儿费劲。

"我听我朋友说的，她今天上午刚好给他们班老师送东西，"林佳说，"许璐考得不太行，要是选理科，只能去 4 班，那就可以直接退出过渡班了，我估计她本人也不太想去。"说到这里，林佳"嘁"了一声，"她就是没看明白什么重要。"

简幸没接话。


吃过饭，林佳嫌撑，拉着简幸去操场遛弯，遛到一半看到不远处坐着许璐。

她一个人，埋头哭。

林佳实在看不上这种行为，一边拉着简幸折返，一边叹气说："能理解她的心情，不太能理解她的行为。"

简幸问："哭吗？"

"嗯哼，"林佳说，"太爱哭了，好像什么时候都要哭一下，哭完就能解决问题吗？"

当然不能。

简幸垂眸，在一片落日余晖中说："能哭出来就挺好的。"

哭完，才可以继续走下去。

标本录入
SAMPLE INPUT

第二卷

三生有幸

Shall I compare thee
to a summer's day?

— 24 —

简幸和林佳一起搬桌子，林佳在1班有不少老同学，有男生主动过来帮忙，林佳一摆手，把人支到了简幸这里。

"不用，我自己就可以……"

简幸的话还没说完，就被人打断了："哎？是你啊？"

简幸抬头，才看到是一张熟面孔。

"我，戴余年，"戴余年说着，不好意思地"嘿嘿"两声，"期中考试的时候不小心撞到了你，对不起啊。"

简幸记得他。

准确地说，她记得那天那个不小心碰撞的场景，也永远记得那天她的心情。

她朝戴余年笑笑说："没事。"

戴余年的性格说不上活泼，也说不上腼腆，但大概没怎么和女生交流过，两三句话就红了耳朵。他避开简幸的目光，一边帮简幸搬桌子，一边重复说："我来吧我来吧，我帮你搬。"

桌子确实有点儿重，简幸怕再拒绝显得不好，就点点头道了谢，然后搬起椅子和戴余年一起进了1班。

"我们班选文科的不多，刚好和选理科的一比一，我们班主任就说先挑空下的位置坐着，什么时候有空了再换位置。"戴余年边走边说，"不过大家对换位置也没什么太大的需求，所以这个什么时候其实也不太确定。"

戴余年的话虽然不算少，但是都很有用，仅仅几分钟，简幸就知道了一些基本信息。

她在戴余年的引领下停在了 1 班的后门门口，班里这会儿差不多人已经齐了，大家都很好奇新同学，纷纷扭头往后看。

简幸不经意地看向了中间倒数第三排，那里是空的。桌子上有很多书，摆得不算整齐。抽屉最外面堵着一件校服，校服袖子掉了出来，悬空着，摇摇晃晃。

像湖上的垂柳，无须刻意为之，已经拂了层层涟漪。

因为风在动。

心也在动。

简幸收回视线，大致看了下空下的位置。

身后的林佳凑上来问她："咱就别往后排跑了，后排全是大高个儿，选个前面的吧。"

简幸抿了抿唇，没立刻做选择。

班主任周奇这个时候过来，看到他们挤在教室后面，问："怎么不进来？"

周奇教物理，之前也带 3 班的物理课，很熟悉他们。他看了眼空下的位置，忽然说："陈博予，你前面是谁的桌子没搬走？"

班里其他人回头一看，笑出了声。陈博予个子高，后背靠着后排，双臂抱怀说："老周，这是儿子的位子啊。"

"是吗？"周奇一点儿也不尴尬，扫了一眼，"老子都来了，儿子哪儿去了？"

"去书店给他老舅还书去了。"陈博予说。

周奇说："一天天的业务还挺忙。"

周奇很快把徐正清的事情抛到脑后，他做事比徐长林直接果断很多。徐长林属于让你选择你不选，那他就慢悠悠地等你选的类型，周奇则是快刀斩乱麻地替你选。

三分钟后，简幸坐在了教室靠右侧的第三排。

在徐正清的两点钟方向。

此时徐正清还没回来，简幸已经开始心跳加速。她的腰背挺得很直，总是忍不住调整坐姿，差别只在一个又一个微小的细节里。

记到第七个单词的时候，后门传来一道懒洋洋的声音："报告。"

周奇一抬下巴说："座次表尽快安排出来贴在桌子上。"

徐正清说："好。"

天还是冷的，后门开了又关，教室里有一股明显的冷风。

他走到座位上，坐下，跟人说了句"结束了？"，又跟人说了句"记号笔给我"。记号笔的盖子拔开时有清脆的声响，笔尖落在纸上有"唰唰唰"的声音。

简幸没有回头，也没有再调整坐姿。

她一个人，在无人知晓的世界，听了一场剧。


三个小时的晚自习，仓促又漫长。

下课铃敲响，教室里开始有响动，有人认识新同桌，有人聊试题，也有人聊某个电视剧播到了哪儿。

换了个班，氛围没换。

简幸在这喧闹中找到了一丝微妙的归属感，她抬头，恰好对上林佳在招手。

非常不巧，林佳和她的位置成了教室的对角线。

"我先走了啊。"林佳喊。

"好，明天见。"简幸跟她挥手示意。

林佳转身离开，简幸身子侧着，状似看林佳，其实余光在后排。

等林佳走后，她没忍住借着回头看时间的动作看了眼心有所属的方向，却不承想与他对视。

简幸一滞，整个人瞬间僵住。

她想挪开目光，又怕仓促挪开有些突兀，只能紧绷着身上所有肌肤，继续看徐正清。

他站起来了。

简幸的心瞬间随着他的动作吊了起来。

她几乎屏住呼吸。

他走过来了。

每一步，都落在了她心上。

"简幸，"他唤她的名字，"欢迎。"

简幸咽了咽唾沫，没什么表情地点点头，声音也很平淡："谢谢。"

徐正清很随意地坐在了与简幸隔着过道的隔壁座位，侧着身，两腿都在过道里，随手拿了桌子上的笔转，问简幸："那天秦嘉铭跟我们说了，没事了吧？"

是她爽约了，却是他来送慰问。

简幸感觉舌根有些僵，也有些麻，她已经感觉不出此时此刻心吊在什么位置。

她只是觉得，他们离得好近。

不知道谁把窗户打开了，吹到鼻尖的风里好像有徐正清身上的味道。

很简单的洗涤剂味道。

简幸在空气通畅的教室里莫名其妙地有点儿缺氧，即便如此她也没有明显的呼吸，只是有些重复且动作有些凌乱地摇摇头。

她边摇头边说："没事，我没事，没事了。"

徐正清的表情有一丝迟疑，但是很快又掩去了，他又笑起来："没事就行。"

说着他起身，疑似要走。

简幸拼命按压着指骨，"啪嗒"一声清脆声响仿佛敲在了她紧绷的神经上，神经断裂一瞬间，简幸忽然开口："徐正清。"

徐正清回头："嗯？"

简幸努力笑："生日快乐。那天，实在不好意思。"

"没事，谢谢。"徐正清离开前又说了一句，"别放心上。"

能看得出来，徐正清在班里很受欢迎，大家走之前都愿意跟他打招呼说再见，后排的男生也愿意跟他一起走。

几个人勾肩搭背，在无意间都把他拢到了最中间。

这里的每个人都让很多人难以望其项背，可他仍旧是最浓墨重彩的那一个。

简幸默默收回目光，低头看着被自己按得扭曲的手指。

她松开，手指没能立刻恢复正常状态，指腹充血发疼，这有点儿像那天在太平间的状态。

其实她有时候都不知道该怎么办。

她总是在最狼狈的时候和徐正清更近一步，而他的优秀好像时时刻刻都在提醒她：看，到底是偷来的人生，过不好的。

又好像在说：没事，那么难，不还是成功来到了他身边。

可是，只是来到他身边，就已经快要耗尽她所有力气了。

她哪儿还有力气站到他身边。

回到家，简茹还没回来，简幸回到自己屋坐了一会儿，扭头看着窗户边框发呆。

她最近总是特别容易沉浸在这密密麻麻的钉眼儿里，看的时间久了，钉眼儿会悄无声息地放大，像陨石砸出来的黑洞，好像她一不留神，就会被吸进去。

看着看着，吕诚忽然走进了她的视野。

这是黑洞里第一次出现人。

简幸愣了一瞬，很快发现并不是吕诚出现在了黑洞里，而是吕诚在院子里。

他刚从姥姥屋里出来。

这个时间，他去姥姥屋里做什么？

窗户坏了以后，吕诚新换的玻璃透视度没有那么好，从外面看里面有点儿费劲，从里面看外面隐约能看出点轮廓。

简幸看着吕诚站在姥姥门口抽烟，抽了很久，其中大半的时间，他的目光是看向她的屋的。

他在看什么？

简幸多次想要推开窗，却都在吕诚的沉默中生生止住了动作。

他们彼此都在向对方传达模糊的东西，模糊得像这块玻璃一样。

没多久，吕诚进屋了，进屋前他把烟灰踢散了。

简幸把目光挪回试卷上，直到简茹回来，洗漱结束，回屋，她也没有写一个字。

夜深了，情绪总是见缝插针地操控着人的神经，四下无人的夜最适合找好友倾诉。

简幸没有可倾诉的内容，但她有好友。

好友在手机里。

手机在……简幸瞳仁一紧，猛地站了起来。

椅子在地上摩擦出巨大的声音，这段时间大家都很敏感，吕诚很快敲门询问："怎么了，简幸？"

"没，不小心拖到了椅子。"

简幸的声音明显有些颤，但也许是隔着门，吕诚并没有听出来。他"哦"一声，说："太晚了，你写完早点儿睡。"

简幸没说"好"，转身走去门口，打开门。

吕诚好像有点儿意外，他一向不善于隐藏，所以简幸在他眼里看到了明显的躲藏之意。

简幸问："你怎么还没睡？"

"忙了点儿事，"吕诚匆匆说，"你早点儿睡，写不完明天再写，没关系啊。"

他说完不等简幸说什么，转身就回了自己屋。

他的动作甚至有点儿仓促，很心虚的样子。

简幸看着他关上门，又等了一会儿，没听到简茹的声音，简茹大约是睡了。

冥冥之中，简幸仿佛接收了某种信息。

她没关门继续坐回书桌前，而是走去了院子。

她开房屋门的时候动作不算特别小心翼翼，如果吕诚醒着，就一定能听到。

她进到姥姥屋里，在黑暗里坐在了床沿。

她沉默地坐了好一会儿，才伸手摸进被窝儿。

她摸到了手机。

但不在原处。

屋里还是很黑，简幸抓着手机，扭头看向了门口。

吕诚刚刚就在那里抽烟。

她看到那儿有一块很小的地方，被月光照亮。

快一周了吧。

风雪终于停了。

月亮也出来了。

## — 25 —

翌日一早，简幸从屋里出去，却迎面撞上了简茹。她脸色很差，嘴唇也发白，引得简幸问："妈，你不舒服？"

简茹粗着声音："死了才好！"

简幸闭上了嘴。

吕诚紧跟着从屋里出来，手里拎着一件外套，看到简幸便说："你妈发烧了，我跟她一起去看看。你自己去上学，钱拿着，路上买点儿吃的。"

说完，他匆匆追上简茹。

简茹大抵是不愿意他陪同的，非常不耐烦地说："都说了我一个人去就行！你是不是又犯懒！又怕跟人家争位置？都跟你说了，都是讨饭吃的，谁还瞧不起谁了？人家骂你，你就不能打回去？你是不是个男人了？我跟了你，真是倒了八辈子血霉！"

大早上，天都没亮全，巷子幽静，显得简茹的声音更大了，像带了立体环绕一般，循环在简幸耳边。

简幸盯着他们离开的背影，直到眼睛有点儿干涩了才收回视线。她转身回屋里，拿出只剩下几格电的手机，进了姥姥屋。

关机充电之前，简幸看了眼 QQ，她凌晨四点给陈烟白发的消息陈烟白还没回，又等了两分钟，她才关掉手机去学校。

路上，简幸没买早饭，她从超市随便买了瓶牛奶就进班了。

时间还早，班里不少同学都在吃饭，冬天冷，大家不愿意开窗，导致教室里的味道不太好闻。

但是当沉浸其中时，又觉得温暖。

烟火气大多都如此。

简幸坐到座位上，刚坐下，前排的戴余年就拎着一个大袋子转身问："简幸，吃包子不？"

简幸一抬头看到一桌子包子，吓了一跳，反射性问："你……怎么买这么多？"

"嘻，这是他的日常活动，"同桌郭福临说，"简幸你拿一个，反正也要分完的。"

戴余年点头道："我家是卖包子的，我妈每天早上都给我一屉，让我带着分给大家，我初中养了我们班同学三年。"

"主要是好吃，"戴余年的同桌转身又拿了一个，"味全包子，特别好吃，真的，自己去买要排队很久的。"

戴余年一抬下巴，十分骄傲："和县一大特色。"

简幸笑着，伸手正要拿，忽然一只手先她一步拿了一个。

他的动作不算快也不算慢，在简幸眼前掠过痕迹，简幸没捕捉到上面的细节，却闻到了熟悉的洗涤剂味道。

她一顿，手悬在半空，抬头，看到徐正清拿着包子朝戴余年点头说："谢了，鱼哥。"

他没特别注意这包子原本在谁的桌子上，大概是因为，于他而言，所有人都只是他的同学而已。

简幸垂下眼帘，拿走了旁边的一个，跟戴余年说："谢谢。"

戴余年问："你不再拿一个吗？你以后别买早饭了，你看他们都不买，都吃这个。"

简幸摇头："一个就行了。"

戴余年"哦"了一声，把包子拎走以后随手放在他同桌的桌子上，任由别人路过随便拿。

没一会儿，戴余年又转过身，手里有一瓶草莓味的优酸乳酸奶："简幸你喝这个吗？"

简幸从抽屉里拿出自己的晃晃说："我有。"

戴余年这才"哦哦哦"地扭回身。


中午简幸路过爱七七，被秦嘉铭拦下，他问："你的手机没带啊？"

简幸摇头，问："怎么了？"

秦嘉铭说："陈烟白给你回消息了。"

"哦，我回去看。"简幸说。

秦嘉铭问："你怎么把手机放家里了？要不还拿出来？要是觉得放彬哥这儿不方便，我可以在学校里给你找地方放。"

简幸说："没事。"

中午休息时间短，今天简茹和吕诚没出摊，估计会早早地等她吃饭，她怕耽误时间，就没跟秦嘉铭多聊。


简幸走后，秦嘉铭盯着她的背影看了好久。

江别深从身后凑上来，借着身高优势把胳膊搭在他肩上："看什么呢？"

秦嘉铭头都不回，神神道道地说："看远方。"

"远方的姑娘请你留下来……"江别深笑着唱，"别光看啊，去追。"

秦嘉铭："你这什么调？土成这样？"

江别深站直了："别一张口就暴露你捧高踩低的文化水平，经典老歌，哪儿土了？"

"人家唱的不是远方的客人吗？"徐正清走过来，看了江别深一眼，"你又想挨奶奶念了吧？"

江别深"啧"了一声，双手一笼，揣进袖子说："徐奶奶快闭嘴。"

"去你的。"徐正清骂了一声，拿胳膊肘撞了下江别深，非常自然地问秦嘉铭，"追谁？"

秦嘉铭无语。

江别深笑得不行。

"不是，你能不能跟他学点儿好？"秦嘉铭无语，"谁也没追！那简幸，你同学，我妹妹！我操心还差不多。"

江别深听到简幸的名字，唇边笑意淡了几分，故作惊讶地扭头看向徐正清："徐哥同学啊？那徐哥追？"

徐正清没想到开玩笑会开到简幸身上，他想到简幸那张总是很冷淡平静的脸，又想到上次考完试她防御的动作，收了玩笑意味，说："别瞎说。"

江别深挑眉："怎么了？这么认真？有事啊？"

徐正清用口型骂了三个字。

江别深也不生气："没事，周末就让我妈去问候你，她前天还说想你了。"

众所周知，江阿姨特别喜欢徐正清，见了面必要上手捏脸揉头发。

徐正清："哥……"

江别深转身走了，走之前轻描淡写地看了眼简幸离开的方向。


简幸本以为回家会看到简茹和吕诚，却不承想推开门，家里空荡荡的。她先去了简茹的屋，查看电话来电记录，果不其然，两分钟前刚来了一通电话。

简幸拨了回去，是吕诚接的。

"你妈有点儿炎症，这会儿在医院拍片。你中午自己弄点儿吃的，不想弄就出去吃，屋里抽屉里有钱。"

简幸低着头，盯着电话上的键盘，问："很严重吗？"

吕诚口吻放轻："不严重，就是发烧烧的，你别担心，没事的。"

简幸"嗯"了一声。

交代完这些事，他们父女之间好像也没什么可以聊的了，沉默拉长了呼吸的间隔，也滋生了尴尬。

很快，吕诚匆匆说："我先挂了，你别忘了吃饭。"


简幸没立刻去吃饭，她先回姥姥屋拿了手机，开机，登录 QQ，陈烟白的消息弹出。

白烟的烟：你怎么睡这么晚？

白烟的烟：你要造反啊，哥？

白烟的烟：别啊，怎么也要等暴君卧病在床，你再谋逆啊。

白烟的烟：好饿，早上起迟了，食堂没剩几口热的，烦死了。

白烟的烟：啊，其实有点儿想姥姥做的韭菜合子，晚上让姥姥给你做吧，替我多吃两个。

白烟的烟：哦，对了，五一我回去啊。

白烟的烟：别放我鸽子了啊。

白烟的烟：再一再二不再三。


几句日常，简幸来来回回看了很久。

陈烟白这时又发来消息：这个点？你不吃饭？玩手机？

简幸回她：家里没人。

白烟的烟：那行吧，你昨天怎么睡那么晚？

简幸在发送栏打了四个字，好一会儿又一个一个地删掉，说：半夜醒了。

白烟的烟：哦，吓我一跳，还以为你咋了。

竹间：我能咋？

白烟的烟：你是不能咋，我这不是怕暴君咋吗。

竹间：她病了。

白烟的烟：传染人吗？那你记得提前吃预防药啊。

简幸失笑。

俩人又东拉西扯地聊了几句，陈烟白让她去吃饭，简幸回了句"好"。

她没立刻放下手机，看着俩人的聊天日常，很突兀地发了一句：陈烟白。

陈烟白回了一个问号。

一分钟过去，她没问出下一句。

陈烟白直接把电话打了过来，尽管调了静音模式，简幸还是被吓到了。她条件反射地回头看了眼门口，几秒后站起来把门关上才接通："怎么了？"

陈烟白的口吻吊儿郎当的："这话该我问你吧？"

简幸闭上了嘴。

陈烟白等了她几秒，才问："你怎么了？"

简幸坐回床沿，手垂在膝盖上握成拳头，低着头，很久都不眨一下眼睛。

直到门口传来动静，简幸才匆匆丢下一句："我爸妈回来了，先挂了。"

她以为自己可以一直装得很冷静，可事到临头，她还是慌不择路地把手机随便塞进了枕头套里。

打开门，正要进堂屋的简茹听到动静回头看她。吕诚拎着药，在简茹开口前说："还没吃饭吗？在那屋干什么？想吃点什么，我来弄。"

话题被转开，简茹什么也没说地推开门进屋了。

简幸看向吕诚，吕诚刚刚若无其事地看她，这会儿却挪开了目光。他边说边走进堂屋："来不及了，我下点儿方便面得了，吃火腿肠吗？"

简幸跟上去说："都行。"

吃过饭，简茹明显状态不好，只是交代吕诚下午喊她，晚上要出摊。

简幸看着还没来得及收拾的碗筷，小声说："要不，今天别去了吧。"

简茹冷笑一声："你别站着说话不腰疼，上好你的学比瞎操什么心都强！"

简茹说完，转身就回屋了，门摔得很响。

吕诚很尴尬，口吻有些生硬地说："简幸，你妈就是身体不太舒服，而且……她心情不好。"

简幸没出声。

她只是在想，这个屋里，有谁的心情是好的，又有谁没在病着。


"简幸，你不舒服吗？"下午刚进学校，林佳就在学校门口拦住了简幸，她说，"你的脸色好差啊。"

简幸说："可能是刚睡醒吧。"

"你还午睡啊，习惯真好，"林佳说，"我爸妈每次都催我睡午觉，可我一拿到手机就玩过头了。"

简幸说："我有时候也容易玩过头。"

"没事，大家都一样。"林佳想起什么，"哎，对了，你是不是没进我们班级群啊？你晚上上线吗？我把你拉进去？"

简幸说："周末吧。"

"也行，"林佳说，"刚好周末大家都在，他们垃圾话特别多。"

简幸笑了笑。


进班以后简幸和林佳各就各位。林佳的座位靠前门，平时习惯从前门走。简幸路过后门的时候看了眼徐正清的位置，犹豫了一下，最终还是和林佳从前门进去了。

绕过讲桌，从讲台下来时，简幸看到徐正清面朝后不知道在和陈博予看什么东西。

徐正清前排坐着蓝月，蓝月似乎是有事问他，喊了他两声没反应，直接扭回身拽徐正清的校服外套。徐正清被迫身子向后靠，笑着扭头问蓝月什么事。

他扭头的同时，简幸目不斜视地坐到了自己的位子上。

很快，他听到陈博予"哎哟"一声，说："英语课代表，你放过我们物理课代表兼大班长好不好？"

"你做梦！"蓝月喊得很理直气壮。

渐渐地，教室里人多了起来，空气好像开始变得稀薄，简幸闷得喘不过气。

下午第四节课是英语，1班的英语老师是宏志班的，简幸听说过她。

她刚进班就说："来了新同学啊。徐正清，座次表贴了没啊，我先来看看。"

徐正清说："贴了，在桌子上。"

"好。"英语老师看着座次表把人名和脸对上号以后，点了简幸的名，"简幸，我知道你，3班以前的英语课代表对不对？听说英语很厉害啊。"

简幸笑了笑。

余光里，旁边的蓝月看了她一眼。

简幸装作没察觉，也收回了看英语老师的目光。

"继续保持啊。"英语老师没再多说，"好了，小宝贝们，下面翻开英语课本吧。"

在一片"哗啦啦"的翻书声中，简幸抬头看了眼讲台上的讲桌，捕捉到了桌子上贴的座次表。

四十五分钟很快过去，下课铃敲响的瞬间英语老师就合上了书，好像一秒也不愿意多待。

陈博予喊："老师，你又去约会啊？"

英语老师很娇俏地回答："你管得着吗？"

然后哼着歌走了。

班里其他人笑完也结伴出去吃饭，林佳站在讲台上喊简幸，喊完顺势看向讲桌上的座次表。简幸立刻合上书走过去。

她走得很快，甚至有点儿急切。

等到了讲台上，她的步伐又慢了下去。

她停在林佳身边，态度表现得像凑热闹一般随意。

可认真的目光却出卖了她的内心。


座次表白纸黑字，条条框框也画得清晰笔直，每个人的名字都写得规整，字里行间透露着少年独有的自信和笃定。

大概是为了照顾老师的视角，表格和实际座位呈镜像。她先看了眼正数第三排的那一格。

比第一次他写在黑板上的字要工整一些。

然后又看向八点钟的方向。

两个字，简幸。

乍一看，幸和清的右半部分有点儿像。

她很清楚，这也许是她一个人眼里的像。

很主观的像。

可她仍旧为之欢悦、窃喜，心中长出太阳。

— 26 —

二月底，大地回春，气温依然很低，但是每天都有太阳。

体育课自由活动后，林佳拉着简幸在一旁看男生打球。球员分两队，一队是他们班的，另一队是高二的，是秦嘉铭班的。

简幸也是课前在操场上碰到秦嘉铭才知道他们的体育课在同一节。

大概是因为秦嘉铭和徐正清关系近，两个班经常在一起打球，这会儿也是，不仅打，还特意把秦嘉铭和徐正清推为各自班的前锋。

徐正清平时做事的风格一般都是"恰到好处"，打球也是。即便他是前锋，他也没有冲得很猛。

这让观球的人觉得很舒服，偶尔还有人拿手机拍照、录视频，光明正大地传阅并点评。

人群熙攘之中，简幸的表情冷淡得好像对这场球赛毫无兴趣。

如果她的眼睛也同样冷漠的话。

只可惜，太阳很大，照得她的脸很红。

这些，分明是她偷偷喜欢一个人的证明。

"简幸，"旁边的林佳偷偷凑上来，"我问你个事啊。"

简幸眨了眨眼睛，微微把耳朵送到林佳嘴边说："你问。"

林佳说着，凑得更近了，她的眼睛盯着篮球架的方向，小声说："刚刚跟你说话的那个，你和他很熟吗？"

简幸一怔，扭头看林佳。

林佳反问："看我干吗？"

简幸没说话。

两三秒后，林佳破罐子破摔地承认道："行行行，我看上他了！想了解他一下，行不行？！"

"他……"简幸看着林佳眼里的光，犹豫了。

"他怎么了？"林佳只停顿了两秒，主动说，"他有喜欢的人了？"

简幸默默点了下头。

本以为林佳会难过，谁知道她下一秒来了句："有就有呗，这个年龄谁还没个喜欢的人，没事，我不在乎，是单身就行。"

"他确实单身。"简幸又扭回头看向球场。

男生们纷纷脱了校服外套和棉外套，大多都只穿了件卫衣，起落之间人人都是意气风发的。

"那他叫什么名字啊？"林佳说，"其实之前我就见过他，他老跟徐正清一起，不过没什么机会认识他，没想到你跟他认识嘿！"

简幸笑笑说："他叫秦嘉铭，高二。"

"那你们怎么认识的啊？"林佳又问。

简幸想到和秦嘉铭的初相识，没忍住，笑了笑说："我朋友过生日，在大排档吃饭，他好像跟朋友玩游戏输了，过来找我朋友要手机号。"

"然后呢？"林佳说，"笑点在哪儿？"

简幸笑得更明显了："然后他就说了两句誓词，结果打雷了。我朋友让他赶紧住嘴，别瞎发誓。"

"哈哈哈，"林佳乐了半天，才忽然问了一句，"那他喜欢的是你朋友啊？"

简幸没想到她这么敏感，但也如实点头。

"唉，那看来你朋友长得很好看咯。"

简幸好奇她是怎么得出这结论的，疑惑地看她。

"只有好看的人才敢那么嚣张啊，"林佳说，"我平时那么虎，如果大晚上碰到一个男的来要手机号，身边还有一群起哄的，我只敢尿着。"

简幸说："她确实很好看。"

林佳捂胸口："啊，心好痛。"

简幸笑着看她演，过一会儿又说："不过秦嘉铭以前不这样。"

"哪样？"林佳问。

简幸微微眯起眼睛看秦嘉铭，说："我第一次见他的时候，他看着很像好学生，他现在成绩也不错。后来他跟我朋友告白，我朋友说他是个小屁孩儿，一起玩的也都是小屁孩儿，跟她不是一个世界的人。"

"啊……"林佳表情有点儿复杂，"那秦嘉铭是因为那女的……对不起，因为你朋友才这样……堕落了？"

"谈不上堕落。"


球场上，秦嘉铭失了一个球，有些不高兴地隔空点了点陈博予。陈博予一边做鬼脸，一边把徐正清推在自己前面挡着。秦嘉铭非常看不上地撞了徐正清一下，没多久，徐正清盖了一个三分球。

盖完，他笑着单手挡在身前，十分绅士且欠揍地朝秦嘉铭行了一个鞠躬礼，惹得周围看球的女生尖叫起哄。

简幸看着那些明目张胆地为他摇旗呐喊的人，神情淡淡。

她说："他可能只是想去她的世界里看看。"

或许，他还想成为她会喜欢的人。

只是他不懂，陈烟白要的喜欢，是不需要牺牲的。

"还挺深情，我更喜欢他了。"林佳站起来，"我去给他送水。"

林佳的身影义无反顾，直奔秦嘉铭，哪怕被人起哄她也毫不在意，甚至还大大方方地和秦嘉铭说话。

阳光下，简幸看到她微红的耳朵，和背在身后偷偷绞在一起的手指。

不知为何，这画面简幸看着都高兴。

她看着，微微坐直了身体，两手比了个框，把他们圈在了一起。


下课前，老师喊集合，简幸从座席上下去，路过球场的时候，秦嘉铭喊了她一声："简幸。"

这一嗓门儿引起不少人关注。

男生看过来的眼神大多意味深长，女生则是不言而喻的窥探更多一些。

简幸波澜不惊地走过去，问秦嘉铭什么事。

秦嘉铭很随意地回了句："没什么事啊，跟你打声招呼呗。"

简幸觉得他有病，转身要走。秦嘉铭笑着伸手拦了她一下，说："说点儿正经的，你要不要什么试卷？"

"什么？"简幸问。

"试卷，不是学校发的，是我一个朋友从外地弄回来的，"秦嘉铭说，"回头给你送一套？"

简幸说："好。"

秦嘉铭点点头，想起什么又说："回头我给你放在和中书店，就我们学校那个，你直接去拿。我怕咱俩时间撞不上，我们最近的晚自习有点儿延长了。"

简幸说："好。"


简幸走后，秦嘉铭靠在一旁盯了她的身影好一会儿，才拿起外套去别处打电话。

陈烟白接得很快，就是信号不太好，说话断断续续的。

秦嘉铭问："你这是什么情况？"

陈烟白烦得要死："别多废话了，快说。"

秦嘉铭说："我看着没啥不对劲儿的。"

"脸色呢？"陈烟白问。

"白的啊，"秦嘉铭说，"这我也看不出来啊。你站在我面前，我倒是能看出你轻重胖瘦。"

陈烟白直接骂了一声："滚。"

秦嘉铭笑着说："你是不是太敏感了啊？"

"你就是一个废物，"陈烟白说，"不跟你废话了，挂了，这破信号烦死我了。"

秦嘉铭挂了电话以后还在疑惑，什么地方的信号能差成这样。


下午，简幸和林佳一起去吃饭，路过爱七七的时候，林佳往里看了一眼："秦嘉铭在里面吗？走，我请你喝奶茶。"

简幸："我不喝了，腻。"

"哎呀，那你陪我进去看看。"林佳拉着简幸就往里走。

秦嘉铭没在，但是徐正清在，而且还在吧台里面。林佳看到他，瞪着眼睛问："啥意思？副业啊？"

徐正清说："是啊，你喝点儿什么啊？"

林佳表现得十分大方："你们店卖得最好的那一个！"

"好嘞！"徐正清笑着看向简幸，"你呢？"

简幸舌头一僵，说了句："原味的就行。"

林佳脱口一句："你不是不喝吗？怎么了？不敢违逆班长啊？"

简幸身子一僵。

徐正清看向简幸："是吗？"

"不是。"简幸飞快地否认。

她非常怕徐正清问一句"那为什么"，心乱如麻地想着她要答什么。

结果，徐正清只笑着说了句："我也觉得不是。"

一句话，搅得简幸好像快要神志不清了。

可能喜欢的本质就是不清醒。

因为不清醒，才总是好遗憾。


"简幸，你看这个，"林佳指着一个便利贴，"什么意思啊？什么叫'不清醒，好遗憾'？"

简幸说："不知道，可能是没有留下特别完美的印象吧。"

"清醒时才算完美吗？"林佳说，"朦胧也有朦胧的美吧。"

简幸说："也是。"

"唉，其实，能遇到喜欢的人，已经非常可喜可贺了，"林佳扭头看向简幸，"以前我以为自己不会喜欢别人呢，身边人总是喜欢这个喜欢那个，我就谁也不喜欢。不是，我喜欢我自己。"

简幸笑笑说："我也喜欢你。"

林佳故作惊讶："哇哦，我居然得到冰山学霸的心了！"

"嗯？"简幸问，"什么冰山学霸？"

"他们私下喊的啊。"林佳说，"在3班的时候，他们就老背地里喊你'冰山学霸'，你看着特别冷漠，且难以接近。"

简幸笑笑："是吗。"

说着，徐正清送来两杯奶茶。简幸接过，下意识站姿僵硬地跟徐正清说："谢谢。"

"没事。"徐正清随口说着，站在一旁抬头看便利贴。

他个子很高，稍微抬头就能看到最顶头。角落里有几张便利贴因为时间久，掉了下来，他捡起来重新贴了上去。

林佳调侃他："欸，班长，这其实是你的表白墙对不对？"

徐正清看都不看她："不要忽略这些赤诚远大的梦想行吗？"

林佳点头："是是是，我肤浅了。"

话音刚落，头顶又掉了一张便利贴，恰好落在徐正清头上。林佳笑了半天，说了句："这张要也是对你的表白，你就跟人家在一起得了，什么缘分。"

徐正清把便利贴从头上拿下来，看了一眼，林佳凑上去念："暑气终于走了，校园广场上的风还是一场接一场，经久不息……"

简幸的大脑一片空白。

后面的，林佳没念，因为徐正清抬手又将它贴到了最高处。他说了句："不好意思，让你失望了。"

林佳吐槽："又没写名字，说不定呢。是不是，简幸？"

简幸没能张开嘴回答。

回去的路上，林佳喝着奶茶，慢悠悠道："还挺好喝，是不是？"

简幸说："是。"

— 27 —

晚自习的时候，语文老师因为一篇阅读理解，和大家聊了不少文学作品。下半节课的时候她放了一部电影，是改编自沈从文同名作品的《边城》。

电影中，女主角周旋在哥哥和弟弟的感情中犹豫不决。同桌郭福临小声说了一句："这不就是'绿茶'吗？"

戴余年"哟"了一声："哟，你还知道'绿茶'呢。"

郭福临一扶眼镜说："我还知道'白莲'呢。"

这话引得周围不少人笑。

陈博予嘴欠，很爱逗蓝月，闻声说："那 blue moon 肯定是汉子。"

蓝月气得扭过去半个身子跟陈博予隔空打架。徐正清被他们俩夹在中间闹得烦，直接起身道："咱俩换个位置，你俩专心致志地打。"

有人起哄，蓝月红着脸说："我不！"

陈博予说："我跟你换。"

徐正清冷笑："你想得美，你坐我这儿，周边人还看不看了？"

陈博予说："我小声点儿。"

徐正清微微正色道："别闹了，后面剧情挺严肃的，你俩这样影响别人。"

徐正清平时没有官威，但大概是他自带气场的原因，脸稍微板一点儿，大家就会收敛闹意。

陈博予闻声终于不闹了，蓝月也不再频频扭头，徐正清继续坐在自己的位子上。

简幸听了他们全程的对话，她是个局外人，心情却随着他们的每一句话跌宕起伏。

徐正清要和蓝月换座位。

徐正清要坐蓝月的位置。

徐正清会离她只有一个过道的距离。

她余光里的他可以变得更清晰。

徐正清没动。

他与她的距离，依旧是两点之间最长的斜线。

耳边终于安静了。

电影也放到高潮了，雷鸣电闪之间大雨倾盆而下，水从天上来，吞噬了山。

屏幕瞬间黑了，教室里也陷入了黑暗。

简幸看着翠翠在大雨里徘徊，最后绝望，她在黑暗里大喊爷爷，整个教室瞬间环绕着她的悲鸣。

耳边已经有人在哭了，蓝月也在哭，蓝月的同桌向后转，问徐正清要纸，徐正清起身和陈博予换了位置。

纸是陈博予给的。

余光里已经没了徐正清的身影，简幸怔怔地看着荧屏，几秒后从座位上站了起来。

她是从后门走的，路过徐正清的时候，好像看到徐正清看了她一眼，但她没有与他对视。

如果说前段时间简幸的心是被山压得喘不过气，那这会儿她的心就好像是被水淹没了一样。

山给的痛苦沉重，水给的窒息漫长。

简幸坐在空无一人的操场，想到了那天在人来人往里哭的许璐。

她想了很久，最终也只是轻轻抬起头，看向了月亮。

月亮旁边有星星，每一颗都很亮，每一颗又都不太亮。

她看着，身子后仰，双手撑在了地上。

掌心有一点点被硌到的疼，但她没有拿开，她在漫长细碎的痛苦与挣扎的夹缝中，想到了徐正清。

有些人每天可以与他对话、对视，触碰无数次；而她能够和他吹同一场晚风，看同一个月亮，就足以让她欢喜很久。


放学铃敲响的时候电影还没有放完，大家不约而同都没动，选择继续安静地看。

回到教室的简幸在一片安静沉默里离开了教室，刚要关上后门，门忽然从里面传来反作用力。简幸一怔，松了手。

门被打开，月光在他身上镀了一层薄薄的轮廓。他没完全打开门，身后依然是黑暗的教室，眼睛里却亮亮的。

像收藏了很多星星。

简幸怔怔地看着他，好一会儿才有些结巴地问："有、有事吗？"

"秦嘉铭说找你有事，刚刚给我发的短信，我本来想当时告诉你，却发现你没在，之后就忘了，不好意思啊。"徐正清说。

"没事，"简幸点点头说，"我知道了，谢谢。"

"你要走了？电影不继续看了？"徐正清大概是随口问的。

简幸想到刚刚的剧情，心里堵得快要说不出话。她声音很小，甚至有点儿气音地说："不了，我要回家了。"

"行，路上小心。"

门关上，光照不进教室。

走廊里全是光，简幸的眼睛里却一片黯淡。


不知道为什么，明明只有他们班因为看电影没准时下课，简幸却觉得路上人好少。她一路下了楼，离开教学楼走去主干道。

人渐渐多起来，淹没了简幸。

她走到校门口，直奔爱七七的店，却不承想刚出学校门口两步，忽然被人从后面抱住了。

简幸吓了一跳，等反应过来又觉得不可能。她茫然地回头，看到陈烟白的脸，愣了好久。

"怎么啦？"陈烟白身上穿着不知道从哪儿弄来的校服，头上还戴了顶棒球帽，头发披散着，乍一看，有几分高中学生的样子。

简幸还在震惊中，好一会儿才颤着声音问："你怎么回来了？"

"来看看你呗，"陈烟白双手插兜，"我来这破县城还能是看谁啊。"

简幸说："不是，你怎么现在回来了？你放假了吗？"

"没，请假回来的。"陈烟白说，"今天周五啊，明天就是周末，没事。"

简幸不说话了。

陈烟白比简幸高，她微微弯腰，打趣道："来，让我看看小学霸长高没。"

简幸扯了扯唇角，笑道："揠苗助长吗？"

陈烟白"啧"了一声，用脚尖踢简幸的脚尖，说："不想笑就别笑了，看得我眼疼。"

简幸"哦"了一声。

确实不再笑了。

陈烟白扭头看了眼往外走的人流："进去逛逛？"

简幸说："你又不是没来过。"

陈烟白："上次逛的是你即将考上的和中，这次逛的是你已经考上的和中，不一样好吧，学霸怎么连这点儿区别都不懂。"

简幸："小心保安把你拦下来。"

"不可能，我这么美，谁敢拦。"

俩人说着，逆着人群走进了学校。


晚上校园内人不多，陈烟白走去了凉亭，看着状元湖笑着说："哎，跟你说个事，之前我跟秦嘉铭来这儿，走之前丝巾被吹河里了，我气得要死，要秦嘉铭给我捡，结果保安以为他要跳河，笑死我了。"

简幸没笑。

没一会儿，陈烟白又说："你们学校有好多野猫啊，上次还追着秦嘉铭要他手里的烤肠。秦嘉铭给了一半，那猫扭头走了，没一会儿带了一群猫过来！秦嘉铭那天的零花钱全折在猫上了。"

简幸还是没笑。

陈烟白扭头看着简幸，沉默了好一会儿才问："初六那天为什么没来？"

简幸扭头看她，看着风把陈烟白的头发掀起又放下，淡淡地说："姥姥走了。"

陈烟白瞬间收了所有表情。

简幸与她对视几秒，扭开了头。

状元湖里映着一轮月亮，看着和天上的无异，甚至离人更近。

风吹得月影晃动，简幸继续说："初三晚上走的，初四凌晨埋的。"

陈烟白伸手握住了简幸的手，握了一手凉。她不放心地摸简幸的额头，简幸说："我没发烧。我妈倒是发烧了好几天。"

陈烟白没说话，只是手上默默加大了力度。

简幸低头看着陈烟白涂了大红色指甲油的手，她的手很白，在夜里显得尤为吸睛。

简幸看了好久才反手与她相握。

陈烟白这时才说："那你怎么了？"

"什么我怎么了？"简幸嗓子有点儿哑。

陈烟白说："我以为那天，你忽然喊我的名字，是向我求救的。"

悄无声息的，起风了。

简幸在一片细碎的簌簌声中说："今天是正月十三，陈烟白，我已经十天没睡好觉了。

"要么睡不着，要么梦里全是她。

"陈烟白，我会死吗？"

"你不会，"陈烟白用力握住简幸的手，蹲到简幸面前，仰头看着简幸，"你只是生病了，我们去看医生。"

"睡不着也算病吗？"简幸问。

"算啊，失眠嘛，大家都有过失眠的情况啊。"陈烟白说。

"你呢？"

陈烟白知道简幸问的不是她有没有过失眠的情况，而是她家人去世的时候她有没有过这种情况。

她很认真地想了下，说："其实没有。但是我因为失恋失眠过。"

"因为那个人吗？"简幸知道陈烟白之前谈过一个男朋友，后来那人消失了，听说去广东打工了。

他走之前没有跟陈烟白说一句话。

陈烟白点头："对，就是他。"

"为什么啊？"简幸问的是原因。

"不知道，"陈烟白说，"可能是怕忘了他，也可能是怕他忘了我。"

"那我呢？"

"你只是太想她了。"陈烟白站起来，抱住简幸的头，让她靠在自己肚子上。

她的声音从腹腔传到简幸耳边："你舍不得她。"

是吗？

或许吧。


简幸在陈烟白的陪同下回家，陈烟白穿着校服也不敢把简幸送到家门口，只敢在巷子拐角看着她走。

简幸进去以后陈烟白才面无表情地从兜里拿出了手机。她就蹲在角落里，手机屏的光照亮了她的眼睛。

没多久，传来了对话声。

随之而来的还有车轮碾在石板路上的声音。


"别人都在补课，她为什么不能去？"女人的声音很大、很强硬。

"她成绩不是很好吗，哪里需要补。"男人的声音很低。

"成绩好就不需要了吗？总有成绩比她还好的！"女人喊道。

男人说："高中本来就累，周末时间全占了……"

女人立刻扬声打断："谁不累？！谁不累？！你是怕累着她还是怕掏钱？！家里有一分钱是你挣的吗？再说了，她周末要时间干什么？玩吗？！现在玩，以后干什么？以后也玩？她是个学生，她就该好好学习！"

"你别老说这个，她自己知道学。"

"我老说？我不说有用吗？你闺女初中干的那些事情，你全忘了是吧？跟不三不四的人玩，大半夜的出去吃饭，撒谎，这些你全忘了是吧？！我看她就是不学好，指不定还干了什么腌臜事我们不知道！"

"你怎么能这么说你闺女？"

"我不说你说？你倒是放个屁给我听听啊！"

对话停在巷子深处，陈烟白扭头看着他们下车，进屋，声音消失。

好一会儿，门又打开，男人站在了门口，往这边看。

陈烟白收起手机，也跟着站了起来。


屋里，简幸看着桌子上的宣传单问："这是什么？"

简茹说："补习班，暑假的，我现在先给你报名，到时候你去。"

她说完就要走，简幸看着宣传单，在门被打开之前说："我不想去。"

简茹脚步一停。

紧接着，简幸听到简茹问："那你想干什么？你能干什么？你以为你几斤几两？吃我的，喝我的，翅膀还没硬，真以为自己是个东西了是吧？

"必须去！"简茹说完，摔门而去。

屋里重新陷入安静，简幸沉默不语，好一会儿后把宣传单揉成团扔进了垃圾桶。

她打开抽屉，拿出一小盒褪黑素，还有一排安神补脑液。

喝完没多久，门被敲响，吕诚的声音从门外传来："简幸，烧了水，要喝的话记得倒。绿茶瓶里是温的。"

简幸说："好。"

白烟的烟：喝了吗？
白烟的烟：今晚试试。
简幸回：喝了。

系统消息提示她被人邀请进群，简幸看了眼群名——金牌国家运动员二〇〇九届预备役——她笑了笑，点了"通过"。

群消息瞬间弹出。

病恹恹：哇哦！欢迎学霸！！！/玫瑰/

年年有鱼：学霸学霸！

给莴你 de 殇：简幸吗？

大家的网名叫什么的都有，班里的人几乎都在，还有几个之前的，虽然去了文科班，但是并没有退群。

他们的关系看上去都很好。

简幸打了个招呼，就没再在群里说话。

群里也正如林佳所言，垃圾话很多，大家什么话题都聊，从上一届最帅的学长，到隔壁宏志班最好看的学姐。简幸不太关注这些，切回好友列表翻了翻。

列表里，那只兔子是灰色的。

他的签名不知什么时候换成了：一岁一礼，一寸欢喜。

一岁一礼，一寸欢喜。

愿历经漫漫山河，仍觉人间多值得。

为他的十六岁，她其实准备了很多。

但到底是她不够幸运，送不出去。

其实这没什么可失望的，如果一个人连每天开心这种普普通通的愿望都无法实现，那她也没有运气得偿所愿。

她还是，不要打扰他了。

简幸默默退出了好友列表。陈烟白发了不少消息，简幸大致看了看，回了个表情包。

白烟的烟：行了，你睡吧。

白烟的烟：做个好梦。/亲亲/

简幸回了个爱心。


退出 QQ 之前，简幸把自己的签名改成了：

千山万水，日日顺遂。

送给他。

— 28 —


简幸那天去诊所拿药的时候医生问了几个问题：现在几年级，压力大不大，成绩好不好，什么时候考试，打算考哪所学校。医生问完颇有深意地说了句："女孩子在这个年龄段压力大很正常，平时不要想太多，稍微吃点儿辅助药就可以了。"

简幸吃了一个多月药，效果没有太明显，但也许存在心理作用，睡眠确实比以前好了一点儿。

只不过做梦的时间也比以前长了。


四月第一个周一，清明，宜安葬、修坟、祈福、祭祀。

简幸白天和简茹、吕诚一起回老家，这是姥姥走了以后简幸第一次来看她。村庄里的人来来往往，大家都拎着纸钱和黄纸。简幸蹲在小小的坟堆前，心里其实很难接受姥姥就在这里面躺着的事实。

到底是简茹的亲妈，简茹在一旁掉眼泪，恨不得把钱全烧给姥姥。

风把火吹得向一个方向倾斜，灰烬与土搅和在一起，看上去，它们互相接受了彼此。


晚上简幸回学校上晚自习，路上一直在下雨。淙淙彻暮，檐雨如绳，天地都是雾蒙蒙的，并不能完全看清楚身边路过的是谁。

简幸撑着伞，伞檐微微下压遮挡了部分视线。她一路走进学校，没拐进教学楼，而是去了和中书店。

陈烟白留了东西在这里。

清明节，没有人比陈烟白更忙了，她在假期第一天约见简幸，但是那天简茹在家。

陈烟白本来说把东西放在爱七七，结果庞彬也关门回老家了，她只能听取秦嘉铭的建议，把东西放在和中书店。

下午五点，离晚自习还有段时间，大概因为是雨天，店里没有很多人。简幸收了伞放在门口，在门口的垫子上踩了踩才进去。

柜台里没有人，简幸左右看了眼，没看到江别深和其他工作人员的身影，于是便去书架处转转。

简幸还是停留在了国外小说的区域，第三排书架的右手边放着几本《追风筝的人》，她把每一本都拿起来翻了翻，找到了徐正清看过的那一本。

距离他看过已经很久了，首页也增加了很多新的笔迹。

简幸用指腹摸了摸中央那一寸区域，没多久又把书放回了原处。

旁边有一本深色封皮的书，名字叫《月亮与六便士》。简幸忽然想起徐正清用过的那个签名，翻开书，第一页果然写满了那句：满地的六便士，他却抬头看到了月亮。

原来他要看到的是月亮。

简幸捏紧了书脊，良久，抬手把那本《追风筝的人》也拿了下来。

旁边有人低声讨论一个名字，简幸转了一圈才发现这也是一个作者，她的书书名大多都很文艺，写的内容也更偏散文。她随便翻了翻，身后忽然响起江别深的声音：

"大学再看也来得及。"

简幸吓得一抖，听到江别深得逞的笑后，才有些无语地回头看他。

她回头才发现江别深把头发剪了，虽然还是长了点儿，但看上去正经了不少。

他穿着白色的粗线毛衣，抱肩靠在一旁的书架上。坦白说，他这张脸，还是有些赏心悦目的。

"这么胆小，"江别深站直了，转身往柜台走，边走边说，"你那个朋友看上去倒是胆子很大的样子。"

简幸跟着走过去，填了借书表才说："麻烦你了，东西我现在拿走吧。"

江别深点点头说："现在不太建议你拿，有点儿重，你可以放学后过来拿。"

"什么啊？"简幸随口问道。

江别深说："我没看。怎么，要我帮忙看看吗？"

简幸也不知道他哪里来的自来熟，说："不用了，那我放学来拿吧。"

江别深笑了一声，没说什么，只是点了点头。

等简幸走了以后，江别深才扭头看地上的一个手提袋。

袋子的口是开着的，能看到最上面那个包装盒上写着日文的"助眠眼罩"。

他盯着看了几眼以后，面无表情地踢了一脚，袋子瞬间倒了。

"啊哦，不小心倒了。"他脸不红心不跳地弯腰把掉落一地的东西捡起来塞进袋子里，每塞一样都看一眼，发现全是助眠的产品。

这小孩儿丁点儿大，失眠还挺严重。

他把所有东西装好，眼一瞥，看到地上有一张便笺，上面写着：

阴天有风，晴天有星，她在风里拥抱你，她在天上守护你。

人间有我。

晚自习是语文课，老师让大家多在作文上上点儿心，其他人不知道从哪儿买了作文指导书，每个人都在看，简幸趁机掏出了《追风筝的人》。

看到放学简幸才发现，这其实是一本关于友情的书，情感重点放在了背叛与救赎上。

所以那句"为你，千千万万遍"，并不是用来形容爱情的。

简幸悄无声息地看了眼旁边的蓝月，心里默默生出了希望《月亮与六便士》也不是讲述爱情的想法来。

放学后，简幸去书店拿了东西，到家才看到是一些助眠眼罩和耳塞什么的，还有一些喝的什么茶。

便利贴被她红着眼放在了抽屉里。

竹间：你这不会是从哪儿找来的偏方吧？

白烟的烟：这是我们这边特别有名的一个中医秘方，秘方！

竹间：好的，谢谢你。

白烟的烟：不必客气，五一我不回去了，暑假再见吧。

竹间：好。

周三晚自习，简幸去书店还书。

江别深正拿着游戏机打游戏，看到她手里的书，愣了下说："你是每天不用上课还是每天不用睡觉？"

简幸随口说："下课看。"

江别深"哦"了一声，继续低头打游戏，没一会儿又抬头问："你不是过渡班的吗？过渡班下课还让看课外书？"

简幸口吻很敷衍："是啊。"

她脸上没什么表情，但是江别深还是看出了她的不耐烦。他挑了挑眉，放下了游戏机，笑着说："还不让说了，脾气挺大。"

简幸没说话。

江别深扫了一眼简幸眼下的颜色，收了笑，重新低头玩游戏，然后说了句："失眠这种事情还是要重视，有时候可能没表面上那么简单。"

简幸填写表格的动作停顿了一瞬，合上册子的时候，轻轻"嗯"了一声。

四月的雨拖拖拉拉地下了一个多月，五月升温，柳絮到处都是。等柳絮飘尽，这一届的高三就走了。

夏天快来了。

学校门口的倒计时已经数到了六，旁边滚动着一行字：海到无边天作岸，山登绝顶我为峰。

倒计时数到四的时候，学校给整个高三部放了假，学校里瞬间空了一大半人。

体育课上，简幸和林佳坐在一旁的树荫下休息，她看到操场上还拉着祝福横幅，如今只有他们能看到了。

"唉，真好，他们考完就走了，可以回家吹空调了。"

林佳的体质比常人要更怕热一些，六月刚到她就开始穿短袖了，上课的时候小扇子也基本不离手。

简幸把冰的矿泉水拿给她，林佳抱着往脸上贴，没一会儿就贴红了脸。简幸笑着说："你别一直贴着，缓一会儿。"

林佳叹气道："我热得都不想吃饭了。"

"多少还是吃一点儿吧。"简幸说。

林佳想起什么，扭头看简幸，简幸递过去疑惑的眼神，林佳上上下下看了好几眼，说："简幸，你是一到夏天就会瘦还是最近压力太大了？"

"怎么了？"简幸问。

"我发现你好像比冬天瘦了好多啊。"

简幸说："是吗？没有吧，可能是衣服薄了，显得瘦。"

"不是，你真的瘦了好多。"旁边坐着的蓝月忽然说。

简幸一滞，扭头看向蓝月。

蓝月对上她的目光，强调一般地点头："真的真的，你真的瘦了好多。"

林佳说："是吧，我也觉得，感觉脸都小了好多。"

蓝月点头："以前我从我那个方向看她，她的下颌线没现在这么清楚。但是我感觉还是以前好看，现在有点儿太瘦了。"

蓝月说着看向简幸："简幸，你是在减肥吗？"

简幸摇头说："没有，可能是天热了吧。"

蓝月"哦"了几声："那你还是注意一点儿，太瘦了真的不太好。真的，我有个朋友就是一直很瘦，她是学跳舞的，经常跳着跳着就头晕什么的，特别惨。"

林佳问："你说的是辛茉吧？"

"对啊，就这样她还要控制饮食，我真是服了。"蓝月说。

"唉，我这辈子是控制不了饮食了。"林佳趴在腿上说。

简幸摸了摸她的后背，拿纸给她扇风。


没一会儿，体委喊集合，大家纷纷往集合点走。

简幸拽着半死不活的林佳，有点儿好笑。

她一抬眼，旁边的蓝月忽然跑了起来，一边跑一边喊着陈博予的名字。

天气热了以后，大家都不怎么愿意穿校服了，尤其是体育课上，穿便装的更多。

蓝月从简幸身边跑过去的时候，身影一晃而过，简幸在一瞬间停下了脚步。

她记得她第一次见到蓝月的时候，蓝月穿着白色的裙子，少女的身影纤细，落在她眼里有一股说不上来的熟悉感。

后来她再见到蓝月，蓝月便全都是穿着校服了。

直到刚刚，穿着白色蕾丝边上衣的蓝月跑过去时，简幸才忽然想起来，她是见过蓝月的。

在陈烟白朋友那家店的隔壁，两个女生边走边聊，然后拐进了另一家衣服店。

其中一个人，是蓝月。

她说："那在下要不要喊你一声'徐嫂'？"

烈日当头，眼前白影重重，简幸恍惚觉得头有点儿沉，手里的林佳忽然也变得好沉，她一个没稳住，松开林佳蹲了下去。

耳边嗡鸣阵阵，眼前黑得什么也看不到，像脑袋里的神经被什么挤压了一般。

阵痛密密麻麻的，四肢百骸仿佛被抽空了力气。

"简幸？"林佳被吓到了，跟着蹲下身子喊。

她的声音吸引了其他人，大家都围过来关心简幸，气流像一瞬间全都压了过来一般，简幸感觉自己快要呼吸不过来。

她重重喘了口气，想说：麻烦不要全都挤过来……

她不需要这些关心，她会觉得好累。

可她张不开口，也抬不起头。

就在这时，隐约间，简幸听到徐正清的声音。

她听到他说："大家先让一让，让空气流通一下，不要全堵在这儿。"

他总能把一切都处理得恰到好处。

她真的不是无缘无故才喜欢他的。

紧接着，简幸感觉自己被架了起来，在风里，她闻到了很淡的洗涤剂的味道。

耳边，徐正清似乎在唤她的名字，他的声音很低，不像别人那样吼着。

他的声音像风。

简幸渐渐找回了意识，缓缓睁眼，在一片朦胧中，她看到身侧的白衣。

悄无声息地，她攥住了他的 T 恤下摆。

就当，她仍旧不清醒吧。

— 29 —

那天并不是一直都很顺意。

简幸后来坐到了旁边的石阶上，低着头，马尾垂到脸侧遮挡了徐正清的视线。

也为她的心虚和欺骗蒙上了一层遮羞布。

太阳把她的头顶和后颈晒得发烫，她感受到心跳渐渐平稳，才缓缓直起身跟徐正清说谢谢。

只可惜太阳太大，她扭头的时候刚好迎上光，眼睛无法睁开，只能眯着眼。

她没能看清徐正清的脸，徐正清大概也觉得她的表情很丑。

其实在这段只属于她一个人的心动里，简幸很少遗憾什么。因为她知道，这只是年少的一段过往，未来也许某一天，她就能轻描淡写地用两个字——算了——概括掉。

可是这天的阳光，还是成了她这个夏天，遗憾的开端。


六月七日和八日高考，和中因为被用作考点，学校不得不给学生放两天假。

早上九点，简幸坐在家里的书桌前打开了一张语文试卷。十一点半，手机闹铃响起，她收了试卷。

她扭头才发现吕诚和简茹不知道什么时候回来了，简茹就在院子里，不知道在蹲着摆弄什么东西。

简幸看了眼桌子一角的手机，大脑空白了一瞬。

紧跟着，简茹喊了一嗓子："手机响了！去看看怎么回事！"

简幸僵在了椅子上。


等反应过来，她第一时间抓起手机，本想放进兜里，犹豫了一下，又想放进抽屉，抽屉开了一半又觉得不行。

她像一只无头苍蝇，处处碰壁。

慌乱中，简幸起身，不小心碰倒了椅子，屋里"砰"的一声响，仿佛敲在了她的神经上。

她看着倒地的椅子，把手机攥得死死的。

简幸比谁都清楚这屋里并没有什么百分之百安全的地方，但她必须留下这个手机。

不管以什么样的方式。

就在这时，吕诚说话了："没什么，好像是闹铃，已经关了。"

简幸的目光还在倒地的椅子上，她的手用力得几乎麻木，每一寸肌肤都紧绷得发疼，但她又放松不下来。

房门被吕诚敲响："什么倒了？砸到你了吗？"

简幸缓缓地抬起视线，隔着房门，她仿佛看到了吕诚小心翼翼的动作和表情。

这一刻，简幸心底忽然生出了一个大胆的想法。

简茹说得没错，她不是什么乖孩子。

她的离经叛道在骨子里。

院子里的简茹又喊："多大人了，又毛手毛脚地把什么砸了？蠢死算了！"

简幸还是盯着椅子，几秒后，她抬脚把脚放在了椅子下面，然后面无表情地说了句："没事，椅子倒了。"

吕诚忙问："砸到了没啊？"

简幸说："没事，不严重。"

话落，吕诚没再无谓地询问，而是直接推门进来了。

他一眼看到地上的椅子，想也没想地走过去扶椅子，看到简幸的脚，皱眉问："真没事吗？"

他问着，顺势抬头，目光落在简幸手里的手机上，愣住了。

简幸没动，她垂眸，看着吕诚盯着她手里的手机。

没一会儿，吕诚移开了眼睛。

他像什么也没看见一样，扶起了椅子，一边把椅子搬回原处，一边不看简幸一眼地说："下次注意点儿。"

他说完转身就要走。

简幸却倔强地想要一个确定的答案，她想知道吕诚是不是真的要站在她身边，而不是想要靠装不知道，推卸所有的责任。

她不想吕诚像应付简茹那样应付她。

她唤了一声："爸。"

沉默。

沉默了几秒。

"你姥姥让你留着，你就留着吧。"说完，吕诚开门走了。

简幸愣在了原地。

姥姥……什么时候知道她有手机的？

门外，吕诚没立刻拐去厨房继续做饭，而是扭头看了眼堂屋里供奉的菩萨。

白瓷质地，黑眼点红唇，眉眼里尽是慈善。

都说佛可度苍生，只可惜苦怨难平，意也难成。

人间的坎坷哪里是神明能插手的。


高考不过两天，三年匆匆过去，回头的时候，除了一鼻子油墨水味，好像什么也没有。

彻底送走高三学生，高二学生就顺理成章地接过了"毕业生"的头衔，简幸也成了这所学校的老人。

六月下旬，高考分数线公布，文科一本线五百七十三分，理科一本线五百六十二分，北航录取线六百六十分，南航六百四十九分。

而上一次考试，整个过渡班超过六百六十分的，只有不到十个人。简幸排在年级第二十名，六百四十八分。

按理说，是不该拿平时的考试分数和高考分数比的，毕竟他们才上高一。可人人心里都有一杆秤，秤砣的重量与上高几没关系。


"行了，分数线该看的也都看了，各大学校的分数线该出的也都出了，"周奇站在讲台上说，"你们都大了，有些话我不说你们心里也有数——陈博予，笑这么开心？考几分啊？就你这样还想去中南？不如做梦来得实际。"

"哎呀，我不就上次没考好吗？您都快惦记我一学期了。"陈博予反驳。

周奇说："我恨不得惦记你一辈子。"

"也行，让你惦记。"陈博予嬉皮笑脸道。

周奇隔空点了点他以示警告，然后唤了声徐正清的名字："徐正清，稳住啊。"

徐正清"唉"了一声。

之后周奇没再多说，反正高考距离他们还有两年时间，现在谈什么都有点儿为时过早。

但是大家都对彼此的报考目标很感兴趣，林佳的目标一直是南方，她好奇地问简幸："你想学什么专业啊？好像都没听你提过。"

简幸笑了笑，好一会儿才有点不太自然地说："我可能会选汉语言文学专业吧。"

"欸？学理科，选这个？"林佳大惊。

简幸的表情也有点儿无奈："也可能选传媒编导，或者新闻专业。"

"都是文科欸，"林佳问，"那你当初怎么不选学文科啊？"

简幸扒在走廊的护栏上，盯着远方成团的云看，那云特别像医院里的白色被子。

"以前没想好，"简幸说，"最近发现自己对这些很感兴趣。"

"其实也很好啊。"林佳说，"其实仔细看看，你还挺有这一块的气质的，看着神神秘秘的。哎，那你是不是很喜欢看书啊？"

以前没什么机会，后来才……

但是简幸还是点头了："挺喜欢的。"

"那回头我给你要个书单，绝对都是好书推荐。"林佳说。

"谁的啊？"简幸好奇地问。

林佳说："班长的。"

简幸愣了一下："谁？"

"徐正清啊，"林佳说，"他就挺喜欢看书的。徐班是他舅舅，你知道吧？他从小就在和中混着长大的，徐班办公室的书他基本看了一遍，初中时每次阅读小会上，他都能搬出来两本名著，反正听上去都挺高级的。"

简幸想了想刚刚林佳说的那句话，犹豫着问："你是要去找徐正清要吗？"

"怎么可能。"林佳说，"你问他，他自己都答不上来。你别管了，反正我能给你搞来。"

林佳没让简幸管，简幸就真的没管，主要是她也确实不知道该从哪儿管。

过了一个周末，林佳忽然给了简幸一个书单，上面密密麻麻有几十本书，有一部分简幸看到书名有点儿印象。

在和中书店见过。

简幸随口问："这么多，你找谁要的啊？"

"嘿嘿，我以前的一个同学。她姐姐比我们高一届，是学编剧的，上学期艺考前她姐姐找她要了徐正清的书单，你上次说的时候我忽然想起来了。"

简幸："哦，谢谢你啊，林佳。"

"客气，慢慢看啊。"

简幸点头。

或许是因为书单并不是直接从徐正清那儿要的，简幸拿到的时候心理压力没那么大，她频繁跑和中书店的时候也没那么心虚。

七月初，高一的最后一场期末考试如约而至。两天半考完后，暑假正式开始。

陈烟白早半个月就放假了，她在人民路一家饰品店做导购，早晚班倒着来。

简幸偶尔会趁着简茹和吕诚不在家出去陪陈烟白吃饭，然后再悄无声息地回家。

七月中旬，期末成绩下达，大家去学校拿成绩单的同时也领了一堆暑假作业。

林佳全程唉声叹气："服了，不如不放假，我还准备下个月出去玩呢，看来玩也要带着作业了。"

简幸说："没事，白天玩，晚上写。"

林佳趴在桌子上感叹："简幸，你脾气真好啊。"

简幸笑着拍了拍她的后背。

今天来就是拿成绩单和作业，结束以后大家就可以散了。

别人赶着回家，简幸却溜达着去了书店。

她不确定这个时候书店开没开门，就是想过去确认一下。

意料之中，没开。

简幸只能折返回家。

她也不是非要在这里借书不可，只是这里的书可以记随笔，可以……在徐正清的笔迹旁边留下痕迹。

她想不到除了这样，还能怎样和徐正清产生联系。


回到家，简茹和吕诚还没出去。天气热了以后他们就只在傍晚出去了。

简幸先回了自己屋，没多久简茹过来要成绩单，看到以后她还算满意地点头说："那就再玩两天，下周一去补课。我已经给你交过钱了，就在你们学校西门。"

简幸抿了抿唇，坐在桌子前没说话。

简茹问："听到没有？"

简幸还是没说话。

简茹眼看着就要发火，简幸低着头，心想：那就发吧，干脆吵一架，反正又不是没吵过。

可就在她正思考如何反驳时，简茹忽然伸过来一只手，猛地扒开了旁边的窗帘。

在窗帘里面的插口处，一个充电器在那儿插着。

简幸还没反应过来，耳边就是简茹的怒吼："这是什么！你屋里怎么会有充电器？！"

简幸张了张嘴，没立刻解释出来。

简茹没听到回答，扒拉了简幸一下。简幸随着转过身，脸上的冷淡落到简茹眼里成了明晃晃的无视。

"简幸！你怎么回事？！你今年到底是怎么回事？！"简茹喊道。

吕诚被吸引过来，急急忙忙问："怎么了？"

简茹狠狠地把充电器扔到地上："你看这是什么东西！"

吕诚看了充电器一眼，又看了简幸一眼，几秒后说："这是我买的。"

简茹愣了一下："什么？"

吕诚说："你前段时间不是说充电器接触不良嘛，我新买的，上午我在这屋看看是插口的问题还是线的问题，就忘拔了。"

解释得滴水不漏。

除了这个充电器已经被摔毁了。

简茹下不来台，只能铁青着脸骂吕诚："这点儿小事也能忘！一天天的干什么吃的！还花钱买这个，买个万能充不就行了吗？"

夏日炎炎，简幸被简茹吵得耳边嗡嗡直响，有些烦躁地一皱眉，太阳穴直有火气逼上。

就在她抬头准备说点儿什么时，在简茹看不到的地方，吕诚小幅度地朝她摇了摇头。

他已经挨了半辈子骂，早就习惯了，她实在没必要为他出头。

屋里归于宁静，地上还有充电器划过的痕迹，简幸看着那深深浅浅的划痕，默默掏出手机给补习班老师发了一条短信。

这手机号，是她一早就记下的。

—30—

三居室的其中两间和客厅打通了，剩下的一间改成了简易办公室。办公桌更简单，还不如外面学生的课桌宽。

江别深靠在躺椅上，双脚交叠着跷在桌子上。

他脸上盖了一本书，也不知道睡没睡着。

桌子上的手机一直不停地有消息进来，时不时还在"嗡嗡嗡"振动——这是他刚刚随手调的，破手机没法静音，只能这样。

直到门被推开，江别深才一指桌子上的手机，声音从书底下传来："赶紧给我让它消停了。"

易和唐累得往旁边一坐，抬脚踹江别深："是让你来帮忙的，你是准备睡到天黑吗？"

江别深指着手机的手一转，变成手掌伸到易和唐面前："工资。"

易和唐骂："滚。"

手机还在振动，江别深拿开脸上的书，扭头看他："易校长，换个好点儿的手机吧，最起码要有个静音功能吧？"

"从我爸那儿顺的，"易和唐拿起手机看了眼未接来电和未读短信，头疼道，"现在的家长都哪儿学来的毛病，一个补习班老师还要贿赂。"

"这不是给你抬咖吗？"江别深说着，把脚放下去，他的坐姿还是懒洋洋的，像没长骨头一样。

易和唐随手回了几条短信，有通电话打进来，他叹了口气接听，敷衍了事挂断后，随手把手机扔在桌子上了。

手机顺势滑到江别深跟前，他笑着低头扫了一眼，恰好一条最新短信弹出来。

内容有名有姓，来意也言简意赅。

江别深一挑眉，扭头跟易和唐说："校长，有人要退学欸。"

易和唐刚要眯眼假寐，听到这话，"嗯？"了一声，精神了："谁？"

江别深说："简幸。"

"你怎么知道？"易和唐说着，起身拿手机。

江别深说："短信上说的。"

易和唐打开手机看了看："哦，她啊。"

易和唐这个补习班因为宣传噱头打得足，来的学生数量没有两百也有一百八，他能记住简幸，着实有些让江别深意外。

江别深随口问："怎么？"

"这是我去二中宣传时收的，家长在学校门口卖小吃，只看了二中的分校，和中这边来都没来就给孩子报名了。我随口问了句孩子上次的考试成绩，你猜多少？"易和唐问。

江别深说："六百四十八分。"

易和唐惊了："你是猜的还是算的？"

江别深笑得一脸高深莫测。

易和唐知道他是在故弄玄虚，翻了个白眼没理，继续说："我心想这成绩还来补什么课啊，直接应聘老师得了。不过送上门的钱也没有不要的道理。这种学生不怕带坏了砸招牌，回头考个状元，我还能出去打广告，怎么算怎么划算。"

"是，结果没想到学霸本人不乐意。"江别深说。

"不乐意就不乐意吧，"易和唐说，"我也怕供不了这尊大佛。"

"这就签字同意了？"江别深问。

"不然呢？"

江别深说："钱不是家长给的吗？"

易和唐懂了，说："哦，你是怕她偷拿学费出去玩啊？不至于，都高中生了，还是个妹妹，成绩又那么好。"

江别深扯唇笑笑："随你。"

易和唐拿着手机犹豫了下，又改口道："还是让人下午过来聊聊吧，万一出了事，我也得负责啊。"

"嗯，很有觉悟。"江别深说着，作势起身。

易和唐问："走啊？"

"不然呢，真准备让我留下来给你打工啊？"

"不行吗？你好歹也是名校的，我这广告重点打的就是名校好吗，你这多符合标准啊。"易和唐说，"还是家族企业，回头指不定还能帮忙在医院给你介绍个工作。"

"肄业也算吗？"江别深自嘲。

易和唐脸上的笑收了些许，说："你这一年休完了吧？什么时候回去啊？"

"不知道，看老头儿什么时候发话吧，"江别深说，"估计九月就要回去了。"

"行吧，那你就再歇俩月吧，我不耽误你这最后的假期了，"易和唐说，"下次见面就得喊'江硕士'了吧？"

"你喊我'爸爸'也行。"

"滚。"

江别深笑着，路过易和唐的时候拍了拍他的肩："走了。"

易和唐随口问："下午没事来玩啊。"

江别深扫了眼他的手机说："你都说最后两个月了，我不得好好珍惜和知识的海洋相处的时光？"

又在满嘴胡扯。

易和唐一摆手，让他赶紧滚。


简幸知道这个补习班自己怎么都要去一次，毕竟要把学费拿回来。

下午四点刚过，简茹和吕诚出门了。简幸出门前给陈烟白发了条短信问她上班没，陈烟白说这两天休息，回老家处理点儿事。简幸没多问什么事，一个人去了补习班。

只是她没想到会在这儿碰到许璐。

许璐身边还站着一个男人，身形佝偻，穿得不算干净，手里捏着一个塑料袋，里面放着钱。

简幸只是看了一眼便收回了目光，她猜想许璐大概不想见到她，本想先出去，却不想被正在收钱的老师看到了。

这老师应该以为她是来报名的，生怕跑了生意，忙不迭地开口喊："哎，那位同学！"

许璐和男人顺势扭头，简幸一顿，抬眼对上了许璐的目光。

许璐的表情僵得很明显，几乎没多久就憋红了眼睛。

简幸在心里叹了口气，先一步躲开了许璐的目光。她朝老师笑笑说："我来找一下负责人。"

老师疑惑地问："你是？"

"简幸，"简幸说，"上午发过短信了。"

"哦哦，那你上楼上去吧，四楼，里面有个小房间，那是办公室。"

简幸说："好。"

她没和许璐说话，绕过许璐上了旁边的居民楼。

楼梯很窄，扶手上灰也很多，应该不是什么居民楼，估计全是用来租给学生或者短期居住的人的。

四楼的门是开着的，进去后觉得很空。因为房间打通了，所以显得回音很重，每走一步，声音都很明显。

这声音像简幸偷偷隐藏的紧张心情的外在显化。

她知道今天只是一个开始，真正让她紧张的在后面的每一天。

可她已经阻止不了自己了。

几步走到办公室门前，简幸轻轻吸了口气，抬手敲门。

里面传来："谁？"

简幸说："是我，简幸。"

"哦哦哦。"门很快打开，一个很年轻的男生走了出来，他看上去只有二十多岁，应该是刚毕业不久的大学生，他看了眼简幸，"先进来吧。"

简幸点点头。

"我是负责人，易和唐，"易和唐说，"宣传单上写着。"

简幸点头。

手机号就是她从宣传单上记的。

"你要退课？"易和唐说，"家长知道吗？"

简幸点头："手机是他们的。"

这话一说，易和唐没再多问什么，只是安排人把钱退给简幸。

简幸拿了钱下楼，没想到许璐还没走。

她身边那个帮她交钱的人倒是走了。

简幸看了她一眼，停下了脚步。

许璐与她对视了好几秒，才咬着唇上前："你也要在这儿补课？"

简幸摇头。

许璐像是放下了心，没再多说什么，转身走了。

简幸看着她的背影，有那么一瞬间，像看到了去年的自己。

那个晚上，她因为一本书在学校门口遇到了简茹和吕诚。

然后他们装成了陌生人。

好像她连体面，都是偷来的。

简幸出来时没打伞，以为落日没有那么强烈，却不承想走两步还是热了一身汗。

她的睡眠质量依旧不行，阳光暴晒不久眼前就隐隐有发黑的征兆，脑中某些神经也突突地疼。

她清楚自己的身体状况，于是从西门进了校园。

和中在假期也是开放的，只是来往需要给保安查看学生证。

简幸本来只想去凉亭转转，路过书店的时候看到门是开着的，愣了一下。

等确定门是开着的，简幸才毫不犹豫地进去。

假期里，尽管学校开放，书店也没什么人。

简幸进去只看到了柜台前半躺着的江别深，他耳朵里插着耳机，应该在看电视。

看到有人进来，他就淡淡看了一眼，又继续看电视。

都不疑惑为什么这个时候还有人吗？

简幸心里奇怪，表面上却什么也没说，径直去了旁边的书架附近。

简幸按照记忆里的书单找了一本书，是日本的悬疑推理小说，封面是极简的黑色，书名里的"X"被标红，像两把交错的刀。

翻开第一页，这是简幸看过这么多本书中，唯一一本首页写满了作者名字的书。

有中文，有日文。

这一瞬间，吸引简幸的已经不再是这本书与徐正清的关系了，而是这本书本身。

书店里没什么正经坐的地方，简幸最开始还是站着，后来累了就靠在书架上，再后来就默默蹲在了地上。

剧情是一点点铺开的，简幸也随之一点点进入状态，直至完全沉浸其中。

看到其中一句"对于崇高的东西，能够沾到边已足够幸福"时，简幸恍惚了一下。

有那么一瞬间，她觉得在主角身上看到了自己的影子。

而当她看到"如果你过得不幸福，我所做的一切才是徒劳"时，她才明白，不是她和主角像，是暗恋都如此。

如此小心翼翼，又费尽心机。

这些行为无关成人与否，因为心动是纯粹不能控制的。

她想到徐正清，想到林佳跟她聊天时问她："简幸，你愿意等一个不喜欢你的人吗？"

她愿意的。

她不怕等。

因为等的人是他。

所以连等的过程和时间都变得珍贵。

"我可以是你一辈子一往情深的'忠臣'。"

简幸在书的尾记后写下这一句，然后轻轻合上，把书放回了原处。

柜台前，江别深已经昏昏欲睡，耳朵里的耳机也掉了一只。一片安静里，简幸能听到歌声唱着：

> 我怀里所有温暖的空气，
> 变成风也不敢和你相遇。
> 我的心事，蒸发成云，
> 再下成雨却舍不得淋湿你。

简幸愣了愣。

这时江别深的睡姿晃了一下，他猛地清醒，睁开眼看到简幸，迷迷糊糊地揉了揉眼睛："看完了？"

简幸迟钝地"嗯"了一声。

两只耳机都掉了。

歌还在唱：

感谢我不可以住进你的眼睛，
所以才能拥抱你的背影。


"哦，困死我了。"江别深坐直了身子，耳机"啪嗒"掉在地上。他拿起手机关了音乐，起身扭转脖子的时候发出了"咔咔"的声音。

他扭完，看到简幸还在柜台前没动，不解地问："怎么？有事？"

简幸犹豫了一下，问："你刚刚放的那首歌，叫什么啊？"

江别深还在迷糊，拿起手机看了一眼。

不知道是不是简幸的错觉，江别深好像愣了一下，脸上的轻松慵懒也退去了几分。

但是很快他又用那张无所谓的表情说："哦，林宥嘉的《背影》。"

简幸小声"哦"了一声，欲盖弥彰地补一句："挺好听的。"

江别深没说话，只是嘴角挂着简幸看不懂的笑。

太晚了，虽然简茹和吕诚还没回家，但她也不能再耽误了。

走之前，简幸想起什么，回头问："那个……你这个店每天都开门吗？"

江别深伸了个懒腰说："开啊。"

"几点啊？"简幸问。

简幸看到他顿了一下，眉头很细微地皱了一下，几秒后才说："跟平时差不多。"

简幸"哦"了一声，这才转身出门。

她走后没多久，江别深盯着关上的玻璃门好一会儿，才轻轻"啧"了一声，嘀咕道："没礼貌，'再见'也不说一声。"

他嘀咕完没忍住又活动了一下筋骨，躺了一整个下午，老腰都快断掉了。

他转身准备走出柜台，被耳机线绊了一下，低头收耳机线的时候，想到刚刚那首歌，眼睛暗了暗。

— 31 —

简幸还没睁开眼就听到有人推开了门。

"别睡了，几点了，今天要去补课你忘了？"简茹一把把窗帘拉开，屋里乍然全亮。

几乎是一瞬间，简幸的太阳穴开始跳，她忍了忍，从床上坐起来说："知道了。"

吃饭的时候，简茹说："放学以后到家打个电话。"

简幸说："知道了。"

简茹看她那没什么表情的样子就来气："别一天天丧着脸！让你补课也是为你好！这么热的天，你不补课能去哪儿？还能出去玩吗？现在去哪儿玩不要钱？"

简幸快速吃完饭，起身打断简茹的话："我知道，走了。"

简茹把筷子一摔，正要发怒，吕诚适时开口："行了。"

简茹果断转移对象："行什么行！我看她又要作妖！也不知道一天天哪儿学来的毛病，一肚子坏水！"

吕诚也听不下去了，端着碗起身去了厨房。

简茹破口大骂："父女俩一个样！要造反了是不是？！"

厨房里，简幸把自己的碗刷了，看到吕诚进来，伸手要接他的碗。吕诚躲了一下说："我自己来就行，你收拾收拾走吧。"

简幸看着吕诚，本来想告诉他她没去补课的事情，又担心之后简茹会说他包庇，干脆全瞒了下来。

"那我走了？"

吕诚点点头说："路上慢点儿。"

虽然之前问过江别深书店开门的时间，但具体是几点她也不确定，毕竟前几天她每天只有下午才去书店待一会儿。

今天出来得很早，不到早上九点，太阳正毒，走两步脸都晒红了。

简幸为了躲太阳，没走人民路，她从大戏院转去了镜湖路，又从商城的南门进去，一路抄了小道去复兴路。

这个点从学校穿过的人很多，应该都是去补课的，简幸在路上还碰到了几个初中同学。

"太巧了，你也去补课？不会吧？给我们留点儿活路啊。"

简幸笑笑说："不是。"

"那就行，吓我一跳。"这人又随口说，"我听说你和许璐一个班啊？"

简幸有点疑惑她是怎么知道的，但还是如实说："现在分开了。"

"哦哦哦，我有个同学跟许璐是初中同学，说是有一次在路上碰到她了，许璐拽着她炫耀了半天跟你是同桌。"

她说着，旁边一个女生凑上来："嘿嘿，就是我。"

简幸点点头，露了个笑容，算是打招呼。

"哎？简幸，你跟许璐关系怎么样啊？"许璐的初中同学问。

简幸有点不知道该怎么形容。

她只是稍稍顿了一下，却不想对方立刻了然道："知道了知道了，她就那样，跟谁都长久不了。初中时仗着自己成绩好，不理这个不理那个，无语得很，搞得跟别人不知道她初中上过四年一样。"

这事简幸真的不知道，她问："许璐是复读生吗？"

"不是，她初中前两年是在老家上的，初二转来时基础不好，重新上的初二。"

简幸本来想说不知道这个事情，却在恍惚间想到一个事情。

那是很早了，许璐考试前紧张，她当时随口说了一句"你的基础不是很好吗"，许璐那会儿的表情不太好。她当时以为许璐是紧张，现在看来，应该是这句话让她不舒服了。

简幸垂下眼帘，没接什么话。

分开以后，简幸去了书店。

让简幸有些意外的是，这么早，书店居然是开着的。

江别深也没前两天看上去那么颓，反而很精神的样子，正蹲在门口逗猫。

简幸走上前，他抬头看了一眼，没问"为什么这么早"，而是闲聊一般问："吃饭了吗？"

"吃了。"简幸礼貌地回问，"你呢？"

江别深说："吃了夜宵。"

简幸有点惊讶："你没睡吗？"

江别深说："这才几点？无业游民过的都是美国时间。"

怪不得他早上看上去比下午还精神。

简幸"哦"了一声。

"啧。"江别深看了她一眼。

简幸回看他，用表情问：怎么了？

江别深站起来，伸了个懒腰，前不着村后不着店地说了句："算了，就当我做慈善好了。"

简幸隐隐觉得他在影射什么，但是不太明白具体是什么。

江别深也无意再说，转身出去了。

出去之前他还说了一句："帮忙看好店啊。"

简幸又干巴巴地"哦"了一声。

简幸现在在书店已经不全是在看书了，之前秦嘉铭在这儿放了一套试题，她就直接在书店里做题了。

江别深没多久就回来了，还带了两瓶水。

他走过来放在桌子上一瓶，没等简幸说什么就转身去了柜台。

简幸看了他一眼，没说什么，但是也没喝水。


中午简幸回去吃饭，简茹没给什么好脸色。简幸头疼，也没主动说什么。

吃了饭，吕诚让她回屋睡觉，简幸躺在床上翻来覆去，最后在下午出门前从姥姥屋拿了手机。

她到书店的时候江别深在躺着睡觉，看上去睡得很沉。

一直到下午三四点，他才迷迷糊糊地睁开眼。

他一睁眼就往洗手间走，出来以后直接坐到了简幸对面。

简幸正在琢磨一道物理题，闻声看了他一眼。

江别深皱着眉喝水，表情看上去很痛苦。

简幸没忍住问了一句："你怎么了？"

"困。"他的声音还哑着。

简幸犹豫了下，问："你没有下班时间吗？"

江别深看她一眼："自家店，要什么上下班时间？"

简幸一直以为他是不正经上学来这儿打工的，没想到竟是个"太子"。

她"哦"了一声，重新把注意力放到题上。

没一会儿，江别深忽然问了一句："不会？"

简幸没当回事，淡淡应付了一句。

谁知道江别深说："什么题，我看看。"

简幸抬起了头。

江别深又喝了一口水，鼓了鼓腮，眼神示意简幸把试卷转过来。

简幸无动于衷。

江别深咽了水，瞪了瞪眼睛："你什么意思？"

简幸犹豫了下，说："是物理。"

江别深说："物理就物理，你倒是转过来啊。"

简幸把试卷转了过去。

江别深低头，只扫了一眼就随口说出了考点。

简幸这次脸上是没忍住的震惊。

江别深"哼"了两声，往后一靠，抱肩，抬下巴："牛吗？"

简幸现在对江别深有点儿好奇了，问："你是大学生吗？"

江别深"嗯"了一声。

他应声的时候目光重新看向题目，有点儿不想聊这个话题的意思。

简幸敏感地察觉到了，立刻止住了继续聊的念头。

却不想江别深很快又抬起头："你怎么不继续问了？"

简幸愣了愣，犹豫了下。

江别深似乎反应过来了什么，嗤笑一声："心思还挺多。"

简幸抿了抿唇。

江别深说："还没毕业，现在在休学。"

没等简幸说话，他又补了一句："但是解决你这种小学生的题目，还是绰绰有余的。"

简幸有点儿不知道说什么好。

好在江别深没继续胡说八道，而是认认真真地讲起了题。

江别深的理科思维比简幸的简单直接，本来在简幸看来算难 A 级的题，被江别深三言两语剖析成了最简单的基础题。

他讲完后一副累得不行的样子，站起来打着呵欠说："我去找点儿东西吃，你看店啊。"

简幸这次说的是："好。"

江别深闻声看了她一眼，不过没说什么，笑了笑，转身走了。


简幸把试卷做完时江别深还没回来，她起身找了本书看，然后掏出手机和陈烟白聊天。

没聊几句，她点进了空间，发现徐正清更新了一张照片。

简幸加徐正清好友快一年了，从来没看过徐正清发什么照片。

她好奇地点开，看到是一张海边的照片。

蓝天白云，大海一望无际，仿佛要延伸到另一个世界。

简幸看了很久，默默把照片保存在自己的相册里。

她从来没见过海，他去的每一个地方，对她来说好像都是远方。

他也是。

没多久，徐正清的动态底下开始出现评论。

有人喊"班长"，有人喊"帅哥"，还有人喊"哥"。

徐正清只回复了其中一条。

那个人的昵称是英文，叫 rabbit，兔子。

她评论的是：吼吼看！／快哭了／

简幸不知道，为什么"吼吼看"后面跟的是一个"快哭了"的表情包。

但是徐正清好像知道。

因为他回复的是：摸摸猪。／发抖／

rabbit 又回：你才是猪！大笨猪！略略略！

徐正清回：好好好，你是兔子。

rabbit 这次只回了一个表情包：／跳跳／

这短短几句互动淹没在无数评论里，可牢牢抓住了简幸的眼睛。

她挪不开眼睛，也不敢点进这个人的主页。

她只是一瞬不移地看着，看了好久。

书店里开着空调，简幸却忽然感觉有点儿心悸，像喘不过气来。

她胸口的起伏渐渐有点儿明显，直到玻璃门被人推开，简幸像躲什么一样猛地把手机盖在了桌子上。

清脆一声响吸引了江别深的目光，他看了一眼简幸，又看了看桌子上的手机。简幸低着头。他看不到简幸的表情，没事一样调侃了一句："挺洋气啊，还有手机呢。"

简幸耳边"嗡嗡"响了两声，她没什么表情地盯着眼前摊开的书，每一个字都变得模糊起来，渐渐变成了手机上那几行交流互动。

突然，手机振动起来。

简幸的思绪猛地被拽回，她睁了睁眼，忽然大口呼吸，像岸边垂死挣扎的鱼。

她这动作有点儿明显，江别深看着，不由自主地皱起了眉。

简幸没等情绪缓和，拿起手机，是陈烟白打来的电话。简幸接通的同时下意识站了起来。

她也不知道自己为什么要站起来，好像这是一个搭配接电话的习惯性动作。

然而就这么一个习惯性动作，她没能站稳，眼前黑了一瞬。她腿一软，一下子坐回了椅子上。

手机重新砸到桌子上，发出响声，里面传来陈烟白有些焦急的声音："简幸？简幸？"

简幸闭上了眼睛，胳膊搭在桌子上，手抓皱了试卷。

最后接电话的是江别深，他和陈烟白简单说了句："她不太方便，一会儿让她给你回过去。"

匆匆挂了电话，江别深走到简幸旁边，自作主张地拉起了简幸的手腕。

他在为她把脉。

简幸这个时候已经可以睁开眼睛，视觉也恢复如初，她有点儿不明所以地盯着江别深，感觉像在拍电影。

江别深刚吃了饭，脸色好了，但是神情很严肃。

他的口吻也正经起来："多久没睡好觉了？"

简幸抿了抿唇，没说话。

江别深松开她的手腕，似乎没有要逼问她的打算，一副"你爱说不说"的样子。

简幸其实没什么很强烈的倾诉欲，比起表达，她更善于把什么都往心里藏。

好像藏得越深，属于自己的东西就越多。

人也会跟着丰富起来。

她总觉得自己很干瘪。

可是江别深有一种很神奇的魔力，他慵懒、松散、从不逾越，也不试探。

他看上去活得很轻松，让人忍不住想要说点什么。

更重要的是，他认识徐正清。

他的世界里有徐正清的痕迹。

如果没办法去徐正清的世界，那是不是可以去江别深的世界里看看？

简幸松开试卷，开了口："挺久了。"

江别深没有拿出长辈的态度，也没拿出医生的态度，只是玩笑一般说："挺厉害，还是年轻啊。"

简幸苦笑。

"但是年轻可不是什么挡箭牌，"江别深终于有了点儿语重心长的感觉，说，"越年轻，往往承受的越多。"

简幸低着头，不看江别深，不像是在跟江别深说话，只是在说话。

在说点什么。

她说："我不是不想睡。"

"高中生有压力正常。"江别深顺着她说。

简幸摇了摇头，说："我没有压力。"

江别深说："那就是，青春期有压力正常。"

简幸抬起了头。


简幸刚刚说话的时候声音很轻，有点儿偏气音，江别深以为她会哭，没想到她抬头，眼睛一片清明。

毫无要哭的痕迹和迹象。

她问："你有过吗？"

江别深笑着摇头，很松散地往后一靠，胳膊放在桌子上，手里把玩着矿泉水瓶。

他说："大概是我给了别人压力。"

简幸没再说话。

他们再次陷入沉默。

简幸挪开目光，看向门口。

门口的角落放着几袋猫粮，还是去年那个牌子。

简幸看了好一会儿，才低声问："你什么时候看出来的？"

江别深停下了玩瓶子的动作。

他抬眼看简幸，简幸没看他。

没一会儿，简幸自己回答说："是第一次借书那次吗？"

江别深已经反应过来了，说："你脑子挺好使。"

简幸说："是你太明显了。"

江别深笑："那你不也是现在才反应过来？"

简幸"嗯"了一声："我紧张。"

她说着，收回目光，低下头。

江别深看着她，好一会儿才说："你还小，可能不太懂。"

"什么？"简幸抬头问。

江别深与她对视，好一会儿才笑了笑，目光落到自己手里的矿泉水瓶上。

他说："对一场爱意唯一的尊重，就是喜欢一个人的同时，还能爱自己。"


简幸在回去的路上才给陈烟白回电话，陈烟白快吓死了，不停地说："我都快去报警了你知道吗！"

简幸说："刚刚有点儿头晕，没拿住手机。"

"怎么头晕啊？"陈烟白问，"你是还没能睡好吗？"

简幸好一会儿才说："嗯。"

陈烟白叹了口气："要不给你整点儿安眠药吧？"

简幸失笑："这个东西药店怎么可能随便给你开？"

陈烟白生气道："你还笑！"

简幸说："我知道该怎么办，没事，放心吧。"

"我放个屁心，"陈烟白骂道，"你知道个锤子。"

简幸听着陈烟白骂，等快到家才挂电话。


后面几天不知怎么下起了雨，简幸白天还是去书店，但是因为简茹和吕诚不出摊，简幸只能按时回家。

她和江别深因为一场"坦白"，关系近了不少，这两天简茹和吕诚几乎全天在家，简幸便把手机放在了江别深那儿。

这天好不容易晴了，简茹和吕诚一早就出去了，中午都不打算回来。

简幸落了一个轻松，中午找陈烟白一起吃饭。

陈烟白很关心很关心她的睡眠问题，问："最近怎么样？"

简幸说："就那样。"

那就是不好。

陈烟白看着简幸眼下渐渐明显的青色，说："这么下去不行，改天我们去医院看看。"

简幸说："不用。"

陈烟白说："怎么不用，你别不当回事，马上开学你就上高二了，高二进度很快的。"

简幸还是说不用。

她没跟陈烟白说，她知道问题所在。


下午继续待在书店，江别深难得没睡觉，趴在桌子上打游戏。

他看到简幸直接问："给我带饭了没？"

简幸把外卖放在前台上，走去书桌。

江别深头都不抬："一点儿也不尊重我。"

简幸懒得理他。

雨停以后天气又热了起来，书店里的空调再次打开，简幸写了会儿英语试卷，有点儿心不在焉。

等写完完形填空，简幸就把试卷推到了一旁，开始玩手机。

她的 QQ 好友没几个人，空间没刷一会儿就又刷到了几天前的动态。

简幸再次盯着那张图，盯了很久，才鼓足勇气点进 rabbit 的空间。

她的空间设置了权限，非好友不能访问。

但是简幸看到了她的头像。

一只兔子。

一只粉色的兔子。

简幸怔了好久，才退出空间。

她想到那个冬天，她不顾寒冷堆起的雪兔子。

想到那扇薄薄的玻璃窗，破碎前被她勾勒出的轮廓。

都是回忆。

没有新意。

简幸放下了手机。

门口来了只猫，大概是来蹭空调的。

简幸看江别深在埋头吃饭，就走过去给它开门。

江别深抬头看了一眼，随口说了一句："天好晴啊。"

简幸站在门里，往外看。

是，天好晴。

可她心里的雨好大。

## —32—

大雨和大太阳交替几场，七月就过去了。八月太阳更烈，不管去哪儿，只要在外面多走两步都会晒得一身汗。

简茹和吕诚最近把下午的摊也取消了，每次都等简幸回家才走。

这天简幸难得趴在桌子上睡了两个小时，醒的时候书店里没人，空荡荡的，给人一种被寂静包裹的落寞感。

这是她第一次在一觉睡醒时有种被时间抛弃的感觉。

她坐在桌子前盯着门口的方向，玻璃门外残阳如血，落日的光比正午还浓烈。

她等了一会儿，江别深还没回，简幸只能给他打电话。

江别深接通后直接问："醒了？"

简幸"嗯"了一声说："你什么时候回？我要走了。"

江别深那边有点儿吵，他好像从一个地方走到了另一个地方，身边安静下来才说："你先回，店门不用管，学校没什么人进出。"

简幸说"好"，挂了电话就走了。

自从简茹和吕诚转为夜场出摊以后，简幸就又把手机带回了家。

为了防止在路上遇到简茹和吕诚，简幸一路都在抄小道，回到家才发现简茹和吕诚还没走。

两个人不知道在吵些什么。

简幸站在门口听了两耳朵才听懂，好像是吕诚要自己找点活儿干。

简茹说："你可拉倒吧，别净添麻烦了成吗？"

吕诚有点儿坚持。

他的态度如此坚决，反倒惹得简茹不快。

不管他是否是为了挣钱，他的态度已经违背了简茹。

简茹顺手把东西扔到车上，"咣当"一声响，惊动了隔壁邻居的狗，吠声顿起。简幸也在这个时候推开了门。

她刚进门，简茹就阴阳怪气地骂："一个个儿都要上天！哑巴嘴里闷不出好屁！"

简幸没吭声。

简茹更不高兴了，问简幸："家里乱七八糟的，就不知道张嘴问问是吧？是不是人全死光了，你才高兴？"

吕诚非常不高兴地说了一句："你跟孩子说这些做什么！"

简茹声音更大："孩子？她多大了？我像她这么大的时候什么没干过？家里半边天都是我撑起来的！"

"你那个时候是什么年代？你何必老让她跟你比？"吕诚说。

简茹："什么叫那个时候是什么年代？什么年代不要吃喝？什么年代还能养出个哑巴？她就是遗传你！父女俩一个样！"


八月，即便是傍晚，也依旧很热。

简幸一路走过来，身子都轻飘飘的。

这会儿听简茹和吕诚吵架，她更是眼前发黑。

她不想管他们到底在吵什么，径直往自己屋里走。路过简茹的时候，简茹猛地拽了她一把，简幸跟跄了一步，没站稳。

"啪——"的一声。

地上滚落了一部手机。

手机质量不行，直接摔出了电池。

看着地上散架的手机，一家三口全愣在了原地。

简幸最先反应过来，蹲下身就去捡手机，下一秒头皮传来痛意，她"嗞"了一声，整个人被简茹狠狠拽了起来。

简茹的脸都气红了，大声喊："哪来的手机？"

简幸不说话。

简茹手上更用力了，简幸疼得伸手去抢头发。

吕诚看不下去，过来抢人。

吕诚虽然是个男的，但是常年的跛脚和奔波并没有让他身上长出几两肉，看上去和简幸差不多瘦。

简茹一把就把他推倒在地上。

吕诚倒地以后还不忘去捡手机。

他哆哆嗦嗦地，像在维护女儿的最后一份尊严。

简幸却看得一下子呼吸不过来，简茹明明拽的是她的头发，她却好像被扼住了喉咙。

她的脸和眼睛都憋得通红，凭空生出几成力气挣脱了简茹。

简茹扬手就给了简幸一巴掌。

声音之大，简直要盖过隔壁的狗叫声。

吕诚气急，捶打了一下地："哎呀，你打孩子做什么！"

简茹气得胸口起伏，伸手点了点简幸，弯腰去抢吕诚手里的手机。

简幸被拽头发、被打巴掌都没什么反应，唯独现在要去阻拦简茹。

简茹骂简幸："你要疯是不是？"

简幸开口说了第一句话："这手机是我的。"

简茹喊："你哪来的手机？你哪来的钱？谁给你的？你爸给你的？哦，那个充电器根本不是你爸买的是吧？那就是你的，对不对？你们父女俩联起来骗我？"

"不是，这是我自己的。"简幸的舌根都在发麻，心也跳得很快，可她不知道从哪儿生出了一份快意来，她看着简茹，一字一句地说，"这是我自己的。"

"你哪来的钱，我问你哪来的钱！"简茹问。

简幸红着眼睛，两腮很紧地说："跟你没关系。"

简茹二话没说，又打了简幸一巴掌。

吕诚这次直接爬起来推开简茹，他气得浑身发抖，不由自主地一边跺脚一边喊："你再打一下试试！"

简茹简直觉得不可思议："怎么？你要打我是吗？"

吕诚只喊着："你再打一下试试！"


简幸站在吕诚身后，她此时并不能完全感受到脸上的疼痛，只是觉得乱。

狗叫、女人的骂声、男人发抖的声音。

好像她的世界一直都是这样，像夹缝里苟且出来的。

她的成绩这么好，她却从来都没有什么远大的抱负。

因为她知道有些东西是骨血里的。

她想要摆脱，可能要付出很大的代价。

最后一丝光落下了。

太阳不见了。

闷热仿佛给人的皮肤上糊了一层糨糊，薄薄一层，却黏腻得清理不掉。

简幸默默拿走了吕诚手里的手机，转身走了。

简茹在后面喊："简幸！你要是敢走，这辈子也别回来了！"

简幸没有回头。


出了巷子，简幸就把手机重新装好了。她不知道去哪儿，就转身朝人民路的反方向走。

一直走到了城市边缘。

这边离西沙河很近，简幸想到她初入和中的第一个国庆节，徐正清和林有乐约好了去沙河。

简幸从没来过这里，人很多。

夏日青春的晚上，气息大多浓烈，烧烤的味道，啤酒的味道，男女生被起哄推搡着走到一起，手里拿着的玻璃汽水瓶，还有烟。

像突兀地闯进了另一个世界，简幸在人群之外，又在世界中央。

她似乎被时间抛弃了。

手机传来振动，简幸低头看了一眼，是陈烟白。

简幸看着还有很长的路，转身坐到了马路旁边的台阶上。

她接通电话，没说话。

陈烟白快速说："你在哪儿？我去找你，你爸刚给我打电话了。简幸，你听我说，但凡开始疼，那就是在剥离，独立的第一步就是剥离，你已经开始找到自己了，懂吗？"

简幸看着地上厚厚的尘土，轻轻眨了一下眼睛，问："你跟我爸什么时候联系的？"

陈烟白顿了顿，说："你开始睡不着的时候。"她有些仓促地解释，"简幸，你别多想，我不是在告密，或者像小学生一样遇到什么事情就找家长。我是害怕，我离你那么远，是不是？我总要放心是不是？我问过叔叔，他什么都知道，他在帮你瞒着，他不会告诉你妈的。"

"我知道，"简幸抬起了头，说，"我都知道。"


她什么都知道。

她只是不明白。

不明白为什么会有人可以把生活过到这个份上。

是她不够努力吗？

她明明这么努力了。

眼前不停地有车路过，尘土被掀起，蒙在眼前，薄薄一层就像在梦里。

这边非市区，老龄化有点儿严重，各家门口都坐着老头儿老太太，也不怕热。

简幸在一片薄尘里，忽然看到一抹熟悉的身影。

她不由自主地眯了眯眼睛，猛地站了起来。

耳边，陈烟白好像在说些什么，可简幸什么都听不到，她只是死死地盯着一个方向。

盯着那一道身影，她的身形、走路的姿势，甚至穿的薄衫。

好像。

简幸的声音嘶哑，张嘴无声地喊了两个字。

她蒙蒙地往马路上走，忽然一股大力将她扯了回来。

一辆货车从身前开过，车轮带起层层的土，呛得简幸呼吸不过来。

沙土眯了眼睛，眼泪是毫无征兆地落下来的。

身边人大喊了一声："走路怎么不看路？这么大的孩子了，万一出点儿什么事怎么办！"

简幸不言不语地拨开身边人，忽然跑起来，跑到马路对面。

消失了。

人不见了。


简幸茫然地在原地左右看，眼泪模糊了她的视线。她一把抹开眼泪，土和眼泪浸染到脸上生疼。

她沙哑地唤了几声："姥姥！姥姥！"

无人应答。

过路的车更多。

鸣笛声很吵。

尘土还是很多。

简幸怔怔地站在原地，忽然被一股悲怆包围。

她睁着眼，弯下腰，扶着膝盖喘气。

眼泪大颗大颗地砸到地上。

她在一片模糊中生出一个念头：姥姥真的走了。

从此以后，再也不会出现在她的世界里了。

那一道模糊的身影，像是专程来跟她道别的。

手机再次振动起来，一次接着一次，不停歇。

简幸接通，脸上还挂着泪。

她的声音哑得说不出话，她坐在马路边，一手捂住了脸。

眼泪从指缝滴落，滚到尘土里。

陈烟白问："你在哪儿？你先说你在哪儿？"

简幸吸了吸鼻子。

陈烟白顿住，说："你……哭了？"

简幸哽咽，露出哭腔，唤陈烟白的名字："陈烟白。"

陈烟白说："我在。"

简幸止不住地抽噎，闭着眼睛说："我生病了。"

陈烟白说："那我们就去看医生。"

简幸像听不到陈烟白说什么一样，继续说："我还是睡不着。

"我头好疼。

"脸也好疼。

"我特别想看看海。

"我不想总是在和县待着。

"陈烟白，你知不知道，我真的……"

我真的很喜欢他。

可是不出意外，这辈子，他永远也不会知道。

— 33 —

尚未有明确的自杀倾向，长期严重失眠，思维迟缓，食欲不振。

医院最终给的确诊结果是中度偏重度抑郁症。

对这个结果，简幸一点儿都不意外，她拿着确诊单，坐在医院的花坛旁。

夏日夜晚的风也不见得凉爽，但是医院里依然人来人往，好像此时此刻，天热对他们来说是最轻的烦恼。

简幸半仰着头，盯着天上挂着的明月。

"明天是个好天气。"身后，陈烟白拎着药走过来。

简幸说："应该是的。"

晚饭是在县医院附近随便吃的千里香馄饨。陈烟白吃完说:"我记得他们家以前没店铺的。"

"今年刚盘的。"简幸说着,往碗里加了一勺辣椒。

陈烟白看了她一眼,没说什么。

六七分钟的时间,简幸吃得差不多了。

她放下勺子:"走吧。"

陈烟白说:"跟我睡?"

简幸摇头说:"我回家。"

陈烟白皱眉不赞同:"这样了还回家?"

简幸说:"她不会怎么我的。"

陈烟白看着她,不说话。

简幸笑了笑说:"她把我当成她自己,她不会把我怎么样的,真的。"

陈烟白听完眉头皱得更深了:"那你呢?"

"我?"简幸说,"我现在确实是她女儿,我还要上学呢。"

陈烟白沉默片刻,骂了一句脏话。


药是陈烟白开的,很贵。这一次的药让陈烟白几乎折进去了一个月的工资。简幸把补课的学费给了她,剩下的打算以后再补。

陈烟白没客气,毕竟她比简幸更需要这些钱。

"那你手机?"

简幸说:"我拿着。"

陈烟白又沉默了一会儿,忽然有了妥协的口吻,道:"简幸,要不……算了吧?"

简幸原本收拾药的动作一顿,抬头看向陈烟白。

陈烟白扭开脸不与她对视:"你说得对,你还要上学,学费、生活、住房、吃饭,都还是要用她的。为了一个手机,不值当。"

简幸再次低下头,快速把药收拾完,说:"我不是为了这个手机。"

陈烟白说:"我知道。"

简幸说:"真的没事,上学这个事情,她看得比我重。"

简幸嘴上说没事，其实心里还是有点儿没底，她把药分装进兜里，从表面上看不出什么。

回到家已经是晚上八九点，巷子延伸至家门口，月光消失在尽头。简幸踩着石板路，走得不紧不慢。

到家门口时，门是开着缝的，隔壁的狗应该睡了，没再叫，院子里也没有乱七八糟的声音。

一切都沉默下来。

好像什么都没发生过。

简幸推门进去，月光从门缝照到地上，简幸一脚踩上去，反手关上了门。

门口的光消失了。

但是院子里仍有大片的光。

简幸走过去，看到在院子里坐着的简茹。

她闻声抬头看了眼简幸，几秒后又好像什么都没看到一样低下头。

简幸抿了抿唇，走过去唤了一声："妈。"

简茹不吭声。

简幸没指望她应答，又问了句："我爸呢？"

简茹这次开口了，抬起头问："简幸，我和你爸，你跟谁？"

简幸没反应过来："什么？"

简茹站了起来。

她个子并不高，常年忙碌劳累，吃得要比一般人多，所以身材早就变了形。

她的头发没刻意打理，随便扎起来，在后脑勺儿缩了起来，脸全盘露出，颧骨和眼皮都有些肿。

她站起来的时候，像一座山。

她说得很平静："我跟你爸准备离婚了，他搬出去了，明天我们就去打离婚证。我跟你爸，你跟谁？"

简幸眼睛红了，她的声音像被人捂住又拼命要发出来一样，闷得沙哑："因为我吗？"

简茹冷笑道："你也配？"

简幸不再说话。

简茹又问："你跟谁？"

她逼简幸立刻给出答案，可简幸只问："我爸在哪儿？"

简茹问："你跟谁？"

简幸问："我爸在哪儿？"

两个人流着一家血，母女俩一样倔。

简茹被简幸气得瞪眼，又恢复了平时的跋扈样，喊："我怎么知道？他爱死哪儿死哪儿？你找他？你找他干什么？他有什么用？他能供你上大学吗？高中他能供得起我都谢谢他！"

简茹说得没错，吕诚供不起。

他自己生活都困难，简幸怎么能去给他增添负担。

所以简幸选了跟简茹。


翌日一早，简茹饭都没做就出门了。

她让简幸自己随便买点儿吃的去补课，简幸却在她出门没多久后跟了过去。

民政局就在镜湖中路，离简幸家并不远，简茹大概在气头上，一路上都没发现身后跟着的简幸。

等到了地方，简幸先看到了吕诚。他昨晚不知道在哪儿睡的，衣服没换，头发油成一团，坐在旁边的石阶上抽烟。

简幸止住脚步，躲到了旁边。

她看到简茹走到吕诚跟前，吕诚抬起头，两个人不知道说了些什么，吕诚居然笑了，紧接着他扔了烟头，有点儿费劲地站了起来。

俩人不再说话，转身进了办理处。


简幸不记得自己等了多久，只知道简茹和吕诚再出来时，两个人谁也没说一句话，连句道别都没有就各自转身，从此分道扬镳。

简幸长这么大没经历过生离，没经历过婚姻，更不懂和一个非亲非故的人结婚生子多年再分开是什么感受。

可是当她看到吕诚佝偻、瘦弱，甚至有些矮小的身影越来越远时，简幸在他肩上看到了"解脱"二字。

她没忍住，追了上去。

"爸。"

吕诚停下脚步，转身，笑了笑："唉。"

简幸问了同样的问题："是因为我吗？"

吕诚笑笑问："吃早饭了吗？"

简幸摇头。

吕诚说："走，请你吃顿早饭。"

他们去了五小门口的早餐铺，简幸当初就是在这儿上的六年级。

吕诚要了一碗汤给简幸，一碗粥给自己，又要了两个烧饼和一笼包子。

简幸没心情吃饭，吕诚却胃口很好，他边吃边说："跟你没关系，你别多想。"

简幸问："那为什么？"

吕诚没说为什么，只是讲起了姥姥。


吕诚当年在自己家并不受关注，说句"爹不疼娘不爱"一点儿也不夸张。十六七岁就一个人去镇上打工，有一次逢大雪，没伞，是一个妈妈辈的女人送他去的路口。

后来在隔壁村，他遇到了那个女人。

媒人说这女人是个守活寡的，家里难，有个女儿还不愿意嫁人。

吕诚说他愿意。

于是他入赘了简家，多了一个丈母娘。

简茹脾气不好，吕诚其实不怎么介意。

后来生了个女儿，吕诚才开始暗地里有点儿发愁，他怕女儿也学去了简茹的脾性。

女儿三岁生日的时候，丈母娘抱着小姑娘吹蛋糕，笑眯眯地说："我们简幸啊，如果学不了温柔，那就善良。"

吕诚放下了心。

再后来，他摔断了腿，在医院里和简茹争论的时候，简茹只用几句话就说服了他。

"你不管你闺女了？咱妈呢？都不管了？你就顾你那点儿屁用都没有的自尊心！"

得管。

要管。

管到丈母娘走了，女儿开始有了自主意识，吕诚就知道，他在简家的日子，走到头了。

"姥姥跟我说你有手机的时候，我还吓了一跳，我心想你哪来的钱，后来才想起来，大概是陈烟白那孩子。"吕诚说，"这个大学，你还是要好好考，为了你自己，也要好好考。"

和吕诚分开前，简幸不知为何，忽然问了一句："爸，姥姥还跟你说了什么？"

吕诚一顿，抬起头看着简幸。

简幸直觉他接下来要说的话很重要。

她盯着吕诚，看到吕诚放下筷子说："简幸，感情这个东西很难判定，但是不管怎么判都离不开俗和世俗，姥姥和姥爷是这样，我和你妈也是这样，你知道吗？"

简幸皱了皱眉，觉得吕诚这话说得没头没尾的，也没直接回答她的问题。

他像是话里有话。

简幸没听懂。

"爸……"

"姥姥没说什么，姥姥就是可惜没看到你平安长大。"

回去的路上，简幸眼前闪过的全是吕诚刚刚欲言又止的表情。

只可惜这么多年，她对吕诚并不了解，猜不出具体是什么。

走到大戏院的四岔路广场时，简幸正要拐弯，一抬头，停了下来。

拐角一家手机城，徐正清和一个女生站在那儿，女生看上去很小。

简幸抿了抿唇，正要转身，徐正清看到了她。

"巧啊，"徐正清说，"你这么早？"

简幸扯了扯唇："嗯，有点儿事。"

她看了旁边人一眼。

徐正清说："我表妹，初中毕业了，来买手机。"

简幸点点头。

徐正清随口问："暑假过得怎么样？"

简幸顿了顿，说了句："挺好的。"

他们实在不熟，简单寒暄已经尽力。

简幸主动开口说了再见，徐正清也没有挽留。

好像她的每一场再见里，都没有人愿意挽留些什么。


暑假还在继续，或许是离婚事大，简茹果然不再管简幸的手机。

简幸依然每天去书店。

"等你长大就懂了，这世界上，没什么比平安健康更重要了。"江别深躺在躺椅上，颇有几分语重心长的意思。

一个多月过去，江别深的头发又长长了，他嫌热，找简幸借了根皮绳把头发扎起来，扎在后面躺在那儿不方便，就扎在头顶。

看上去很滑稽。

尤其是顶着这种发型说这种话的时候。

简幸笑了笑，敷衍地"嗯"了一声算是回应。

江别深故意大声叹气，一副非常恨铁不成钢的样子。

简幸也不写作业了，随口闲聊："你是不是快开学了？"

江别深两只胳膊伸到头顶："不知道。"

"嗯？"简幸问，"你开学的时间你都不知道？"

江别深说："我没告诉过你吗？我在休学。"

简幸想到他每每提醒她的那些言论，试探性地问："你生病了？"

江别深嗤笑一声："我把别人弄生病了。"

简幸："弄？"

江别深"哈"了两声，手握成了拳头。

简幸："你都大学生了，还打架啊？"

"有人规定打架的年龄区间了吗？"江别深说，"打架只有原因。"

简幸"哦"了一声，然后沉默了下来。

江别深疑惑道："接下来的正常聊天内容不是应该问什么原因吗？你'哦'一声是什么意思？"

简幸："那你为什么打架啊？"

江别深勾唇一笑："这还真是个秘密，徐正清问我都没说。"

话题忽然扯到了徐正清，简幸没控制住地明显愣了愣，等反应过来，忙不迭低下了头，仓促地"哦"了一声。

江别深却像不知道尴尬一样，明明无视就可以，却非要把话题掀到明面上说："我都知道你的秘密了，咱礼尚往来，我把我的告诉你。"

简幸其实没多大兴趣知道。

下一秒，她听到江别深说："因为老子被绿了。"

简幸有些震惊地抬头。

江别深自嘲道："没想到吧？老子这么帅也能被绿。"

简幸问："她不喜欢你吗？"

江别深嘴角的笑消失，他盯着天花板，自顾自地问了一句："是啊，她不喜欢我吗？"

简幸想了想，这个问题也许江别深自问了很多遍。

可没想到，他紧接着说："她太喜欢我了。"

简幸有点儿意外这个回答。

江别深又说："她喜欢我很多年。"

简幸一怔。

"她初中时就喜欢我了，为了我考高中，为了我大学学医。因为我们家都是学医的，当然了，我的专业也确实是医学。"江别深继续说，"我们没考同一所大学，她高考失利，因为跟我在一个考场，太紧张了。"

江别深忽然问："如果是你，你紧张吗？"

简幸说："不知道。"但是想了想，她又说，"应该不会。"

"为什么？"江别深问。

简幸说："可能每个人紧张的点不一样吧。"

江别深笑着说："那倒是。"

"那她，为什么还这样啊？"简幸很好奇。

小心翼翼地惦念了多年的人来到自己身边，不应该倍加珍惜吗？

"不知道，可能是她对我的滤镜太厚，在一起之后才发现，我没她想象的那么好，"江别深说，"而且双向的感情和单向的暗恋不是一回事，两个人在一起总要磨合，细碎的琐事、胡思乱想的猜忌，甚至是双方对这段感情消耗的是否公平。

"更何况，我们本来就存在付出不对等的情况，走到这一步，其实并不算意外。"

江别深说着，移开了目光。

他好像不敢看简幸，可有些话，他又不得不说。

"简幸，有时候没有结果，也许是好结果。

"如果落了一地鸡毛，记忆里的好光景，也会不复存在。"

简幸没接这话，只是问："为什么她不分手？"

"也许是她在我身上倾注的心血太多，选择分手，会让她迷惑：到底是要抛弃这个人，还是要抛弃这些年自己耗费的精力和时间。"

简幸说："这都是你自己的想法。"

江别深笑了："那不然呢？难道要我去问她，为什么喜欢我那么多年，现在却不喜欢了？"

简幸沉默。

"哪儿有那么多为什么，"江别深说，"喜不喜欢，本来就是一瞬间的事情。"

"难道你知道自己是为什么喜欢吗？"

其实不知道。

简幸总觉得自己对徐正清的感情很畸形。

喜欢只是青春期偶然遇到的一瞬间，光眷顾他，将他区别于其他人。简幸看了一眼，从此这个人便长在了心里。

可她又时常觉得自己不配，过去那些见不得光的事情将她的情愫一再碾压，愧疚和自责交错生长。

被压至最底下的喜欢，反倒不值一提。

可能这是她欠下的。


简幸走后没多久，书店的门再次被推开。

江别深闭着眼，以为简幸去而又返，随口说："丢三落四，早晚完蛋！"

"你在这儿做什么自我介绍呢？"少年声音带笑。

江别深睁开眼睛，扭头，看到徐正清："不在家凉快，跑这儿来干吗？"

徐正清"嗯"了一声："怕再不来，以后见不到你了。"

江别深骂："滚。"

徐正清笑着问："怎么还在这儿？叔叔给你开工资了，勤快成这样？"

"你懂什么，"江别深再次躺下，说，"这是我的快乐星球。"

徐正清笑着骂道："神经病。"

他说着，转去了书架，看到其中一层摆放的书全是他看过的，有点儿新奇地拿下来一本。

他随手翻了翻，看到不少注解。

等再翻开一本时，别的小王子后面都跟着玫瑰，唯独有一句，后面跟着的是一只兔子。

他一愣，仔细看了两眼笔迹，又抬手拿下了另一本。没翻两页，看到那句"抬头看到了月亮"的"月亮"一角，画着一轮小月亮，月亮旁挂着一只兔子。

他像挖掘宝藏一样，挖出了一本又一本，一句又一句。

看了没多久，他没忍住，嗤笑一声，觉得挺可爱。

原来帮姐姐要书单，是别有目的啊。


江别深听到声响随口问："你在那儿臆想什么呢？"

徐正清合上书，全部放回原处，随口说："有没有点儿礼貌了？小心举报你啊。"

江别深平时和徐正清聊天都是东一句西一句的，今天却打破砂锅问到底："你到底在看什么呢？"

徐正清看他一眼，意味深长地说了句："看少女情怀总是诗。"

"然后？"江别深追问。

"没然后了，"徐正清走到柜台，"收拾收拾出去吃饭了。头发也不剪，懒死你得了。"

江别深看他真的没干什么，才"哦"了一声，起身说："我去洗个头。"

徐正清说："好。"

这时门口的猫要进来，徐正清走过去把门开了一扇，蹲在旁边，往地上倒了一点儿猫粮。

江别深看到这画面，莫名想起那天简幸也是这样。他顿了顿，忽然唤了一声："正清。"

"嗯？"徐正清应了一声，没回头。

江别深沉默片刻，脑海里又浮现出第一次见简幸时，她小心翼翼地掩藏心思的样子。

说到底，这是她自己的事情。

停顿了好一会儿，江别深在心里舒了口气："算了。"

徐正清听到后，回头问："什么算了？"

江别深摇头，转身去卫生间的路上小声哼唱了一句：

"躲在安静角落，不用你回头看……"

简幸在江别深的书店混了一个暑假，临开学才发现药快吃完了。

陈烟白比她还要关注这件事情，走之前打电话问她："你的药是不是快吃完了？"

简幸如实说："快了。"

陈烟白没有犹豫地说："那下午我再跟你去一趟医院。"

简幸考虑到这些药的价格，有点犹豫地说："我感觉我最近状态挺好的，是不是可以先停一段时间啊？"

陈烟白还没说话，江别深不知道从哪儿冒了出来。他嘴里叼着棒棒糖，靠在旁边的书架上说："停药这种事情，建议还是遵从医嘱。"

简幸吓了一跳，电话里，陈烟白问："谁？你跟谁在一块儿呢？"

"一个朋友，"简幸随口说，"一会儿再打给你。"

她挂了电话，看向江别深。

江别深没什么偷听人讲话的心理负担，直起身走到桌子旁边，随手拉了张椅子坐下，说："哪家医院开的？"

简幸抿了抿唇，说："县医院。"

"挺好，我有一大堆后门给你开。"江别深又问，"哪种程度啊？"

简幸不答反问："你怎么知道？"

江别深伸出一只手："你要不想说，再让我把两下也行。"

简幸不问了，说："中度偏重。"

江别深挺意外地一挑眉："还挺厉害。"

简幸听得出他在嘲讽她，没接话。

江别深笑了，闲聊一般地说："挺贵的吧？"

简幸觉得他在说风凉话。

但是很奇怪，他这样的态度并不会让她觉得难堪。

简幸细想了一下，倘若江别深因为这件事情对她处处小心、句句避讳，她大概才会觉得不适。

他仍然拿对待正常人的态度对待她。

他很尊重她。


下午，简幸和陈烟白一起去县医院，同行的还有江别深。

从江别深一进医院大门，简幸就知道他那句"一堆后门"并不是在夸张。因为在这里，随处可见他的熟人。

好像每一个穿着白大褂、上了年纪的人都是他的叔叔阿姨伯伯伯母，偶尔碰到几个小孩儿，他还要恬不知耻地认个干女儿。

简幸每一次来医院的心情都是很沉的，不是心上挂着石头的沉，是身陷泥沼不管动不动都会往下沉的沉。

唯独这一次，她看到了头顶澄澈的天和绵厚的云。

她忽然有一种破土而出的释然。

远方或许是很遥远，可未必就追不上。


"行了，我提前约好了，直接进去就行了。"

诊室门口，江别深对简幸说。

简幸突然紧张起来。

她上一次来的时候一无所知，却平静得毫无波澜。

那个时候的她想，不论什么结果，她都认了。

可这次，她却好紧张。

因为有所期待。

因为，她想好起来。


"最近怎么样？睡得好吗？"

"食欲怎么样？"

"做梦吗？"

"注意力呢？"

"记忆力呢？"

最后一个问题："生活里出现什么不好的变故了吗？"

简幸停顿了一会儿，往外看了一眼天。

天气很好，但是依然很热，所以窗户是关着的。

医生大概有个孙子或者孙女，窗户上被蜡笔画了一朵花。

简幸收回目光，说："没有。"

整个过程很顺利，开药也很顺利，没有花很多钱。

用简幸平日里攒的钱就足够。

但也仅仅足够这次。

不过简幸已经很轻松了，她太怕自己的生活会影响到陈烟白。

毕竟陈烟白本身脱困就已经脱得很辛苦了。


"下次还来找我就行了。"江别深说。

简幸问："你不走吗？"

江别深反问："我走去哪儿？"

简幸问："你还要继续休学吗？"

陈烟白一听这话来了兴趣："大学可以休学吗？"

"需要监护人出证明。"江别深一句话打消了陈烟白所有的念头。

"没意思。"陈烟白伸了个懒腰，靠在了旁边。

江别深笑着跟简幸说："我要不要继续休学，得看我家老头子什么意见。不过你这件事，就算我走了，也能给你处理好。"

简幸不管江别深是拿她当朋友看还是把她当成了前女友的缩影，对于他所有的行为，她都要说："谢谢。"

江别深随口说了句："客气。"


后面几天，补习班结束，各个学校的分区结束时间都一样，简幸知道简茹清楚二中的时间，于是没再冒险出门。

每天就在家里等开学。


开学前一周，陈烟白返校。

返校前，她把简幸喊出来吃饭，兴致不错，一直在聊学校中专升大专的事情。

陈烟白初中毕业，现在上的是中专，三年制，第二年可以选择报考大专。

简幸说："挺好的啊，你想考哪儿？"

"只能考省内，"陈烟白说，"我准备考去庐城，交通方便，以后去别的地方也方便。

"去找你也方便。"

简幸笑道："你怎么知道我要去哪儿？"

"所以我才要去庐城啊，怎么说也是省会，高铁、飞机都有，去哪儿都方便。"

简幸低下头，戳了戳碗里的面说："我要去北方。"

"确定了？"陈烟白问，"要考哪所学校？"

"北传，"简幸顿了下，又改了口，"或者南艺。"

陈烟白说："都行，你想考什么就去考。"

简幸笑着点了点头。


开学第一周，简幸在操场见到了江别深。

江别深一个人在锻炼区，靠着单杠玩手机。

简幸跟林佳说了一声，自己走了过去。

她从后面拍江别深的肩，江别深头都不回地说："等你几圈了，还好意思拍我。"

简幸绕到他面前："你等我啊？"

"不然呢？"江别深把手机装进兜里，手没再掏出来，说，"我下周回学校。"

简幸说："恭喜啊。"

江别深"哧"了一声："医学生返校可不是什么值得恭喜的事情。"

"你喜欢医学吗？"简幸问。

江别深斜她一眼："废话，我像是那种为了家族企业牺牲自我爱好的人吗？"

简幸说："那不就行了。因为你喜欢，所以我才恭喜你的。"

江别深愣了一下，随后笑了，说："也是，用心的喜欢和极尽的偏爱，都值得被尊重。"

他们在说个人喜好，简幸却想到了徐正清。

她有点儿羞愧，因为好像在大众眼里，情爱之于理想抱负，总要肤浅几分。

可她情难自禁。


回去的路上，简幸在教学楼门口和秦嘉铭碰面。

秦嘉铭正和江泽勾肩搭背，看到她，喊了一声："行啊，胖了啊。"

江泽拿胳膊肘撞了下秦嘉铭的肚子："会不会说话，哪有见人说胖的。"

秦嘉铭说："你知道什么，老父亲希望她吃到一百八十斤。"

简幸立刻说："大可不必。"

秦嘉铭"啧"了一声："没礼貌。"

简幸笑："你怎么这么晚还没进班？不是上高三了吗？"

"这就进。"秦嘉铭想起了什么，"哦，对了，试卷你要吗？回头我们班发了，我多要一份。"

简幸说："好。"

她话音刚落，身后忽然跟上来一道声音："什么试卷？"

简幸后背一麻，但是没忍住，立刻回了头。

开学已经一周了，但是徐正清没有返校。

据说是参加了一个航模比赛。

上次见面还是简茹和吕诚离婚那天。简幸看着徐正清，声线有些僵硬地唤了一声："班长。"

徐正清笑笑："好久不见。"

简幸也扯唇笑。

她大概永远也没办法像他一样，云淡风轻又自然。

秦嘉铭跟徐正清挺久没见了，他知道徐正清暑假先去了南方，打趣道："听说去看了天涯海角？一个人去多没意思啊。"

江泽跟着起哄："你懂什么，人家空间里与人共享了好吗？"

徐正清笑着，没反驳。

简幸也笑。

笑得心中苦楚无人知晓。


晚自习，周奇宣布了一件事，今年是二〇一〇年，建党八十九周年，学校组织所有学生看电影。

高二安排在本周五的下午，每三个班一个放映厅。

为了防止出现什么意外，周奇让徐正清统计一下每个人的联系方式。

徐正清为了提高效率，直接发了一张纸，从左边第一个人开始写，依次传到最后。

徐正清在简幸左侧，等纸传到她这里的时候，上面已经写满了手机号和座机号。

简幸看了眼那行行楷，默不作声地把十一位数字记进了心里。

晚上简幸躺在床上，脑海里挥之不去的全是数字。

她想了很久，还是把这串数字输进了通信录里。

备注只有一个单词。


周五下午，全班按照安排坐进电影院。

人很多，每个班按划分区域坐。

简幸本来去得挺早，可因为临时去了一趟卫生间被耽搁，只能随便找个旁边靠走廊的位置坐。

放映厅的灯已经关了，简幸左右看了两眼，发现附近全是2班的人。

再起身大概不好，简幸只能安安静静地坐着。

电影放映广告时，余光里忽然闪过人影。

简幸还没反应过来，就被人轻轻拍了下肩膀。

她扭头，在黑暗中看到徐正清的脸。

简幸愣了愣，问："怎么了？"

徐正清微微弯腰，小声说："你往旁边坐一个位置，我现在去我们班的区域不方便，就坐这儿算了。"

简幸立刻僵硬着手脚起身挪位置。

她刚坐下，旁边人忽然靠了过来。

简幸瞬间大脑一片空白。

她睁着眼睛直直地看着大屏幕，注意力恍惚地落在旁边人身上。

他偏头，问她："你要不要喝水？"

少年的气息有些温热，缓缓地飘过来，落到简幸的侧脸上。

一瞬间，薄薄肌肤下的毛细血管仿佛根根炸开了。

她的脖子完全不敢转动。

她甚至不记得自己说了什么，只记得后来不知何时手里就多了一瓶水。

那天晚上电影结束以后，老师让写观后感。

简幸在家里的书桌前攥着笔愣了很久神，只写下了一行——

长在我心上的每一个滚烫瞬间，有且只有你。

— 35 —

高二的课程和高一的差不多，但是日积月累，压力要比高一大很多。

而且，高二有一个大考——会考。

会考在十二月底，国庆过去，大家的重心便都放在了会考上。

会考前，简幸又去了一趟医院。

有江别深提前打招呼，每一个流程都简单了很多。

简幸到的比约定的时间晚了一点儿，在她前面有一个患 PTSD[1]的

---

[1] PTSD 也叫创伤后应激障碍，指个体经历、目睹或遭遇到一个或多个涉及自身或他人的实际死亡，或受到死亡的威胁，或严重的受伤，或躯体完整性受到威胁后所导致的个体延迟出现和持续存在的精神障碍。

患者。

患者是男生，年龄不大，看上去和江别深差不多大。

据说他是军校毕业的，毕业第一年参与过一场救援任务。任务很成功，但是和他并肩战斗的队友丧身火海。

患者离开后，医生跟家属叮嘱说："这个事情一定要重视，绝不能忽视，即便是很轻微的 PTSD，日后也有加重的可能。"

家属看上去确实挺不重视的。

和县太小了，很多观念传入得并不深刻。

每每遇到这种并不具象的问题，家长都会归类到矫情上。

快一年了，简幸至今都没有把自己的病情告诉简茹，就是因为她比谁都清楚简茹的态度。

"老师，咱们这边的人好像都不怎么重视这种精神类疾病的病情。"实习生说。

医生拿下眼镜，一边擦拭，一边叹气道："不只咱们这边，外边也一样不重视。主要是病例少，而且心理上的病情确实要比身体上的更难捕捉和观察，治愈过程又长，更重要的是，贵。"

"也对，"实习生跟着叹气，"既要付出大笔的钱财，又得不到显著的成效，大家当然会觉得不靠谱。"

人人都有为难之处。

苦难没有放过任何一个人。

简幸神情淡淡地坐到医生面前，按流程回答问题。

答完，医生很欣慰："最近很好啊。"

简幸的唇角露出了一个很浅的笑。

医生一边开单子一边说："小姑娘哟，十六七岁，正是开花的时候，多晒晒太阳，多笑笑，很快就开了。"

简幸接过单子的时候说道："谢谢。"

简幸拿了药才发现，自己的书包忘在诊室了。她折回去找，正巧有人从诊室里出来。

女人穿着连衣裙，踩着高跟鞋，挎着和鞋子同色系的包，处处都很精致。

简幸看到女人的脸，停在了原地。

她有些没反应过来地看着女人，女人大约察觉了，看了过来。简幸一愣，匆匆挪开了视线。

等二人擦肩而过时，简幸才察觉自己在腿软。


是徐正清的妈妈。

她还是很漂亮、很温柔。

时光和岁月好像一直都很善待她。

简幸眨了眨眼睛，看上去面无异样。

她的手心却攥满了汗。

她没立刻进诊室，而是坐在了门口的休息椅上。

诊室的门没有关紧，开了一条缝，有对话传出来。

很清楚。

"胡老师，这个就是你之前说的那个病例？"实习生问。

"对，以前一个院儿的，她儿子是我们看着长大的，很优秀。之前她儿子中考的时候，她送他考试，途中发生了点儿意外，耽误了一科。"医生说。

"是 PTSD 吗？"实习生又问。

"不是，就是有点儿没反应过来。"医生说，"很多年以前发生过差不多的事情，当初情况很严重，所以一直有点儿恐惧类似的情况，再加上她那天的身体状态不好，反应有点儿大。"

之后，话题就转到了 PTSD 上。

门外，简幸半低着头，手里还拎着药，塑料袋悬空转了一圈又一圈，把她的手指勒得血液不畅通。

并不疼。

只是有点儿麻。


大概是医院里的味道都差不多，简幸莫名想起了很多年前躺在医院里的吕诚。

他那个时候腿还上了石膏，不知是不是像她现在这样，很麻。

她又想起了姥姥。

呼吸开始变得不顺畅，脑子缺氧，肌肤麻痹。

那一刻，姥姥是不是也像她现在一样，很麻。

医院里的人渐渐多起来，走廊的穿堂风开始不够通畅。

简幸感觉胸口有点儿闷，她抬头往左右一看，乌泱泱全是人。

病痛面前，任何人都一样无助。

简幸又一抬头，天花板比地板干净多了。

却高得像天一样。

天其实是不会塌的。

但是人心会。

简幸吞咽了一下，没觉得胸口那股气咽下去。

她慢吞吞地站起身，没松开拧成绳的袋子，就这么敲门示意。

实习生给她递书包的时候，瞥到她的手，"哎呀"一声："傻姑娘，手指都瘀血了！疼不疼啊？"

这才哪儿到哪儿。

简幸垂眸，看了眼肿胀的手指，自嘲地扯唇说："没事。"

"你……真的没事吗？"实习生打量简幸。

简幸说："没事，我走了，谢谢你们。"


简幸走后，实习生还在门口盯着，医生好奇地问："你看什么呢？"

实习生犹豫着问："胡老师，这个病患，真的是在好转吗？"

"在啊，"医生说，"个人情绪也在往好转的趋向发展，怎么了？"

实习生挠挠头问："有可能出现急性扭转的情况吗？"

"她这个年龄，其实很少见，"医生说，"不过长期自我压迫精神的话，倒是会容易出现这种比较明显的起伏转变。但是我之前对她做过调查，她没有这种情况。"

"病患可以自我隐藏吗？"实习生问。

医生疑惑地问："你今天怎么问这么多基础性问题？一般可以自我隐藏的病患都是病情很重，并且压迫时间很长的。她这个年纪，不可能的。"

医生又说："说句不怎么好听的话，她这么大的小孩儿，苦能苦到哪里去？"

实习生想到刚刚简幸那平静得毫无波澜的眼睛，喃喃地"哦"了一声。

简幸是借着晚自习前的吃饭时间去医院的，折回学校时，林佳给她买了一份晚饭放在桌子上。

旁边还放着一瓶牛奶。

简幸看了眼戴余年，戴余年一笑："我刚刚喝了杯奶茶，这个不想喝了，送你了。"

简幸抿了抿唇，声音有些沉地说了声："谢谢。"

她其实没什么胃口，但是林佳兴致很高，拖了把椅子坐到她旁边，不停地推荐这个卷饼有多好吃。

盛情难却，简幸只好装作很饿的样子。

她吃饭的时候，大家凑在一起聊会考的事情，有人提了句中考，紧跟着就有人提到了徐正清。

简幸握着卷饼的动作一顿，嘴巴咀嚼着，却一口也没往下咽。

她的注意力全在徐正清中考这个话题上，只是林佳立刻说："哎呀，别讨论这个了，都是老皇历了，怎么这么好奇。"

其他人讪讪地闭了嘴。

饭后，林佳拉着简幸去厕所，洗手的时候，简幸随口问："当初班长缺考的是哪一科啊？"

林佳对简幸没那么多防备，如实说："物理。缺考也能进过渡班，厉害吧。"

物理。

简幸的手还在水龙头下，十二月了，水有点儿凉，冲在肌肤上没一会儿就染了一层红。

她的物理，中考的时候属于超常发挥，所以才顺利地进了过渡班。

水更凉了。

风一吹，简直要把肌肤一寸一寸地冻住。

手稍微紧绷一点儿，都有撕裂的痛感。

"不嫌凉啊？"林佳随手把水龙头拧上。

简幸眨了眨眼睛，一点点拂掉手上的水珠。

她擦个半干就把手装进兜里，每一根手指都冰凉，怎么也暖不热一样。

往回走的时候，走廊已经很空了，天沉下来，像一块巨大的黑色幕布。

头顶没什么星星，也没有月亮。

仅有的光全是教室里的。

简幸沿着护栏的边缘走，恰好走到了光的边缘处。

她低声问林佳："你知道他为什么缺考吗？"

林佳说："好像是他妈妈开车不小心碰到了一个人，那个人没什么事情，当时站起来拍拍灰就走了。但他妈妈那天有点儿低血糖，再加上受到惊吓，晕了，就去医院了，他就没赶上考试。"

简幸低着头，看着自己的脚一步一步踩在最昏暗的地方。

不知是谁在大冬天扫地时洒的水，边缘融了灰尘，湿漉漉的，像泥沼。

她低声"哦"了一声。

护栏外的风忽然变大，对着太阳穴吹，简幸的脑子里"嗡嗡"响。

"好可惜哦。"简幸好像没听到自己的声音。

风盖过了她的声音。

愧疚也显得弱不禁风。

"是啊，很可惜的，"林佳说，"要不然他就是宏志班的班草啦，哪里还轮得到我们沾光啊。"

是啊。

要不然，哪里轮得到在她的世界里，遇到他呢。


晚上放学，简幸没着急回家。

她坐在座位上，看着班里的人一个一个离开，感受着周围的空气一片一片安静下来。

她微微向后靠在后排的桌子上，偏头，目光落在徐正清的桌子上。

他的桌子并不整洁，试卷一大堆，但是简幸记得他每次课前找试卷都是随手一抓就能找到。

他的世界里，好像有他独一份的守则。

她进不去，也看不到。

可她扰乱过他的秩序。

她不杀伯仁，伯仁却因她而死。

周围更安静了，连风都沉默了下来。

简幸关了教室的灯，锁门。

走廊里只有3班的灯亮着，简幸走过去，扭头看到班里只有许璐一个人。

她埋着头，看上去很认真。

好像人人都有方向。

她本以为，她也可以有的。


走出学校，快到爱七七的时候，简幸看到徐正清和陈博予两个人凑在一起低头看手机。

没一会儿，陈博予起哄了一声，徐正清笑着把手机抢了回去。

即便天幕已经拉下，少年眼里也亮如星海。

他笑着往旁边一靠，嘴角、眼角都挂着浅浅的一层玩味。

他说：“你利用我，跟蓝月这这那那的，我揭穿你了吗？”

陈博予立刻喊：“哥，哥，我再也不敢嘲笑你了！以后兔子就是我的神！”

兔子。

她第一次见兔子，就是在这家店里。

那个一看就是用心包装过的平安夜礼物。

简幸看着，第一次没有借机走他走过的路，而是从马路的另一侧离开了。


回到家，简茹还没回家。

这半年，简茹越来越忙，忙到没有时间管简幸。

简幸趴在书桌上发呆，没一会儿，掏出手机，拨了一通电话。

"喂，简幸啊。"是吕诚。

简幸低低地"嗯"了一声，看着抽屉里的纸飞机，唤了一声："爸。"

吕诚问："怎么了？"

简幸张了张嘴，开不了口。

头忽然有点儿疼，简幸头趴在了手背上，她闭着眼睛，忍下脑子里那根一直紧了又紧的弦带来的阵痛。

好久，她才小声说："没事，问问你最近怎么样了。"

吕诚沉默了一瞬，笑着说："挺好的啊，找了份宾馆里的工作，人家虽然不包住，但是给了住房补贴。"

吕诚大概是第一次有自己的生活，他身边没有可以说话的人，难得有人主动问，像开了话匣子一样絮絮叨叨地说了好多。

他已经走在了他自己的方向里。

而她还在被桎梏。

只有她了。

简幸听着，长长地舒了口气。

她抬起头，推开了窗户。

窗外黑云压城，冬季已至，好天气成了奢望。

她用手指轻轻抠了抠玻璃窗。因为是新换没多久的，边缘灰尘很少，只有薄薄的一层。

两指轻搓掉灰，简幸垂眸，说了句："那很好啊。"

吕诚似乎察觉了简幸不太高兴。他虽然脾气好，但是没什么学问，说不出什么大道理。唯一的劝慰只能是不停地说："你也会好起来的，好好上学，毕业了去想去的学校。这点你放心，你妈肯定不会插手的，这方面她更相信你的选择。"

是吗？

简幸没说话，眼睛一眨不眨地盯着那条被自己擦干净的窗框边缘。

吕诚又说："我知道你很辛苦，有时候，可能还会有点儿痛苦。这只是现在，以后慢慢就过去了。你还小，觉得难以承受很正常，过去了就不觉得有什么了。"

不是的。

痛苦就是痛苦。

痛苦没有等级。

没有今天、明天之分，没有儿时、长大之别。

可是，吕诚已经活了大半辈子了，他好不容易走了出来，她又何必再用这些反驳的话来为难他。

就让她做铁屋子里唯一一个痛苦的人吧。

— 36 —

会考结束在平安夜那天，第二天，一场大雪迎接了今年的圣诞节。

空间里到处都在晒苹果和橙子的照片，班级群里消息不断。

简幸正要退出去，有一通电话进来，说是她有快递。

简幸愣了一下。等把快递拿到手，看到寄件人写着"风流才子"时，她笑了。

快递是一条围巾，圣诞主题的。

红绿相间，衬得这个冬天不再是白茫茫的一片。

下午五点多，简幸又接到一通电话，还是快递。

是一箱柑橘。

寄件人：大大大美女。

简幸没忍住，跟陈烟白说："你真该和江别深做朋友。"

陈烟白不怎么喜欢江别深，说他太虚伪，表面吊儿郎当，扒了皮还不知道骨子里藏着什么髓。

简幸反问："你不是也一样？"

陈烟白理所应当地说："嗯，所以我们是同性相斥。"

简幸失笑。


圣诞节这场大雪下了一周，再加上今年管控得严，和中取消了今年的跨年晚会。

十二月三十一日晚上，简幸在一切如常的晚自习中度过。

放学铃敲响，大家纷纷互相道贺新年。

徐正清身为班长，笑着跟每个人说话，离开教室时，他从前门走，路过简幸时敲了敲简幸的桌子。

简幸抬起头，心怦怦跳。

她还未开口，徐正清先说："新年快乐啊。"

简幸笑笑说："你也是。"

徐正清很自然地轻抬下巴："走了啊。"

简幸说："再见。"

明年他们就上高三了，高三更不会有什么跨年晚会。

这么一想，去年居然成了他们有且仅有的一次校园盛宴。

万分感谢，她记住了他在台上的每一帧画面。


一月一过，寒假紧跟而来。

学校今年放假早，腊月二十就放假了，简茹自然不会放过这个让简幸好好补课的机会。

"钱给你，你自己去报名。"简茹说。

简幸想着快吃完的药，把钱捏在了手里。

她心中打算和暑假一样，白天去书店混，晚上回来。

然而她没想到吃了闭门羹。

看着书店旁边花坛里卧着的猫，简幸心中隐隐察觉了某些事情。

但是她没去问江别深。

他们都不擅长把情感摆在明面上。


学校的店关了，简幸每天白天只能在一中斜对面的新华书店商铺。

商铺其实很乱，很多小孩、老人为了蹭暖气，在这里蹲着、坐着、躺着，甚至大声聊天。

看书是看不下去的，但也算个避风港。


腊月二十三，陈烟白回和县。

简幸闲着没事，心血来潮地问："我去接你吧？"

陈烟白正忙着下火车，在一片嘈杂中问："你怎么接？双腿'11路'？"

简幸说："我可以坐汽车啊，过去也就十二块钱。"

"过年涨价了，十五块。"陈烟白喘气，"算了，别瞎折腾了，你不知道来回有多少人，一会儿能不能挤上车都是问题。"

简幸怕帮倒忙，只是"哦"了一声，说："那我在新华书店等你？"

陈烟白说："好。"

和县没有火车站，陈烟白从学校回来只能先到邻市，然后再坐汽车回和县。

平时车程大概要一个半小时，现在春运堵车，再加上天气不好，估计要走两个小时。

简幸看了眼时间，重新沉下心来。

她正准备去国内文学区转转，店里忽然静了一瞬。

静得很明显。

简幸被吸引，跟从大众目光看去。

门口刚进来了一个女生，头发很长，烫了大波浪。

这发型很挑人，也很显轻熟。

女生的头发染成了棕色系，从门口进来时外面的光一照，头顶有一点点泛金色。

她穿得不算轻熟，但是很淑女，粉色毛呢大衣，好像是阿依莲的。

吸引大家目光的，大概是她的脸和气质。

她看上去其实没多大，但是气质很好，没有寒窗苦读的弓腰伸脖。

她像一只白天鹅。

她的皮肤也很好，冬风吹得她的脸有点儿泛红。

她拿手焐了焐脸，到前台询问。

没一会儿，她走了过来。

简幸站在书架里面，借着视野盲区，女生其实看不到她。

她看着女生，心想终于见到正脸了。

和想象中一样好看。

夏天的时候，她轻衫薄纱，娇俏甜美。

冬天也不会被厚重的衣物束缚。

她和徐正清妈妈是一类人。

简幸看着她走到旁边的书架，也是国内文学区域。

她在打电话，声音很甜，笑着跟对方说："和中书店没开门，我只能来这边找啊。"

简幸背对着她站着，本来手中空空如也，在身后人转身的同时，动作慌乱地随手拿了本书。

余华的《活着》。

冥冥之中，像在影射着什么。

简幸的后背僵直，心里比见到徐正清还要紧张。

身后的人每上前一步，简幸表面无动于衷，心里那根脊骨，却一寸一寸弯了下去。


"你好，请问这本书还有没拆封的吗？"

耳边忽然响起甜美的声音。

简幸耳膜震震，猛地扭头。

女生在询问旁边人。

旁边人手里拿的是沈复的《浮生六记》。

那人应该挺高兴，好像被美女搭讪都会心情好，主动踮脚从最上面拿了一本新的递给女生。

女生笑着把书抱进怀里，说谢谢的时候微微欠身，礼貌涵养尽显。

拿到了想要的书，她很高兴，当下拨了一通电话："我找到了哦。"尾音带着撒娇的意味。

电话那头的人笑了一声，说了句："厉害。"

简幸不明白，明明书店里的声音这么嘈杂，她为什么还能把手机那头的人的声音听得这么清楚。

是手机质量不好，还是手机质量太好？

"你是准备把我看过的所有书都看一遍吗？"电话那头的人又问。

"不行吗？"女生说，"我的艺考已经结束了，下面有的是时间。"

"嗯，厉害，"电话那头的人说，"还以为你已经看完了呢。"

"什么已经看完了？"女生问。

"跟我装傻？"电话那头的人说。

"什么啊，你烦不烦啊徐正清。"女生佯装生气。

女生转身离开前，简幸听到电话那头传来了徐正清妥协的声音："行行行，看看看，辛兔兔加油！"

女生渐行渐远。

简幸把手里那本《活着》拿得越来越紧。

手指因为用力而泛白。

眼眶似有肿胀，但目光又清晰得可以把书上的每一个字都看得清清楚楚。


　　　　最初我们来到这个世界，是因为不得不来；
　　　　最终我们离开这个世界，是因为不得不走。


简幸合上了书。

书封漆黑一片。

黑纸白字，"活着"两个字又小又扁，却能立刻抓住人的眼球。

像屹立着，又佝偻着。

如同简幸心里那根脊骨。

如同她活着本身。

"从进门就看到你在这儿戳着，跟一根针似的，看什么呢？"陈烟白拍简幸的肩，凑上来。

简幸回神，把书合上。

她眨了眨眼睛，神态有些茫然地问："这么快，几点了？"

"六点不到，"陈烟白说，"但是我快饿死了，走走走，去吃饭。"

"想吃什么啊？"

简幸有问有答，却心不在焉，整个人像飘着的。

陈烟白好奇地盯了她两眼，不答反问："你的药吃得怎么样了？"

"挺好的啊，"简幸说，"医生说在好转。"

"真的？"陈烟白问。

"嗯。"简幸岔开话题，"你想吃什么？体育场那边新开了一家土豆粉，挺好吃的，要不要去？"

一听吃的，陈烟白的思绪又回来了。

她拉着行李箱说："走走走，吃吃吃，我还要吃烧饼。"

"吃几个？"

"八个！"

"哈哈。"


吃饭的时候，陈烟白一直在观察简幸。

简幸知道，就任由她观察，然后大大方方地问："怎么样，胖了吗？"

陈烟白"嘿嘿"一笑："胖了一点点。"

简幸说："等你下次回来胖十斤。"

"那太好了，"陈烟白想起什么，问，"叔叔现在在做什么？"

简幸说："听说是在一家宾馆工作，具体情况我也不清楚，没时间过去，等过年了去看看。"

"嗯，行。"陈烟白说，"我晚上就不留在和县了，一会儿赶最后一班车回去。"

"回去干什么？"简幸问。

"不知道从哪儿来了一个亲戚，找村主任联系的我，我过去看看。"

简幸不太放心："一定要你回去吗？让他们过来不行吗？"

万一真有什么不好的事情，陈烟白一个小姑娘，又在村子里，跑都跑不掉。

"你担心什么呢？"陈烟白说，"谁敢动我啊，放心吧，有事我肯定第一个给你打电话。"

因为陈烟白这句话，简幸第一次把手机调成了响铃模式。


腊月二十七，补习班放假。

简幸提前打听好了，放假会放到正月初五——徐正清生日那天，然后继续上课到正月初十。

学校今年正月十二正式开学，留给她的时间还有一段。

只是简幸没想到，腊月二十七这天，简茹回来得很早。

她平时都要晚上十点才回来，今天居然和简幸在巷子里碰了面。

简幸刚刚在外面找了家餐馆吃面，有点儿撑，不太舒服。

她看着简茹问："今天怎么这么早？"

简茹从车上下来，一句话没说，脸闷得铁青。

简幸隐隐觉得不安，又追问了一句："妈，怎么了？"

两个人一前一后进门，简幸还没关上门，简茹一巴掌就扇了过来。

简幸躲得快，这巴掌落在了她的脖子上。

冬天衣服穿得厚，并不疼。

简幸后退一步撞到铁门上，发出"咣当"的声音。

震得她有点儿耳鸣。

她看向简茹，看到简茹的脸色更青了，甚至直逼黑色。

很快，简幸不再胡思乱想。

因为简茹问了一句："你每天都上哪儿去了？"

简幸说："书店。"

简茹气笑了，她捞起旁边的扫帚就往简幸身上抽，一边抽一边骂："你当我老了是不是？！老糊涂了？！跟你姥姥一样好哄是不是？！

"书店？你去书店干什么？拿了钱不去上补习班！逃课！暑假也都没去！

"简幸！你对得起我吗？！我想着过年了，去补习班接你！结果呢！然后呢！人家根本就没你这个学生！暑假你也退课了，一天都没上就退了！"

简茹打累了，气得眼睛都红了，指着简幸，浑身都在抖。

"简幸！你到底怎么回事！到底怎么回事！

"你到底是跟谁学的？

"是不是陈烟白？你又跟她混在一起了？

"说话！！！"

简幸的头发全乱了，脸上被扫帚刮出了血痕。

她声音很哑，问："你让我说什么？"

简茹气得掐着腰大喘气，两秒后声音更大地咆哮："我问你到底怎么回事！你失心疯了是不是！你知不知道你这样辜负了多少人！"

咆哮落地。

大雪飘下。

一片寂静。

简幸一下一下抚平了身上衣服的褶皱。

和上次挨打不太一样，那次有吕诚，她看到吕诚为她出头，心底有扭曲的恨和茫然。

可今天，此时此刻，她却忽然觉得释然。

她抬起头，对上了简茹的眼睛。

简茹眼睛通红，她的眼睛也没好到哪里去。

可她笑得出来，她说："我就是太怕辜负你们，才会这样。"

"什么？"简茹不知道是气蒙了还是怎的，反问的声音是气音。

但是简幸听出来了。

她说："我没怎么回事，我就是想这样。

"我不想去补课，所以我不去；我想去书店，所以我去，我愿意。"

她这十几年，起初怕负了简茹，后来怕负了姥姥。

她害怕负所有人。

唯独不怕负了她自己。

是的。

因为她愿意。

她要的，就是这一份她愿意。

说完，简幸忽然觉得浑身都不累了。

她甚至也不觉得冷，浑身都热了起来。

原来这就是陈烟白说的"为自己"。

确实很让人上瘾。

"你疯了，"简茹忽然小声说，"你疯了，你疯了，你疯了！"

简幸不想继续与她纠缠。

她准备绕过简茹回自己屋，却在路过简茹的时候被简茹狠狠推了一把。

简茹指着她："滚！你给我滚！"

简幸头也没回。

冬天的夜来得很早，最后一丝光消失，气温骤降。

简幸每一脚都踏进雪里。

一步一个脚印，她沿着路灯，走了很远。

她给吕诚打了电话，问了地址。

不知道是不是有了方向的原因，她每一步都走得很轻快。

直到……

QQ消息弹出。

是许璐。

简幸愣了愣，有点儿意外。

许璐：在吗？

简幸回：在。

许璐：你没事吧？

简幸没懂，发了个问号。

许璐：你为什么自作主张退课啊？跟你妈妈好好说说吧，以后别这样了。

许璐：简幸，有些事情根本不适合我们来做，好好学习，做个乖孩子，不好吗？叛逆又不是什么好事。

突如其来的一顿教导。

简幸觉得许璐总是定位不准，太自以为是。

她问：你有事吗？

刚发过去，简幸忽然一瞥，瞥到许璐说的那句"跟你妈妈好好说说吧"。

她一顿，立刻问：什么我妈妈？怎么了？

大雪纷纷扬扬，落得更密集了。

路灯把雪照得发红发亮，映得简幸脸上的血痕更明显了。

许璐：你妈妈还没找你说吗？

许璐：她都知道了，晚上还去补习班闹了，说补习班擅自允许学生退课。

许璐：易校长快被气死了。

简幸皱眉。她大概能猜到简茹会说什么、做什么。

闹起来，场面大概也很难看。

不同于之前每每被简茹弄得无力，这次她烦躁了起来。

幸好她还有点儿零花钱，改天托江别深还给易和唐。

最好再请他吃饭，亲自道歉吧。

简幸心里叹了口气，给许璐回：我知道了。

她想了想，又补了一句：谢谢。

许璐：你还是顾好你自己吧，这次补习班里虽然没有你们班的，但是你们班班长和易校长是朋友，今天也在，说不定会传到你们班里。

班长……

徐正清？

气温是一瞬间降低的。

体温也是一瞬间冰冷的。

简幸愣愣地看着屏幕里的字，本来在高空荡着的心一下子坠入悬崖底。

徐正清也在。

对，江别深之前说过，那个补习班是他朋友开的。

所以徐正清理所当然地也认识。

徐正清看到了简茹。

他认出简茹就是那个拿了他爸妈一大笔钱，又把他害得中考缺考的人了吗？

徐正清看到了简茹。

他大概是第一次见到这种母亲吧？

和他记忆中端庄大方、温柔漂亮的母亲，云泥之别。

徐正清看到了简茹。

徐正清看到了她狼藉一片的生活。

看到了她优异的成绩，其实是偷来的一切堆砌起来的。

"啪！"

雪太大了。

气温太低了。

路灯被冻爆了。

世界暗下来。

只剩手机荧光的一点儿亮。

这一点微弱的光线，像无数把尖刀，扎进了简幸眼里。

这一刻，她很想点进徐正清的聊天窗口。

她想对他说一句"抱歉，又打扰到你的生活了"。

可是太冷了，她的手早就僵了。

她点不动键盘，也呼吸不过来。

忽然，胃里一阵痉挛。

简幸在空无一人的街道，弯腰吐了出来。

简幸是半夜开始发烧的，身体和心理的痛楚像海水倒灌一样涌来，湿漉漉地包裹了她的全身。

她迷迷糊糊地听到吕诚唤她的名字，睁开眼，对上吕诚焦急心疼的目光。

她嘴唇干得裂开了，却还是扯唇笑了笑说："我没事。"

吕诚什么都做不了，只能坐在床沿沉默。

这是一间不到二十平方米的小屋子，灶台和卫生间在外面，屋里只能放下一张床、一张桌子和一个简易的组装衣柜。

灯泡好像也坏掉了，光线昏暗，照在吕诚脸上显得他的表情更加沉默。

简幸来之前，吕诚在墙上钉了两颗钉子，拴了一根绳，绳子上挂着一条床单，把一张一米五的床，隔成了他们父女之间男女有别的两个小小世界。

这会儿简幸躺着，吕诚把床单拉开了一点儿，时不时问简幸要不要喝水。

简幸怕喝多了上厕所，忍得嘴巴起皮才会小小地喝一口。

吕诚没忍住，把杯子放下，起身走了。

他转身之前，简幸看到他眼角染了很深的红。

她唤："爸……"

吕诚没有回头，脊背佝偻着。

他的声音很低，带着隐忍和沙哑："我出去抽烟，你先睡。"

简幸看着他把门打开又关上，冷风见缝插针地钻进来，吹得人又清醒又迷茫。

她本来觉得，挣脱简茹也没什么大不了的。

她还有爸。

可现在，她靠在布料粗糙的枕头上，看着旁边吕诚的位置上连个枕头都没有，只能把棉衣叠起来当枕头，她忽然觉得自己好麻烦。

她为什么，总是这么麻烦？

吕诚这间屋子关上门没比外面暖和多少，简幸这场病来势汹汹，好像她过去隐忍的一切要连本带利地吞噬掉她什么。


腊月二十九，简幸不得已"打了吊瓶"。

诊所早就没人了，她只能去医院。

吕诚为她前前后后地跑，一会问她冷不冷，一会儿问她饿不饿。

简幸见不得他为自己奔波，拽着他说："你坐着，都说了我不饿。"

吕诚还是很局促，也很拘谨。

他想把一切都给女儿，行动起来才意识到自己什么都没有。

他说不出什么，只会说一句："是爸没本事。"

简幸不想听这些，假装犯困地闭了眼。


除夕，吕诚炖了鱼汤和排骨，炒了个青椒鸡蛋，又炒了个素三鲜。

桌子是小四方桌，很矮，搭配的凳子更矮。

简幸坐在其中一条凳子上，捧着鱼汤喝了大半碗，喝完说："你做饭越来越好吃了。"

吕诚挺高兴，不停地给她夹菜夹肉。

这屋里没电视，看不了春晚。

但是拉开窗帘，能看到很多烟花，爆竹声也从未间断。

简幸怀里抱着暖水袋，睡觉前跟吕诚说："爸，新年快乐。"

吕诚说："明年要更好。"

简幸说："会的。"

屋里灯关了，拉上床单，简幸翻了个身，钻到被子里去。

她的手脚冰凉，心却跳得极快。

黑暗把什么都放大了，包括她那点儿卑微的小心翼翼。

班级群里大家都在互相祝贺，话题从春晚聊到放炮，偶尔有人讨嫌地问大家寒假作业做到哪儿了，被一群人喊着踢出去。

这人瞎起哄，让大班长出来主持公道。

水到渠正：大过年的，不要拖我下水。

一句话惹得其他人纷纷发鼓掌的表情包。

又一年过去了。

和她完全不一样的是，他每一个新年都比旧年更加让人充满期待。

他像天边的上仙，永远没有凡人的烦恼。

而她，连成为凡人，都举步维艰。

简幸终究没有打扰徐正清，她把徐正清的对话窗口点开，退出，无数次。

最后，她只在群里说了句："祝大家新年快乐。"

偷偷祝你新年快乐。


初三，吕诚复工。

他白天走得早，晚上回得迟。

简幸一个人在家，不觉得空，也不再像从前那样争分夺秒地珍惜独处的每一刻。

她开始享受。


下午陈烟白给她打电话，简幸问她老家具体发生了什么事。

陈烟白说："好像是……呃，感觉有点儿离谱。就是我妈，我妈有个好朋友，二婚嫁了南方的一个富豪，现在要资助我上大学。"

简幸问："那你要接受吗？"

陈烟白问："我为什么不接受？"

简幸笑了："我也觉得你应该接受。"

陈烟白说："是啊，狗屁的自尊心啊，未来才是王道。我已经跟她谈好了，明年你上高三，加把劲儿冲刺，我也去报个班，咱们一起冲！"

简幸说："好。"

晚饭是简幸自己随便热的，江别深在饭点发来短信，没谈补习班的事情，只问她明天有没有空出去吃饭。

简幸不想跟他绕弯子，直接问能不能把易和唐也带出来。

江别深这才问：你呢？阿姨为难你了吗？

为不为难的，不是一句两句能说清的。

简幸也不想撒谎给简茹立什么好人设，就略过了这个问题。

她说：替我跟易校长道歉，太抱歉了。

江别深：没事，他又没放在心上。

简幸：嗯。

江别深：那明天还出来吗？

简幸：可以啊，想吃什么？我请你们。

江别深：嚯，好大的口气，压岁钱拿了多少啊？

简幸：够你吃的。

江别深：那就石条街走起来？


和县有种特色面，石条街有一家做得很出名。

早上吕诚走之前，简幸跟他说了自己要出去一趟的事情。吕诚二话没说，给了简幸一百块钱。

简幸说："我有钱。"

"拿着，"吕诚说，"压岁钱。"

简幸没再说什么，只是看到吕诚出门时，神色疲惫地打了个呵欠。

门关上，简幸没挪开目光。

她在床边坐了很久，才起身拿自己的药。

药没剩多少了，眼下这个情况，并不适合再去开新的。

简幸盯着掌心的药看了好一会儿，把其中一粒掰成了三份。

她只吃了其中一小份。


是简幸先到的石条街，过年没什么人，她直奔目的地，进门才发现江别深已经到了。

只有他自己。

简幸坐过去问："易校长呢？"

"校什么长，充其量就是一个学长。"江别深伸手示意老板过来，简单粗暴地点了两碗面，每碗各加一个鸡蛋，又点了一小份羊蝎子，其间询问简幸，"能吃辣吗？"

简幸说："中辣就行。"

老板走后，江别深才继续说："他有事，忙着走亲戚。"

简幸"哦"了一声。

江别深看了眼简幸，半调侃地说："来，抬头我看看。"

简幸有点儿蒙地抬起头。

江别深只看了一眼就说："状态不行啊。"

简幸收回目光，"嗯"了一声，没反驳。

江别深问："睡着了吗？"

简幸说："没。"

似乎在江别深的意料之中，他"嗯"了一声说："那一会儿跟我去看看。"

简幸拒绝了。

"不用，"她说，"看不出什么的。"

江别深："我姑奶要是听到这话，血压值能升到二百你信不信？"

简幸埋头吃饭。


饭后是简幸结的账，江别深倒是一句都没客气。

俩人出了店，江别深嘴里就叼起了烟，也是在这时，简幸才看到他手里还拎了一个手提袋。

俩人走出石条街，一路走到了文明路，拐进公园的时候，简幸犹豫了一下。

她只停顿了一秒，江别深就察觉了，问："怎么了？"

简幸这次没隐瞒，说："我妈可能在前面。"

江别深"哦"了一声，一句不多问，只说："那从这边走？"

简幸说："你去哪儿？"

江别深说："送你回家啊。"

简幸说："不用。"

大白天的，送不送确实没差。

江别深又问："医院真不去了？"

"嗯，下次再说吧。"

"那行，"江别深一伸手，把手提袋递过来，"新年礼物。"

简幸接过："谢谢。"

"你还真不客气。"

简幸反问："你需要我客气吗？"

江别深笑："那你至少得还礼吧？"

"刚才不是请你吃饭了吗？"

江别深一顿，神色认真地唤了声："简幸。"

简幸没吭声。

江别深说："你去考律师专业吧，国家需要你。"

简幸露出了笑。


回到家，简幸把手提袋里的东西拿出来。

是莎士比亚的《十四行诗》。

简幸看过的。

她相信江别深知道这本书她看过了。那为什么还要送她这本？

正疑惑着，简幸随手一翻，书里夹着的一个树叶形状的书签掉了
下来。

一串英文。

简幸看得懂，译成中文是：我怎能把你比作夏天？你比她更可
爱，更温婉。

简幸捏着书签，盯着黑色的字迹。

有点儿像徐正清的字迹。

又不太像。

所以江别深是在做什么？

模仿徐正清的字迹，然后送给她？

简幸失笑，垂眸间，眼底是浓浓的嘲意。

她很感谢江别深，甚至觉得他可爱。

她想嘲讽的，是她自己。

只是她自己。


晚上九点半，吕诚敲门回来。

简幸今晚有点儿犯困，但是闭上眼睛，脑子又一片清醒。

她听到了吕诚的敲门声，很想起身，甚至觉得自己已经起身了，像做梦一样。

可一晃神，她又能察觉到自己还在床上躺着。

直到门被推开，她在蒙眬中听到吕诚喊她。

她喃喃地应了两声，最后在吕诚试图把她背起来的时候，一下子清醒了。

脑子里的那根弦也是一瞬间绷紧的。

简幸睁了睁眼睛，反应过来说："我……我刚才睡着了。"

吕诚把她放下，脸色很严肃："你是睡着了吗？你是昏了！"

简幸闭上眼，揉了揉太阳穴。

吕诚开始拿鞋拿衣服："走，去医院。"

简幸松开手，小声说："不用去。"

吕诚说："不去怎么知道你怎么回事？你现在可是高中生，任何事情都不能马虎。"

简幸怔怔地，几秒后说："我知道我怎么回事。"

吕诚一愣。

简幸低着头，抠了抠指甲说："我……有点儿抑郁，挺长时间了，确诊了，但是我其实觉得还好，没有特别难受。我今天晕……应该是我断药断的。"

沉默。

一分钟后，吕诚放下了鞋，放下了怀里的衣服。

他一句话也没说，转身去了门外。

没多久，简幸闻到了很浓的烟味。

她还听到了年过半百、历经风霜、始终沉默的男人，发出了悲伤的哭声。

— 38 —

简幸没再断药，因为吕诚会负担她后面的药费。

初四晚上，和县忽然下了一场冰雹，半个多小时才停。

简幸记得吕诚早上走的时候没带伞，于是就在吕诚快下班的时候，拿了把伞去吕诚工作的宾馆。

宾馆在细阳路，离住的地方不算近也不算远，走路十分钟。由于刚下过冰雹，冰雹融到雪里，路很滑，简幸走了快半个小时才到地方。

宾馆是一家七天快捷，不大，前台只有一间门面，旁边一部电梯，楼上有五层房间。

简幸没进去，就在门口等。

没一会儿，她有点儿冷，又打开伞，往旁边一缩。

吕诚没多久就出来了，和同事一起。

同事是个女人，说话时口吻带着微妙的亲近和管束："我知道你心疼闺女，那也不能不睡觉，你多大的人了，身子熬不住的。"

吕诚话少，半天才"嗯"了一声算作回应。

女人又说："你要真的怕呼噜声打扰她，就给她买个耳塞。我儿子给我买了一副，我觉得挺管用的。"

吕诚犹豫着问："这个……上哪儿买啊？"

女人一摆手："算了算了，你别买了，明天我给你带一副。"

吕诚笑着说："谢谢。"

俩人一抬头，看到外面的风雪都停了。

女人看了眼地面，说："我送你回去。"

吕诚坚决拒绝："不用。"

女人不同意，甚至有点儿生气："你这会儿计较这个做什么？也不看看外面的情况。"

简幸就是这个时候站起来的。

她一站起来，吕诚立刻看到她了，有点震惊："简幸？"

简幸"嗯"了一声，弯了弯唇角说："爸，我来接你。"

吕诚沉默了一瞬，随后"唉"了好几声。

看得出他很高兴。

之后他好像忽然想起来什么，笑容明显僵了僵。

他看了看女人，又看了看简幸，张不开嘴介绍。

还是简幸先开口的："阿姨好。"

女人比吕诚坦诚多了，她看上去很干净，也很利落，瘦瘦的，笑起来法令纹也深，但是不显凶。

"哎，你就是幸幸吧？真乖，长得真好。"女人说，"那既然你来了，我就不瞎操心了，你们父女俩快走吧，别在这儿冻着了。"

简幸"嗯"了一声，跟吕诚转身走的时候，又回头说了一句："阿姨再见。"

女人很高兴，说了两遍："唉，再见，再见。"

回去的路上，简幸和吕诚之间比天地还沉默。

他们一路无话到家，进屋以后，简幸开始忙着给吕诚倒热水洗脸，又帮他把毛巾全部浸热。

吕诚明显不适应这种照顾，手足无措地说："我来就好，你去睡觉。"

简幸说："你又不是不知道，我睡不着。"

吕诚更加局促起来："那这么不睡也不是办法啊。"

简幸说："现在就只能这样，所以我们俩必须有一个要睡好，不能两个都倒了。"

吕诚不说话了。

简幸继续热毛巾，边热边说："你不用顾及我睡不睡得好，我现在在放假，晚上睡不好，白天可以补觉。开学以后也不用顾及，我年轻，人家高三学生多的是一夜不睡觉的。"

吕诚还是不说话。

等简幸把东西都弄好了以后，自己爬上床了。

吕诚坐在床沿洗脚，热水漫过双脚，很快暖意往上，缠上了心窝。

他低头看着冒着气的水，好一会儿才说了一句："简幸，你不要多想。"

他说这话的时候没有回头，简幸也背对着他玩手机。

简幸说："我没多想，你怎么样都行。"

她又说："如果她真的对你好，也可以。你一个男人，又照顾不好自己。"

吕诚忽然笑了："你个小孩，懂什么。"

简幸翻了个身："我怎么不懂，我都这么大了。"

在简幸看不到的地方，吕诚眼里的笑僵了一分，随后表情都沉了下去。

吕诚洗完脚，把水倒了，钻进被窝儿以后，关了灯。

屋里漆黑，只有呼吸声和被子翻动的声音。

不知道为什么，简幸总觉得吕诚有话要说。

没几分钟，吕诚就开了口："简幸。"

简幸很快"嗯"了一声。

吕诚又沉默下来。

简幸似乎能察觉到他的考量和犹豫，没有催他。

又过了几分钟，吕诚才说："这么辛苦了，要好好学习才是。"

简幸在黑暗里睁开了眼睛。

吕诚继续说："感情这个东西，我记得我刚和你妈结婚的时候，你姥姥说过一句话，那个时候她还是能吃糖的，大夏天，她躺在躺椅上，摇着扇子跟我说，'感情这东西太俗气了，日子才是最实在的。世俗会绑架感情，但不会插手半分日子'。"

这些话，吕诚不知道思考了多久，琢磨了多久。

简幸没接话，只是问："爸，你到底想说什么？"

吕诚再次沉默。

就在简幸以为吕诚睡着了的时候，吕诚忽然说了一句："没事，睡觉吧。"

吕诚大概是把简幸的话听了进去，睡了没多久，简幸就听到了浅浅的呼噜声。

简幸没觉得吵，只觉得安心。

她翻了个身，想到这其实是吕诚第二次跟她谈感情这件事情。

也是第二次告诉她，感情是个很俗气的东西。

他到底是想告诉她什么呢？

简幸想了很久，还是没想出来。

中途简幸看了一眼手机，QQ消息弹出了不少，点进去才看到是群消息。

还没到零点，群里已经有人纷纷祝徐正清生日快乐。

今年徐正清没有办生日会，好像是要和家里人一起过。

十七岁了。

快要到他们的终点站了。

简幸依旧没有单独打扰徐正清，而是在零点那一刻，和大家一样发到了群里。

简简单单四个字，迅速被卷入无数消息里。

大概只有她自己看到了。

可是没关系，她从来都没有想要得到他什么回馈。

她只是在做她愿意的事情。

可能有些事情，会不会懂就在一瞬间。

简幸一直觉得吕诚的话很朦胧、很模糊，虽然他每次都会讲很具体的人、很具体的话，可她依然觉得这些话是飘着的。

她没有看到本质。

可这一刻，她忽然有点儿明白了。

又一年过去了。

简幸删了去年的签名，换成了新的——

我愿为你跑进汹涌的世俗。


和县今年的雪尤其多，开学那天，雪下得更凶。

简幸在家吃了饭才出门，一推门就被风吹得睁不开眼睛。

家里唯一一把伞被吕诚留在了门口，简幸看了一眼，拿了伞出门。

路上雪势渐大，几乎寸步难行。

风也大，好像要把人吹倒。

每前进一步，仿佛都要用尽半身力气。

从吕诚的家去学校，简幸就不需要从人民路走了。她先从健康路走，最后拐到了先锋路，然后从公园直达学校。

途经公园的时候，简幸在一片茫茫飞雪中，见到了那个女生。

她穿着羽绒服，羽绒服的毛领是粉色的，落了雪，毛一缕一缕的，但也干净。

中筒靴后面有两个兔子，兔耳朵毛茸茸的。

她手里没打伞，拿着一个保温杯，是兔子形状的，很可爱。

她旁边，与她并肩而行的，是一个男生。

男生穿着黑色的羽绒服，脚上穿了一双短靴，灰色的。

他手里撑着一把伞，大半个伞檐都在女生头顶。

他的右肩落了一层雪，可他毫不在意。

他偶尔扭头跟女生说话，垂眸时，眼睫低敛。

挡不住眼里的柔意。

他对所有人都好。

可这一刻，他是不一样的。

雪就是在这一瞬间更大了，成团的雪从头顶砸下来，落到伞面上，声音却砸在了简幸的心上。

脚下的雪越来越深，每一步都走得艰难。

更艰难。

过年的时候，吕诚花钱给简幸买了一件新羽绒服，很长，到大腿。

也很厚，平时在家，穿一件羽绒服，里面几乎只用穿一件保暖内衣就可以。

今天她在里面还穿了一件高领毛衣，却好像没有挡住风雪。

冷意频频往她骨髓里钻，冻得她视线渐渐模糊。

慢慢地，简幸把伞檐垂下，遮挡了左前方的视线。

她自欺欺人地只看右边的少年。

简幸穿的是球鞋，鞋浅，一脚没踩好，就要灌一脚雪。

雪渐渐融化成水，浸透了简幸的脚。

寒从脚起。

可她仍然倔强地跟上每一步。

一脚踩进雪坑，留下很深的脚印。

一个一个，渐渐地还是落了些距离。

一个拐弯，简幸没跟上。

风卷起雪，简幸没拿伞挡。

她眯眼，想看看他们走到哪里了，却半天没找到人影。

快到学校了，每个人都在低头缩肩地往风雪里冲。

只有简幸，抬着头，仿佛要被风雪掩埋。

这个冬天，好像不太好过。

二〇一一年这一年，似乎也不会好过。

— 39 —

高二下学期，压力是陡增的，班里下课后都没什么人在走廊闲逛了。

秦嘉铭也进入了高三下学期，平时在爱七七门口已经很少见到他的身影。

百日誓师大会那天，操场上的宣言声在教室里都能听到。

林佳趴在走廊的护栏上，叹气说："明年就到我们了。"

简幸"嗯"了一声。

林佳扭头："简幸，你有去宏志班的想法吗？"

简幸问她："什么意思？"

林佳说："是我听说的，具体真假我不知道。就是好像从我们这一届开始，高三可以跳去宏志班，我感觉你努把力是可以去的。"

简幸愣了下："我们班是不是有人可以去啊？"

林佳说："当然啊，徐正清不是肯定能去吗，我甚至怀疑这规则是专门为他定的。"

简幸"哦"了一声，没回答林佳的上一个问题。


三月开春，天还寒，站在高空吸一口气依然是满鼻子冷空气。

呛得人眼睛都要湿了。

如果他真的能去，那她会觉得是一种解脱。

简幸趴在护栏上往下看，六层距离，近二十米，她在人来人往的广场上捕捉到了正往教学楼楼梯口走的徐正清。

他身旁是陈博予，蓝月看到以后双手拢成喇叭状喊："陈壁虎！"

陈博予抬头，蓝月冲他吐舌头、做鬼脸。

徐正清也一同抬头，遥远的距离，简幸并未与他四目相对。

是她单方面，看到了他的脸，看到了他唇边的笑。

是她单方面，记住了这些画面。

是她单方面，在做最后的挽留。


四月份，和县陷入了一场又一场雨里。

简幸每天走的路都是湿漉漉的，人也湿漉漉的。

期中考试前，她最后一天的药吃完，吕诚陪她去开新的药。

复诊结束，胡医生拿着检验结果，眉头皱得很深。

她沉默了很久，才拿下眼镜，很随和地问简幸："怎么了呢？"

药物控制这么久，病情不见好转，反而直接转成了重度。

简幸垂着眸，一副不想多做交流的样子。

胡医生笑了笑，并不为难简幸。

她吩咐实习医生开药，然后让吕诚去拿药。

等人都走了，诊室安静下来，胡医生才说："阿深很少对一个姑娘这么上心，如果不是我知道他刚失恋，甚至要怀疑这个臭小子是不是欺负未成年人了。"

简幸扯唇笑了笑，还挺意外胡医生会跟她提江别深的。

"我是你的医生，我就要为你负责，你有什么事，如果跟别人开不了口，其实可以跟我说说。"胡医生说。

有些事情憋得太久了，对谁都已经开不了口。

简幸垂着眼皮，干净的脸上隐约可见一层灰蒙蒙的阴郁。

她不像一朵待开的花。

她仿佛要在花骨朵时期枯萎。

"我记得，你上高二了吧。"胡医生又说，"快高三了呀，有没有什么想去的大学啊？"

这个问题简幸倒是回答了。

胡医生听了，笑着点头："那很好啊，有想去的地方，有喜欢的专业，就很好。"

简幸"嗯"了一声。

胡医生忽然笑着问："那有喜欢的人吗？"

简幸原本抠弄指甲的动作一顿。

胡医生了然："有的呀，那小男生肯定很优秀吧？"

这些话，简幸从来没跟任何人聊过。

即便是江别深，他们也没聊过。

她只是不小心被江别深看破，然后又被他小心翼翼地保护了下来。

她从未亲口说过什么。

她早就想好，要把这个秘密留给时光。

留给和中的时间，留给夏天的风，冬天的雪。

可是情绪这种东西，一旦被撬开了口，人的理智就被汹涌的水淹没。

她的手有点儿发抖，沉默了很久，才从喉咙里僵硬地挤出一个字："嗯。"

"那喜欢他，肯定很幸福吧？"胡医生说，"哎呀，少年时期，喜欢一个人就是这样的，干干净净，纯纯粹粹，什么都不求，看一眼心都怦怦跳，对不对？"

是的。

不管是看他一眼，还是被他看一眼，心都好像不是自己的，它七上八下，难以自控。

可是，她并不干净，也不纯粹。

所有想要倾诉的欲望瞬间消失，简幸松开了绞在一起的手，站起身，跟胡医生说："谢谢，再见。

"也许再过一段时间就会好转了。"

如果他能回到原本的轨道，也算拯救了她。

胡医生盯着简幸离开的背影看了很久，才长长地叹了口气。

最是苦心人最多情。


四月中旬，期中考试开考，一周后，成绩公布。

第一名，徐正清，六百九十三分。

简幸考了六百二十五分，在年级掉出了前五十名，在班级掉出了前二十名。

单科物理没及格。


晚自习，周奇找简幸谈话。

他问她："最近怎么了？寒假过得不开心吗？"

简幸说："没有。"

周奇问："那怎么了呢？"

所有人都在问她怎么了。

没有一个人问她是怎么过的。

怎么了？

她也想知道怎么了。

她想知道，怎么才能改变这一切，怎么才能彻底找到自己，怎么才能真的拥有自己的生活、自己的人生。

怎么才能，不再每一分每一秒都自责愧疚。

怎么才能，大大方方地看他一眼。

哪怕只是一眼。

回教室后，同桌小心翼翼地看着她。简幸朝他笑笑，同桌立刻说："没事，一次而已，期末加油。"

戴余年闻声立刻回头："对啊对啊，一次考试而已，我去年期末考试也没考好啊。"

"反正还有高三，高三一整年都在复习呢。"

简幸笑着"嗯"了一声。

晚自习放学后，林佳不放心地来看她，一脸想说点儿什么，又不知道从哪儿说起的表情。

简幸被她逗笑了："我没事，真的。"

林佳挽着她的手臂"嘤嘤嘤"地撒娇。

简幸揉她的头："怎么好像是你受委屈了一样。"

林佳哼哼唧唧的。

这时陈博予路过，看到她俩，挑了挑眉，故意说："哇哦，是爱情吗？"

林佳踹他："老子是你爹。"

陈博予鄙夷道："粗俗。"

林佳扭头看向蓝月："你能不能收拾收拾他？"

蓝月立刻敬礼表态："Yes, sir!"

徐正清本来就站在原地，身子靠在陈博予桌子上，闻声，挺明显地笑了一声。

陈博予问："笑什么？"

徐正清说："笑你皇天不负有心人。"

陈博予"嘿嘿"了两声，跟徐正清勾肩搭背说："主要感谢您。"

徐正清正要拿开陈博予的手，一偏头，和简幸对视了一眼。

这一眼对视得很突然，简幸的本意不是看他，而是看后面的时间。

但是有些意外，就是这样，值得人铭记很久。

简幸主动朝他笑了笑，收回了目光。

她低头收拾东西，看到新发下来的物理试卷，没有塞进书包，而是随手装进了抽屉里。


五一三天假，陈烟白在二号那天约她出去。

简幸到了才看到，还有秦嘉铭。

秦嘉铭一见到她就吓了一跳："你怎么回事？瘦了这么多？咱们俩谁高考？"

陈烟白的脸色更差，问简幸："你很难受吗？要不要请假一段时间？"

简幸说："没事。"

秦嘉铭不知道简幸生病的事情，看到陈烟白这么问，以为她家里又出了什么事，建议说："请个两三天假休息一下，没事的。"

简幸还是说："没事。"

三个人去复兴路上一家老字号吃了大盘鸡，很巧的是，易和唐居然在隔壁的包厢。

与他同行的，还有几个看上去和他年纪差不多的人。

简幸看到易和唐，没觉得尴尬，只是那种被人勒紧的窒息感重新袭来。

她趁着秦嘉铭和他们打招呼的时候，默默走到了易和唐旁边。

易和唐似乎知道她要说什么，笑笑说："没事，别放心上。"

简幸抿了抿唇，还是说了句："对不起。"

易和唐笑着说："真的没事，我都忘记了，而且我年长你几岁，能理解阿姨的心情。"

是吗？

她不理解。

至于年长几岁以后会不会明白，就不得而知了。

但是在无数次深夜的辗转反侧时，她想，她始终不能理解。

因为她不能接受，她喜欢的少年，那个处处完美、每一天都很精彩的少年，唯一的遗憾，居然与她有关。

她甚至可以接受自己遗憾到终，也不想这样。


吃过饭，秦嘉铭和陈烟白送简幸回家。

因为下雨，秦嘉铭叫了一辆出租车。秦嘉铭以为简幸还在以前的家住，直接报了旧地址。

等下了车，简幸才反应过来。

陈烟白也反应过来了，回头就踹秦嘉铭。

秦嘉铭"嗷"了一嗓子，很夸张地说："干吗！谋杀亲夫啊？"

陈烟白伸手就捏秦嘉铭的耳朵。

俩人闹得不可开交。

简幸被他们逗笑了。

她正笑着，忽然视野里走进来一个人。

笑容退去。

她反应很快，伸手就拉陈烟白，转身想走。简茹大喊一声："陈烟白！"

陈烟白一愣，回头看到简茹，无语地翻了个白眼。

简茹见状，冷笑道："你翻谁白眼呢！我就说简幸怎么一天天地不学好，果然又是你！"

陈烟白一句话都不想说，拉着简幸就走。

简茹立马拉住简幸："去哪儿？！期中考试考成那个样儿，你还好意思走？你以为你跟着你那个臭爹能过好？现在考不好还有回头路，等你高考考不好，我看你上哪里哭！"


秦嘉铭直接惊了："阿姨，你……"

"你给我闭嘴！"简茹喊道，"我教训女儿关你屁事！你跟陈烟白早恋，别拉着我女儿！"

陈烟白气得要死："你有病吧？"

简茹喊道："你说谁有病呢？"

简幸突然发现，自己不想看简茹一眼。她低声跟陈烟白说："我们走。"

简茹指着她："我看你敢走！"

陈烟白乐了："敢啊，怎么，当年敢把我赶走，现在又不让我走，你到底想干什么？"

越说信息越多，秦嘉铭身在故事外，什么都不知道，一脸蒙地扭头看简幸。

他这一看才发现，简幸的表情不太对劲儿。

现场这么乱，她却冷漠得好像什么都没看到一样。

秦嘉铭心惊胆战地拉了拉简幸："简幸。"

简幸"嗯"了一声说："没事。"

简茹瞪眼："没事？你还想怎么有事？！"

陈烟白"喊"了一声，明显是不想废话。

她拉着简幸转身就走。

简茹伸手拽她的头发，陈烟白被拽疼了，拧着身子拽简茹的胳膊。


现场莫名其妙乱成了一团，街坊邻居听到声音全都出来看热闹。

陈烟白以前上学的时候也住这一片，上学的时候她基本不在家，有事外出，没事在床上一躺躺一天，后来悄无声息地搬走了，街坊邻居对陈烟白的印象都不怎么深刻。

但是有小孩儿认出了陈烟白，小孩儿躲在大人身后喊了几声："白美人！是白美人！"

陈烟白在这种紧急的情况下还能乐出声，"哟"了一声，朝小孩一吹口哨，说："小孩儿还记得我呢。"

小孩儿不分善恶，只觉得陈烟白漂亮，笑一下，露出一嘴大白牙。

简茹被陈烟白这吊儿郎当的态度气得七窍生烟，又脑补了一下简幸平时也有这样的行为举止，差点儿没背过气去。

她指着简幸，大喊："你给我过来！"

简幸不为所动。

简茹大喊："你就非要这样是不是？你以为我是为了谁好？你以为我是为了谁？你能不能不要这么自私？！"

简幸终于有了反应。

她甚至笑了笑，很快又面无表情地反问简茹："你不是为了你自己吗？"

简茹愣住了。

简幸说："你到底是想让我好好考，还是觉得当初自己没考上，让我替你考。

"你关注过我一分吗？

"我们两个，到底谁自私？"

简幸的声音并不高，也没有表现出质问的态度。

她在平淡地陈述事实。

可就是这样，简茹便忍不了。

她咬紧腮帮子，与简幸对视几秒，扬手一巴掌甩在了简幸脸上。

"我自私！我自私的话，当初就不该生你！"

这一巴掌打得不轻，简幸感觉自己眼前黑了至少有个十几秒。

等视力渐渐恢复的时候，她又觉得耳朵有点儿热，轻轻晃了下脑袋，明显能感觉到耳道里有液体。

没一会儿，耳道就有些发痒。

是血流出来了。

她抬手摸了一把，满手黏湿。

陈烟白见状，脸上吊儿郎当的笑顿时全收。

陈烟白的五官其实并不立体，她皮肤白，素颜的时候五官也更偏东方面孔的柔和。

可偏偏，她爱化一些浓重的妆。

深色眼影常常把眼窝涂得很深，眉骨凸起，密长的假睫毛放大了她的冷漠，唇角压平的时候会让人想到鬼片里的魑魅魍魉。

她冷眼盯着简茹，简茹一个年过近半百的人硬生生被一个刚刚成年的小姑娘盯得浑身发毛。她不愿处于弱势，梗着脖子瞪回去，破口大骂道："看什么看！自己不学好还带着我闺女胡来！我闺女可是要考大学的人！你呢？！搁哪儿打工呢现在？学不好好上就算了，为人处世的道理也不懂是吧？怎么着，没学校让你上，也没亲爹亲妈教你做人？真没爹妈，我不介意替他们……"

"妈！"简幸嗓音沙哑。

她的声音不大，但是现场的很多人都听到了。

简茹一怔，随即反应过来是简幸在说话，她更理直气壮地喊："妈什么妈！你还认我这个妈呢？我以为你跟她学得谁都不认了呢！"

下雨天，和县又居于北方，每一场风里都藏着刀子。

简幸突然觉得有点儿冷，她的嘴唇都冻得发紫了，一张口声音沙哑，跟简茹说："别说了。"

简茹冷笑道："这会儿知道丢人了？"

"不是，"简幸扯唇笑了下，抬眼看向简茹，轻声说，"是你太丢人了。"

简茹一愣："什么？"

简幸没再重复。

陈烟白说："说你丢人呢！你以为大家看的是谁的热闹？你一个半只脚踏进坟里的老婆子在这儿叽叽喳喳的，你无所谓，可你考虑过简幸没？她以后在这片怎么过？学怎么上？你嘴里满口大义全为了你闺女，你到底为了谁你自己不清楚？什么为了女儿做这这那，还不是为了你自己的面子！早恋？我都十九岁了还算早恋？是，你没早恋，你压根儿就没男人要！"

"啊啊啊——"陈烟白这话彻底戳了简茹的逆鳞，简茹直接跳脚，张牙舞爪地撒泼，要打陈烟白，"我今天就要打死你！"

陈烟白毫不理会，甚至一把扒开简茹，还推了她一把。

简茹气上心头，一个没站稳，直接坐到了地上。

简茹平时嚣张跋扈惯了，以为全世界的小孩都跟简幸一样不会还手。

可她没想过，陈烟白不是她女儿，一个"孝"字根本压不住这个一直走在叛逆路上的小孩儿。

她愣住了。

现场的其他人也愣住了。

几秒后，简茹扯开嗓子大吼大骂，真的像个泼妇一样在地上打滚儿蹬鞋。

简幸冷眼看着，忽然觉得好没意思。

她到底在跟简茹争什么呢？

争谁能真正坦坦荡荡地做自己吗？

她才十六岁，哪有什么自己。

她身上的吃穿，甚至呼出的气息，身体里流动的血，哪一处不是简茹的？

哪一处，不是简茹偷来的？

没意思。

简幸这会儿觉得头都开始疼了，应该是好不容易退下去的烧又发起来了。

她轻轻扯了下陈烟白的手，陈烟白反手握住她的手，却被简幸手上的冰凉僵硬吓了一跳。

"你没事吧，简幸？"

简幸苦笑："可能有事。"

陈烟白慌了，攥紧简幸的手："你不舒服吗？哪里不舒服？"

大抵是陈烟白施了力，简幸这一瞬间忽然就站不住了。

她双腿发软，头也昏昏沉沉的。

实在没忍住，她借力倒在陈烟白身上，脸顺势埋进陈烟白的脖子上。

她一偏头，耳道里的血全流到了陈烟白的肩头。

陈烟白吓得大喊："简幸！"

简幸的声音很虚，但还是笑了一声，说："没事，我可能就是发烧……"

话没说完，简幸直接晕了过去。

NO, 071425

标本录入
SAMPLE INPUT

结局篇

我为我的王国，
战斗到死

Shall I compare thee
to a summer's day?

"什么叫脑瘤？怎么可能是脑瘤？我们家闺女一直吃得好、穿得好，怎么会得这种病？！"

诊室里，简茹感觉像天塌了一样。

她不停地纠缠医生，一遍又一遍地说："医生，医生你再仔细查查！你再仔细查查啊！我们家闺女还要考大学呢，怎么能得这种病？！"

"她不仅有脑瘤，还有很严重的抑郁症，神经压迫也非常严重，这可不是一朝一夕造成的。孩子平时总会出现间歇性头疼，甚至短暂性失明，你们做家长的太不上心了。"医生最痛恨这种亡羊补牢的行为，脸色很差地说，"现在知道她要考大学了，平时怎么不注意点儿？"

抑郁症？

简茹彻底蒙了："什么抑郁症？她一个小孩，什么抑郁症？她才多大？她的生活里除了学习，什么都不用为难，她为什么会得抑郁症？！"

医生对简茹这种无知反应早已经习惯，摆摆手，示意实习生来给简茹讲解。

可是简茹哪里听得进去半句话，她一把推开实习生，冲向门外。

陈烟白和秦嘉铭都在门口，秦嘉铭站着，陈烟白蹲着。

医院不让抽烟，陈烟白就叼着。

没有烟雾，可她的眼睛却被熏得通红。

简茹走向陈烟白，秦嘉铭拦在了陈烟白前面。

他不再礼貌地唤简茹"阿姨"，而是冷眼相待。

简茹也没什么脾气和他计较，像忽然老掉一样，嗓子很哑地问陈烟白："她什么时候抑郁的？"

陈烟白一句话也不说。

简茹开始粗喘气，又问："她为什么会抑郁？！"

陈烟白还是不说话。

简茹的眼眶终于落下眼泪，试图去拽陈烟白，弯着腰，声音也软了下来。

她求陈烟白："你告诉我，你告诉我。"

陈烟白笑了。

她起身，拨开简茹的手。

她没哭，可眼睛并没比简茹的好到哪里去。

她盯着简茹，一字一句地说："我这辈子都不会告诉你的，你死了这条心吧。"

简茹崩溃大喊："凭什么！为什么！我是她妈！我是她妈！是我生的她！是我养的她！是我辛辛苦苦把她供到现在的！"

她坐在地上，捶地，捶自己。

问医生，问陈烟白，问天，问自己。

但是没有人回答她。

也没有人能回答她。


简幸是后半夜醒过来的。

她感觉自己从来没睡过这么久，久到一睁眼，有点儿精神恍惚，分不清到底身处何处。

她才稍稍扭一下头，就感觉手被人攥住了。

简幸看过去，看到了趴在床边的陈烟白。

陈烟白的妆全花了，一睁眼，眼睛里布满了红血丝。

她看到简幸睁眼了，表情比简幸还迷茫，想要张口说什么，却又一句话都说不出来。

她只能用力地攥简幸的手。

非常用力地攥。

简幸小声说："疼。"

陈烟白一下子落了眼泪，眼泪几乎瞬间就爬满了整张脸。

她随手抹了一把脸，发现不起什么效果，就干脆放任不管了。

她一边哭得泪眼模糊，一边哑着声音问简幸："哪儿疼？要不要我去叫医生？"


简幸怔怔地看着她，忽然觉得整个人在无限往下坠。

她茫然地看了一眼周围，一片白茫茫。

是医院。

又是医院。

她挣扎着想要坐起来，陈烟白却固执地追问："你哪儿疼？哪里疼？头疼吗？"

简幸看着她问："我的头怎么了？"

陈烟白沉默了。

简幸不再追问，只是一瞬不移地盯着陈烟白的眼睛，反握住她的手。

这次轮到陈烟白觉得疼了。

可她没有喊出来。

就这么忍着。

简幸等了很久，没等到陈烟白开口。

直到脑子里传来神经性疼痛，她猛地松开了陈烟白的手。

陈烟白低下头，眼泪瞬间打湿了简幸的手和简幸手下的被子。

简幸能摸到指缝间湿漉漉的。

一瞬间，她仿佛回到了年后这几个月。

整个和县都是湿漉漉的。

她疲惫地舒了口气，闭上了眼睛。

陈烟白察觉到她舒气，眼泪掉得更凶了。

她开始喊简幸的名字，一声又一声。

像在替简幸鸣不平。

又像在替简幸质问些什么。

为什么呢？

她明明已经找到方向了。

她明明快要解脱了。

她明明……可以拥有更好的生活了。

只是差那么一点点而已。

"简幸，"陈烟白一抹眼泪，闷着鼻音说，"没事的，医生说可以先保守治疗，以后会慢慢好的。"

简幸睁开了眼睛。

大概是怕病房太闷，窗帘没有完全拉上，窗户也开了一条小缝。

五月的天，风不轻不重的。

像沉默的海。

简幸想到了雨果那句话：

> 人的心只容得下一定程度的绝望，海绵已经吸够了水，即使大海从它上面流过，也不能再给它增添一滴水了。

这叫麻木。

她当时看到这句话时，是在暑假。

她最麻木的时候。

她每天晚上都觉得自己睡在海面上，沉不下去，也不能完全上岸。

海水就漫在她的鼻间、耳道、嘴边。

浅浅一层，却已经足以让她不能呼吸。

可是后来，她又在那个冬天，看到了余华那句：

> 或许总要彻彻底底地绝望一次，才能重新再活一次。

她想，冬天的雪不管多厚，总会在春风的吹拂下消失不见。

那她就再忍忍吧。

她都已经忍了。

简幸默不作声，掉了一滴眼泪。

真是太可惜了。

她还是为生活，掉眼泪了。

她再次闭上眼睛。

反正这天，再也不会为她亮起。


同一天夜晚，简茹在家里，沉默地、发狠地，看着堂屋里供奉的那尊观音。

她还记得那一年，满山香火气味，有人拦下她一家，说她的女儿是个没有爱情的命。

因为爱情会要了她的命。

不如就供一座观音吧，日日虔诚，管教约束，从源头规避。

简茹不信。

又不敢不信。

她是从什么时候开始害怕的？

从简幸很小的时候，邻居夸她的脸又小又白，眼睛黑得像葡萄，一看长大就能嫁个好人家。

后来，小姑娘学会了交朋友。

先从小女生开始。

可简茹害怕。

她害怕呀。

她不让简幸交朋友，男的女的都不行。

她已经把能做的都做了，到底是哪里出了错？

简茹忽然大步走向观音，一把拿起，狠狠地砸在地上。

她嘶吼着，质问观音："到底是哪里不对？！我还要怎么做？！还要我怎么做？！"

吕诚跌跌撞撞地从简幸的屋里出来，手里拿着简幸明天要用的干净的毛巾。

他咬着腮帮子，隐忍着问："你这是做什么？"

"我做什么？我想杀人！"简茹喊道，"我辛辛苦苦养一个女儿，我容易吗？！"

吕诚不想听这些。

他转身重新回简幸的屋里，小心翼翼地给简幸整理她大概需要的东西。

等他出门要走的时候，他又看到简茹跪在地上，一边哭，一边要把碎掉的观音粘在一起。

碎片把她的手划破了，血流了满地。

她像不知道痛一样，手忙脚乱地粘，最后发现无法粘到一起，又把碎片抱在怀里哭。

她一直哭，一直哭。

她大概永远也不会明白，是她亲手把那个少年，送到她女儿身边的。

也是她亲手，把简幸推到那个少年的世界里的。


因为还要高考，简幸最终选择了保守治疗。

吕诚也回到了简茹家里，住在姥姥的房间。

简茹还是每天出去卖小吃，只是每天会回来得早一些，给简幸做晚饭、熬中药。


七月份，简幸参加期末考试。

考完那天是七月十日，也是农历六月初十。

是简幸的生日。

这是过了十四岁生日以后，她第一次过生日。

她吹了蜡烛，吃了蛋糕。

晚上陈烟白找她聊天，祝她生日快乐。

幸运的幸：嘿嘿嘿，简幸十七岁啦！

幸运的幸：简幸距离成年还有一年！

幸运的幸：简幸冲！

简幸回：好嘞！

零点一过，她改了 QQ 的签名。

这是有 QQ 以来，她第一次记录她自己的生活。

她说：我为我的王国，战斗到死。

七月底，期末考试成绩公布，简幸的物理再次没有及格。

与宏志班擦肩而过。


八月份，简幸去精神科复诊，抑郁症好转至偏中度。

这次的实习医生是江别深，江别深笑着恭喜她，也预祝她高考顺利。

简幸笑了笑说："我会的。"


九月份，和中开学，简幸顺利进入高三。

开学第一天，周奇提出了跳去宏志班的事情，1 班只去了一个人。

所有人都不觉得奇怪，仿佛他本身就不属于这里。

他只是回到了他应该去的地方。

他与他们，只是露水之缘。

徐正清是晚自习走的，走之前在黑板上留下了八个字：

山高水远，来日方长。

不知道是谁自发地在黑板上开始留言：

敬高三。

敬青春。

敬大学。

敬自由。

敬你我。


简幸是放学后最后一个走的。

教室的窗户关闭，灯也灭了。

只有月光照亮了黑板一角。

那里是一笔很清秀的字迹：

敬山水。

十二月，深冬加重了简幸的病情。

她开始头疼得睡不着觉，开始一把一把地吃药。

装中药的碗比吃饭的碗都大。

她开口说话也都是中药味。

十二月三十一日，是个周六。

进入高三，学校每周只放一个晚自习的假期，就是周六。

但是宏志班不放假。

过渡班的学生也自发地在教室里自习。

简幸吃过饭，拖着有些沉重的身体在校园里转圈。

她走过凉亭，绕过了状元湖，站在桥面上，看到了她和徐正清在校园里初次相见的地方。

湖边的树已经枯了，大石头还在，水线下沉，二〇一一年快过去了。

简幸最终还是绕去了宏志班。

她看到拐角处有几只猫在吃猫粮，猫碗换了新的，猫粮从颗粒看上去，也不是去年那个牌子。

简幸蹲在一旁看它们吃饭，看着看着，目光投向了宏志班的教学楼。

宏志班管得很严格，平时不太允许别的学生进去他们的教学楼。

即便是路过，她也只能走到这里。

他之于她，真的成了远方。

二〇一二年开春，一场倒春寒推倒了简幸。

她开始在医院里自习，偶尔会去天台吹风。

同楼层有一个小姑娘因为抑郁症住院，也时常去天台。她是去看落日的。

简幸后来也开始看。

可她从来没看过日出。

小姑娘有一次问她："你不想去找他吗？"

简幸笑了。

去哪儿？

这不是满世界都是他吗？

在白天的光里。

在晚上的风里。

在她每一次的心跳里。

后来，过了很久，医院里还会有家长教育孩子说："生病也要好好学习，生病还能考上大学，更值得人尊敬。"


二〇一二年夏，高三毕业。

七月初，和中学校门口挂出了上名校的学生名单。

在位的有徐正清，学校是北航。


八月底，简幸收到了南艺的录取通知书。

从此北山南水，再无相逢。


二〇一二年十二月，大街小巷都在流传玛雅人的预言传说。

南方冬天潮冷，穿多少衣服都挡不住风。

简幸坐在宿舍里，听室友讨论世界末日这天是冬至，到底是吃饺子还是吃汤圆。

有人问简幸："简幸，你是喜欢吃饺子还是吃汤圆啊？"

简幸说："我是北方人，要吃饺子。"

"哇，那我们明天两种都买点儿吧？我们在宿舍跨末日怎么样？天哪！是世界末日欸！好浪漫！"

"确实有点儿浪漫呢，这一夜跨过去，就又是一辈子了。"

简幸笑笑，爬上床先睡了。


二〇一二年十二月二十一日，简幸在睡梦中惊醒。

一睁眼，天都没亮。

她下床洗漱，站在阳台看天边一点点亮起了红。

陡然间，简幸想到了高一的那个冬天。

那个走廊边。

她和徐正清站在一起，看了一场日出。

冲动瞬间剥夺了所有理智，简幸抖着手买了一张动车票。

因为是临时起意，她只买到了晚上八点零六分的那一班。


下午六点，简幸拎着一个包去了车站。

世界末日大概没有影响每个人该有的行程，该出差的出差，该奔波的奔波。

生活面前，死亡显得微不足道。


晚上七点五十一分，车站开始检票，简幸拿着票入站，进车厢，落座。

她买到了窗边的位置，车走了三个小时十七分钟，她记住了途经的每一个瞬间。


晚上十一点二十三分，简幸挤着人群，出了车站。

月台并没有遮光板，抬头就能看到天上的星月。

如果没有世界末日，其实明天是个好天。

简幸掏出手机，正要搜索去北航的路线，手机弹出了 QQ 消息。

陈烟白拍了一张照片，问她在哪儿。

简幸点开照片，发现是她的学校门口。

简幸一怔，第一次有点儿不知道该怎么回复陈烟白。

大学群里的消息不断，所有人都在说下辈子见。

简幸站在人潮涌动的车站，顺手点开了提示新消息的空间。

刷到的第一条消息，是徐正清的。

他发的是一张合照。

女孩儿头上戴着兔子形状的头箍，笑起来的眼睛弯成了月牙，她微微偏头，靠在徐正清的肩上。

徐正清不经意地看向镜头，表情是温柔的。

一张图，一句文案：

"提前相约下一世。/耶/"


北方的冬天很干，吹一阵风，呛得人直掉眼泪。

来往有人不小心撞到了简幸的肩膀，简幸一个没拿稳，手机掉落在地上。

这还是陈烟白送给她的那部手机。

它第二次摔得四分五裂。

有工作人员过来询问："小妹妹，怎么了？先别哭，有什么事可以跟我说。"

简幸张了张嘴，在一片视线模糊中说："我好像……买错票了。"

"时间错了吗？"

简幸摇摇头："不，是地点错了。"

时间哪里有错。

时间待她太宽容了。

她跨过世界末日，一辈子跨成了两辈子。

再过几天，她就要成年了。

都说成年是又一生。

她念他三生。

她永不后悔。


二〇一三年夏，简幸休学，重新入住医院。

几次化疗后，家里开始卖房子。

简幸在大夏天戴着毛线帽子，旁边的简茹沉默地给她削苹果。

简幸扭头看着窗外明澈的天，忽然唤了一声："妈。"

简茹手一顿，刀尖不小心划伤了手指。

血珠溢出，一滴一滴染红了苹果。

简幸没有回头，没有看简茹。

她自始至终都在看天。

她说："我一个人走就行了，你们都别去找我，我就想一个人安静安静。"

简茹没说话。

病房沉寂得像废弃了很久的荒芜之地。


六月中旬，简幸最后一次化疗。

江别深放假，在她进手术室时，忽然拉住了她的手。

简幸沉默地看向他。

江别深声音很轻地问："你有没有什么要跟我说的？"

简幸朝江别深笑了笑，摇了摇头。

她已经不愿意再打扰他了。

即便是告别。


又一年夏至到了。

手术灯像烈日，照得人眼前发白。

简幸分不清自己到底在哪儿，好像躺在床上，扭头依然能看到天。

好像有飞机从头顶划过，留下浅浅的一道痕迹。

手机没有碎掉，通信录里躺着一个备注为"flying"的手机号。

她拿起手机，拨通了电话。

"喂？你好，我是徐正清。"

徐正清，我把自己要回来了。

我终于，可以干净纯粹地喜欢你了。

风吹过。

窗边探出的唯一一片叶子，落了。

NO, 071425

标本录入
SAMPLE INPUT

Shall I compare thee
to a summer's day?

后 记
二〇二一年六月二十一日
夏至

和县虽然只是一个小县城，却是国内医药集散中心，也是国内最大的发制品原料和桔梗生产加工基地。

有了这些，和县一直都是周边所有县城中发展最快的。

二〇一七年十一月二十六日，和县的火车站北站正式启用。

彼时陈烟白回家已经不需要再从邻市转车了。

二〇一八年六月，陈烟白先去庐城过了个端午节，然后坐了四个小时火车到和县。

行李箱拖了一路，她顶着大太阳上车以后才算平顺了紧皱的眉头。

她扭头看了一眼车上的司机说："你就不能下车走两步？"

江别深正在打游戏，闻声见缝插针地瞄了一眼陈烟白的脚，说："又不是穿高跟鞋，多走两步累死你了？"

陈烟白气得狠狠地扒拉车内后视镜，看到妆脱了一大半，更生气了。

"我真服了！老大不小的一个人了，整天啥也不干，就知道打游戏！你病人知道你这双手除了开膛破肚就是打游戏吗？"

江别深这把是顺风局，痛痛快快地拿了最有价值玩家，放下手机说："非工作期间，别晦气，行吗？"

陈烟白不想跟他废话，往后一躺："开车。"

二〇一三年年底，吕诚和周璇决定结婚。

两个人没办婚礼，就请同事和邻居吃了顿饭。

周璇有个儿子，二〇一三年在部队攒了点钱，他自己不用，寄回家给周璇买了一套小居室。

二〇一五年，周璇生了一个女儿，叫吕安，小名平平。

今天是吕安的三岁生日，在和县这边，三岁算一个大生日，所以陈烟白特意赶了回来。

也算小家伙会挑日子生，暑假里陈烟白怎么都能空出时间。

陈烟白在车上补了妆，到家的时候，吕安正趴在沙发上拆江别深前段时间给她买的洋娃娃。

江别深一毕业就返乡，留在了和县县医院，平时有事没事就来这边转转，吕安和他很熟。

"平平，过来。"江别深鞋都没换就喊人。

吕安听到声音高兴得不行，光着脚在地上跑。

玄关口，江别深一把把吕安抱了起来。

吕安伸手："糖。"

江别深说："没有。"

吕安一嘟嘴，不高兴了："哥哥穷！哥哥不好好工作！没钱！穷！"

江别深气笑了："你怎么这么爱吃甜的？"

吕安想了想，理直气壮道："跟姐姐，跟姐姐一样，亲生的。"

她的意思是说，她这习惯是天生的。

姐姐天生也爱吃甜食。

周璇听到，"哎哟"一声从厨房跑出来："又跟哥哥要糖！回头要哥哥给你拔牙！"

吕安听到，立刻拿胖嘟嘟的手捂住了嘴，一双乌溜溜的大眼睛眨呀眨。

江别深笑了笑，凑到她的脸上亲了一口。

吕安立刻变了脸，嘴里甚至发出一声："哇！"

"帅哥的吻，比糖管用。"江别深说。

陈烟白听得牙疼，一巴掌把江别深拍开，伸手："叫姐姐。"

很奇怪的是，吕安和陈烟白并不熟稔，而且陈烟白又有一身不太讨老人和小孩儿喜欢的气质。可偏偏，吕安很喜欢陈烟白。

她笑眯眯地钻进陈烟白怀里，口齿不清地喊："姐姐。"

陈烟白也笑了。


吃饭的时候吕诚才回来，手里拎着一个蛋糕。

吕安边喊爸爸，边跑过去接蛋糕。

江别深跟在后面护着，吕诚看到江别深说："来了啊。"

江别深应："嗯。"

客厅里，陈烟白闻声也喊了一声："叔叔。"

吕诚"唉"了一声，说："你怎么也回来了，不嫌麻烦啊？"

"不嫌啊，就算这个月不回，下个月不也得回嘛。我想着反正也没事，就提前回来了。"

吕诚说："也是。"


吃饭吃了一半，吕安就闹着要睡觉。

周璇没吃几口饭，抱着她就去了卧室。

桌上，江别深陪着吕诚喝酒。

吕诚笑着说："又找你要糖了吧？"

江别深说："没给。"

"骂你穷了？"

江别深笑道："跟她姐一样，嘴巴毒得要死。"

桌上的三个人不约而同地"哈哈"了两声。

吃过饭，吕诚有点儿醉，躺客房里午睡。

江别深和陈烟白两个人躲在厨房抽烟，洗碗池里狼藉一片，没人愿意动手。

抽完一根烟，俩人默默对视一眼，各自后退一步，神色严肃。

三秒。

两个人同时出手。

陈烟白手掌张开，江别深单手握拳。

石头剪刀布。

老把戏。

陈烟白"嘿嘿"一笑，伸手拍了拍江别深的肩："江医生，好好洗啊。"

说是让江别深洗碗，可陈烟白也没出去，靠在窗口，神情轻松。

她随口闲聊道："三十岁的老大爷了，家里没给你找对象啊？"

江别深说："在看。"

陈烟白惊讶道："相亲啊？"

江别深叼着烟"哼"了一声算作回应。

陈烟白抱肩，盯着江别深："你这，该不会是 PTSD 了吧？被绿了一次，再也不想女人了？"

江别深含混不清地说："滚。"

陈烟白笑了笑，沉默下来。

没一会儿，陈烟白又问："他呢？"

江别深的动作未变，说了句："不太清楚。"

陈烟白"哦"了一声。

再见面，就是一个月后。


七月二十二日，一大早，江别深和陈烟白就在吕诚家门口等着了。

吕安穿着小裙子，从楼道口跑过来的时候，怀里抱着一束花。

江别深在门口接住她，被花香扑了一脸。

吕安露着奶牙说："给姐姐，姐姐喜欢花。"

吕诚走过来，摸了摸吕安的头。

吕安一把把花递到吕诚脸前："给姐姐的！"

吕诚笑着说："好，给姐姐的。"

江别深一把扛起吕安，架到脖子上："走咯，去看姐姐咯。"

回去的时候，江别深接到了医院的电话，没法跟他们一起回去，就给陈烟白他们打了个车。

吕诚抱着吕安先上车，陈烟白看了江别深一眼。

江别深挂了电话，走到她身旁问："怎么了？"

陈烟白从包里掏出了一个东西。

东西包在了一个袋子里，方方正正的，很薄，看不出是什么东西。

江别深问："什么？"

陈烟白说："她给他的，你不要再乱模仿笔迹写什么东西了。"

江别深一顿，皱眉："什么模仿？"

陈烟白说："就是那本书里的书签啊，上面的字不是你模仿他写的吗？她知道。"

江别深猛地僵在了原地。

陈烟白本来没反应过来，几秒后才猛地看向江别深。

"不是我模仿的，"江别深嗓音沙哑，"那就是他写的。"

无言的沉默。

沉默后，是双双通红的眼睛。

好一会儿，陈烟白没忍住骂了一声又一声。

江别深扭开了脸。


起风了。

陈烟白眯着眼睛，声音很轻。

"他人很好吗？"

"很好。"

"哪里都好？"

"哪里都好。"

"哦，那没事了，走了啊。"陈烟白转身。

江别深出声问："你是不是要考研了？"

陈烟白点头。

江别深问："毕业设计的主题是什么？"

"还没想好。疼痛青春？"她开玩笑说。

江别深笑道："那不得以暗恋为主题？"

"想得美，"陈烟白伸了个懒腰，"我才不让别人沾光呢，我准备写——"

三年很短。

青春很长。

浪漫至死不渝。

感激能够遇到你。

但更庆幸，能拥有我自己。


二〇一九年十二月一日，和县通了高铁。

庐城到和县只剩下一个小时的距离。


二〇二〇年年初，国内疫情袭来。

江别深作为一线医护人员，前往江城。


同年二月，陈烟白报名志愿者。


二〇二一年，疫情好转，新年再次布满欢笑。

江别深腊月二十九值班，大年三十早上才回家，还没进家门就被胡夫人安排贴春联。

江别深一句怨言没有，就怕多说一句换一场相亲。

一上午忙得脚不沾地，好不容易吃了午饭准备睡觉，胡夫人的麻友全部到位了。

麻友的儿子也被迫过来拜年。

"叔叔阿姨新年好。"徐正清一进门，先把围巾摘了。

胡夫人看到鲜红的围巾，笑着说了句："哟，这是自己买的啊，还是别人送的啊？"

徐正清笑着说："自己人送的。"

胡夫人"啧"了声，说："正清真是一年比一年帅了，说的话也是一年比一年漂亮好听。"

徐夫人也不谦虚，附和了一句："那是，是我儿子呢。"

她说完探头："你儿子呢？"

"那小废物昨晚值夜班，刚睡下。"胡夫人说完，几个人去了娱乐室。

徐正清轻车熟路地去了二层，还没敲门，就听到里面传来打电话的声音。

他干脆也没敲门，直接推门进去了。

江别深闻声扭头看了一眼，又转过去继续说。

挂了电话，江别深才说："来侍寝啊？"

徐正清往床上一坐："行啊。"

江别深睨他一眼："你这脸色瞧着不对啊，准备什么喜事了？"

徐正清笑了笑："通知江医生一声，把七月十九日那天的档期空出来。"

江别深一顿。

徐正清笑着说："不好意思了，人生流程快了你一步啊。"

几秒后，江别深才笑着往床上一躺，说："七月十九日啊。"

"嗯，"徐正清说，"农历初十，讨个好日子。"

"怎么讨这个好日子？"江别深说，"热死了。"

"不知道啊，她选的，想着前后都能出去一趟，前面赶个夏至，后面碰个立秋。"

"哦。"

知道江别深刚熬过夜，徐正清也不好继续打扰，就起身说："走了啊。"

他刚走到门口，身后的江别深忽然唤了一声："哎。"

"嗯？"徐正清回头。

当初的少年已经立了业，很快就要成家。

他的人生太顺利了，仿佛生来苦难就与他无关。

江别深熬了一夜，这会儿视线都开始模糊了。

脑子也转不太动，他重新躺回床上，摆摆手说："新婚快乐。滚吧。"

徐正清笑着骂了一句，关上门走了。

屋内陷入一片寂静。

现在为了保护环境，和县已经不让放鞭炮了。

没了这些吵闹声，新年过得没滋没味的。

江别深躺到快睡着的时候，忽然翻了个身，把脸埋进了被子里。

七月十九日，时间紧迫，江别深没去吕诚家，车上副驾驶座上是昨晚买的花。

八点钟，江别深赶到徐正清家，身负伴郎之一的重担。

八点零八分，新郎的车队驶向新娘家。

意料之中地被堵在门外，大家嘻嘻哈哈，发红包、唱歌、做俯卧撑。

门打开，新娘凤冠霞帔，朱唇乌眼。

伴娘们"恃权行凶"，满屋子喜气，闹得所有人满眼红。

酒店是被承包的，门口放着婚纱照。

来客纷纷入席，红包全交付给门口的记账老人。

江别深路过的时候，老人招手让江别深帮忙写上两笔。

江别深爽快答应。离开之后，口袋里少了一分薄薄的重量。

大婚当日，最忙的其实是新郎和新娘。什么浪漫，什么优雅，都是照片和视频里的。

新娘忙得脚打后脑勺，脸都笑僵了，肚子里也没吃什么，饿得提不起劲。

伴娘说："你吃点儿东西算了。"

新娘说："我还是先去看看二爷吧，二爷坐下了吗？他写了很久毛笔字吧？"

伴娘说："我去看看。"

门口，二爷正在收拾写满了名字的大红纸，铺开来足足有一整张桌子那么大。

为了讨吉利，长宽十几米的纸都没撕开。

收起来也麻烦。

伴娘看到了，连忙喊人帮忙。

她弯腰搬红包箱子，一低头，看到角落里有一个看上去很旧的红包。

光颜色和款式，就已经很是格格不入了。

她好奇地拿出来，看到背面，脸色微变，悄无声息地把红包收了起来。

这边忙完，伴娘才去找新娘。

新娘还在笑，扭头时看到伴娘表情有点儿微妙，问："怎么了？"

伴娘凑过去，小声问："你结婚，那个谁知道吗？"

新娘愣了下才反应过来那个谁是谁。她说："我不知道啊，我没邀请他，他单方面追我那么多年，结婚还去邀请他也太损了吧。"

"呃，那你看看这个？"伴娘把红包递给新娘，"这两句话，是他学校传出来的吧？"

新娘接过，随手一翻。

红包背面有八个字：

山水一程，三生有幸。

红包是油皮的，黑色笔迹，不知道是被人摸的，还是摩擦过什么东西，字迹已经有点儿模糊了。

红色的封皮上，泛出又黑又带着一点儿微黄的阴影。

像昭告了一场漫长岁月里追求未果的卑微和苦涩。

新娘叹了口气："唉，幸亏你提前看到了，不然被我老公看到估计要误会了。"

"那这？"

"摸起来也没多少钱，拿出来给主持人，让主持人一会儿做个小游戏，分给小朋友吧。"新娘把红包递给伴娘。

"那红包呢？"

"扔了吧。"

——全文完——

0 1 2 3

标本录入
SAMPLE INPUT

NO. 071425

番 外

*Shall I compare thee to a summer's day?*

陈烟白是在一个下雨天搬到简幸家隔壁的，那天简茹和吕诚都不在家，姥姥一个人在家里看电视。家里没做饭，简幸出去买了两碗馄饨往家带，刚进巷子就被一个女生拦下了。

女生脸上化着妆，眼线又粗又黑，她皮肤很白，看着不像涂了粉。

"你住在里面？"她问。

简幸不明所以，但还是如实点头。

女生问："能顺路送我不？我没带伞，妆刚化没多久，淋花了还得重化。"

简幸问："你住在哪儿？"

女生往前一指："看到那盆花没？就那儿。"

那盆花还是简幸前几天路过街头卖花的，人家送的。她怕简茹问东问西，便没往家搬，就放在了门口。

简幸说："那是我家。"

女生"啊"了一声，很快反应过来："你住那儿啊？太巧了，我就在隔壁，我是新搬来的，叫陈烟白。小乖乖，你叫什么？"

"简幸。"

"哦，你爸妈是不是卖小吃啊？我昨晚好像遇到他们了。"陈烟白说。

简幸点头。

伞不大，两个人撑有点儿勉强，陈烟白个子比简幸高，随手把伞抢来自己撑，顺便挽住简幸的胳膊往简幸身边缩。

她不小心被简幸手里的馄饨烫到，问："什么东西？"

低头看到是馄饨，她闻了闻："天啊，太香了。"

这是简幸刚买来的，又是给姥姥买的，实在没法送，她只能说："就在县医院往前走几百米那儿。"

陈烟白笑了，她问："你一个人吃两份？"

简幸说："给我姥姥的。"

陈烟白"哦"了一声，说："那你卖我两个呗，我尝尝。"

简幸被噎住了。

两个也能卖？

她犹豫道："要不你直接吃两个吧。"

几步远，很快走到了家门口，陈烟白"扑哧"笑出了声："你太逗了，你多大了？"

简幸说："十二岁。"

"哦，果然是小孩儿，我比你大，以后喊我'姐'。"陈烟白说完，把伞往简幸手里一塞，双手捂住脑袋转身跑了。

后面很长一段时间，简幸一直没见到陈烟白，直到又一个下雨天，她又在巷口和陈烟白偶遇。

这次陈烟白没蹭伞，妆也淋花了。

简幸追上去，踮着脚给她撑伞。

陈烟白一扭头，简幸被她花掉的眼线吓了一跳。陈烟白随意一抹脸，挺冷漠地说："不好意思，丑到你了。"

简幸说："没有，你很好看。"她又补了一句，"不化妆也好看。"

陈烟白不屑地一笑："是吗？我喜欢的男人一天天满嘴都是化妆的女人。"

这话题猝不及防，简幸愣了一下，不知道该接什么。

后来两个人就莫名其妙地熟悉起来，陈烟白很爱在院子里捯饬东西，捯饬完还要跑到隔壁喊简幸去看。

夏天，简幸生日，暑气淡淡，白云飘飘，天气很好。

陈烟白带简幸去逛街，去逛饰品店，送她一个兔子发卡作为生日礼物。

简幸很高兴，她从小没什么朋友，更别提朋友送的生日礼物了。

她很小心翼翼地把发卡珍藏在枕头下面，每到周末就想拿出来戴戴。

姥姥每次见到都夸好看。

简幸不太自信，问："真的吗？"

姥姥说："真的呀，我们幸幸长得最好看了。"

豆蔻年华，装点美貌，男女之别，初初显露。班里开始有人议论，有人好像暗地里喜欢谁，有人好像如愿以偿地和喜欢的人在一起了，有人好像偷偷和喜欢的人约会了。

简幸看着镜子里的少女，以及黑发上的粉紫色兔子发卡，莫名想起那个冬日清晨，少年模糊又深刻的身影。

陈烟白又告白失败，在家发疯，疯完开始唱歌。

简幸听到歌声，察觉她不清醒，担心她出意外，大晚上去她家帮她收拾。

收拾到一半，简茹和吕诚回来了。简茹没看到她人，在她屋里好一通翻，翻出了发卡。

一个发卡而已，可这个发卡的来源简茹不知道，这怎么可能被允许。她女儿居然有让她不知道的事情？

简茹问姥姥简幸去哪儿了，姥姥疑惑地说刚刚还在家里。

恰好隔壁的陈烟白大喊了一声："简幸啊，青春万岁啊！"

简茹记得陈烟白，一个看上去不检点的女孩子。她气得发疯，把简幸揪回家，不允许简幸和陈烟白再来往半分。

陈烟白发疯的时候骂简茹神经病，清醒以后骂简茹浑蛋。

青春万岁，爱万万岁。

简幸好奇陈烟白和她喜欢的人的故事，也好奇为什么有人能如愿以偿地和喜欢的人在一起，而有的人苦苦哀求却换不回半句回应。

如果是她，她会怎么样呢？

如果能够如愿以偿，那当然再好不过了。可如果不能，那也不要苦苦哀求。

不要给对方增添任何压力和麻烦，爱意理应让人健康成长。

年关，初五，简茹和吕诚有事回老家，陈烟白大半夜地把简幸带出去吃大排档。

新年还没过去，街上的人实在少得可怜，唯有一家大排档还在营业。

地上一层红炮皮，比烤架里的炭火还红。白烟缕缕，绕上天，像雪在回天。

下过的雪已经走成路，怎么回去呢？

时间也一样。

也不知道几点了，快乐确实又快又值得人乐。

简幸坐在小凳子上，头上戴着帽子，帽子和围巾一体，帽子上面还有两只兔耳朵，毛茸茸地立在头顶，好可爱。

陈烟白看得直乐，拿手机拍她，拍了好多张。

隔壁桌有人过生日，是男生，人们围坐在一桌。

有人站起来拍拍身边人说："好兄弟！哥们儿今天绝对送你一个永生难忘的生日礼物。"

有人起哄："哇哦！泽哥牛！"

被叫"泽哥"的人"哈哈"笑了两声，从兜里摸出来一个东西，薄的，方块状。

其他人看见以后狂笑，然后抱团起哄："徐哥徐哥！今晚八个！"

被叫"徐哥"的明显是生日寿星，气得抬脚踹人。

陈烟白围观了全程，忍不住笑倒在简幸身上。

简幸背对他们坐，没看到，也没注意听。眼下陈烟白倒在她身上，她怕陈烟白摔倒，也没转身，只是问："什么？"

陈烟白笑得更凶了，捂住简幸的两只兔耳朵说："小兔子不能听这种事情哦。"

简幸眨眨眼睛，很茫然。

陈烟白觉得她太可爱了，就拿围巾捂住她的脸，只露了一双眼睛。

晚上有风，这儿还有烟，吹得简幸的眼睛红红的，乍一看还真有几分小兔子的感觉。

忽然，简幸的眼睫毛沾了一粒白。

下雪了。

简幸和陈烟白一起抬头，隔壁也全在抬头，有人喊："深哥，来，给大家拍张照。"

"咔嚓。"

镜头里，寿星在中间，他身后有两个人的后背不小心入镜。她们在抬头看雪，其中一个顶着一对兔子耳朵。

寿星看到照片觉得挺好玩，回头看了一眼，戴着兔子帽子的女生被围巾蒙着脸，一双眼睛眯着，睫毛上落了一层薄雪，很久都不化。

有人凑上来："欸，这张拍得可以啊。"

寿星笑笑说："还行。"

后来两桌人几乎同时散场，大雪纷纷，地面上很快一层白，踩上去"咯吱咯吱"的。

大家不约而同地要去公园。

陈烟白和简幸也去了，只不过他们在马路两侧，各自为营。

河面一层白，月光浅亮，照得雪中仿佛有一面圆镜。

陈烟白兴致勃勃地要给简幸拍照，她让简幸站在河前。尽管拍了一晚上，简幸面对镜头还是拘谨，整个人站在那儿规规矩矩地拍了一张旅游照。

而在简幸身后的不远处，一群男生也在拍照，拍完还要喊着对方技术差，把盛世美颜只拍出了两成。

"徐哥和深哥随手一拍就是风景大片。"

徐哥和深哥对此表示赞同，并且不参与其他人的嘴炮斗争，只默默检查照片。

检查一半，徐哥走了神。

深哥问他在看什么，徐哥指着一棵树说："这树绝了，最后一片树叶居然还挂着。"

深哥眯眼瞅了半天，说："独苗。"

徐哥笑笑，刚要说话，忽然一股风吹来，那片叶子莫名其妙地落了。

刚巧落在他手里。

深哥开玩笑："真行，老天爷送的生日礼物有了。"

徐哥笑了一声："还真是。"

树叶后来被他带走了，这是冬天收的叶子，他却在上面写了夏天的话，夹进了一本书里。

后来深哥来送照片。

手机像素太差，洗出来才有存放价值。

其中一张，徐哥比着剪刀手，笑得比雪还好看。他一直都爱笑，不像别人那么爱耍酷。

深哥眯眼一看，忽然问："哎，这儿有个兔子你看到了吗？"

徐哥也看，才看到他剪刀手后面，居然隐约有兔耳朵的轮廓。

对方好像刚好站在那个位置，不知道在干什么，被他们不小心拍了下来。

"这好像是那天吃饭时坐我们后面的那位。"深哥说。

徐哥点点头："好像是。"

"哎？你不是挺喜欢兔子的吗？不少小姑娘还因为这自称'兔子'。怎么样，这兔子长什么样，你看到了吗？我那天都没注意。"

徐哥无语："别带坏我行吗？小心我告状。"

深哥一笑："所以？"

"我也没有。"

他莫名在心里补了一句：差一点儿。

**图书在版编目（CIP）数据**

敬山水 : 精装典藏版 / 别四为著. -- 北京 : 中国
友谊出版公司, 2025. 8（2025. 11重印）. -- ISBN 978-7-5057-6113-1

Ⅰ. I247. 5

中国国家版本馆CIP数据核字第202557Q07F号

| | |
|---|---|
| **书名** | 敬山水：精装典藏版 |
| **作者** | 别四为 |
| **出版** | 中国友谊出版公司 |
| **发行** | 中国友谊出版公司 |
| **经销** | 新华书店 |
| **印刷** | 三河市嘉科万达彩色印刷有限公司 |
| **规格** | 880毫米×1230毫米　32开 |
| | 10.5印张　293千字 |
| **版次** | 2025年8月第1版 |
| **印次** | 2025年11月第2次印刷 |
| **书号** | ISBN 978-7-5057-6113-1 |
| **定价** | 55.00元 |
| **地址** | 北京市朝阳区西坝河南里17号楼 |
| **邮编** | 100028 |
| **电话** | （010）64678009 |

如发现图书质量问题，可联系调换。质量投诉电话：010-82069336